PORTOBELLO FOTOĞRAFÇISI

FICTION BY TRANSNATIONAL PRESS LONDON: 7

Portobello Fotoğrafçısı

by Neptune E. Kosi

Editör: Steve Lockley

Copyright © 2023 Transnational Press London

First published in 2023 by Transnational Press London in the United Kingdom, 13 Stamford Place, Sale, Cheshire, M33 3BT, UK.
www.tplondon.com

Transnational Press London® and the logo and its affiliated brands are registered trademarks.

Requests for permission to reproduce material from this work should be sent to: sales@tplondon.com

Paperback
ISBN: 978-1-80135-138-6
Digital
ISBN: 978-1-80135-139-3

Cover Design: Nihal Yazgan
Cover photo by Jr Korpa on unsplash.com

Transnational Press London Ltd. is a company registered in England and Wales No. 8771684

PORTOBELLO FOTOĞRAFÇISI

Neptune E. Kosi

TRANSNATIONAL PRESS LONDON

2023

Sir Edwin Henry Landseer'in anısına...

Kitabın ilk okumasını ve editörlüğünü üstlenen Doctor Who ve Sherlock Holmes serisinin editörü ve sesli kitap anlatıcısı Steve Lockley'e özel teşekkürler. Sizinle çalışmak benim için bir onurdu.

PORTOBELLO FOTOĞRAFÇISI

Neptune E. Kosi

TRANSNATIONAL PRESS LONDON

2023

Sir Edwin Henry Landseer'in anısına…

Kitabın ilk okumasını ve editörlüğünü üstlenen Doctor Who ve Sherlock Holmes serisinin editörü ve sesli kitap anlatıcısı Steve Lockley'e özel teşekkürler. Sizinle çalışmak benim için bir onurdu.

İÇİNDEKİLER

YAZAR HAKKINDA

Hayatı İstanbul-Londra ekseninde geçen yazarın Türkçe yayımlanmış dört romanının yanı sıra yurt dışında (İngiltere, Amerika, İrlanda, Kıbrıs, Türkiye) pek çok edebiyat dergisinde ve gazetelerde kısa öyküleri ve makaleleri yayınlandı. Yazar, 2016 yılından beri Londra menşeili Eurovizyon gazetede makalelerini yayınlamaya devam ediyor. Davranış Bilimleri okuyan yazar aynı zamanda İngiltere ve Amerika'da Masal Terapi, Oyun Terapi, Bibliyoterapi, Hikaye ve Masal Anlatıcılığı vb. alanlarda çeşitli eğitimler aldı.

Yazar başta İngiltere olmak üzere son yıllarda Hikaye ve Masal Anlatıcılığı üzerine çeşitli seminerler vermektedir. Masalların iyileştirici gücünü, mitolojiler ve efsaneler üzerinden aktarırken aynı zamanda eğitmenlik de yapmaktadır.

Yazar, gri kanatlarıyla sizi her zaman kucaklayan Londra'da, eşi, kedileri ve yüzlerce eşsiz hikâyenin kendi aralarında fısıldaştığı kütüphanesiyle birlikte yaşıyor.

Yazar, her şehrin altında ondan bir tane daha olduğuna inanır.

Her şehir, bir alt şehre açılan sayısız kapıya ve anahtara sahiptir.

Türkçe yayımlanmış kitaplar:

Mavi Kuyruk (2013)

Siyah Palto (2014)

Aralık (2015)

Londra Düşleri (2020)

Çoğu hikâyenin başladığı gibi bu da sisli bir Londra günü, bir *sis* ile başlar.

Ne de olsa her şeyden önce sis vardı. Göz gözü görmez haldeyken Ay parladı. Gece örtüsünü çekince kasvetli Güneş geldi. Önce tepelerin ardından baktı sonra kasvete karıştı.

Sis oradaydı. Hep başladığı yerde.

Sisli köprülerin ve yaşlı bataklıkların, soğuk şehirlere giden yollarında yeni hikâyeler örülürken yaşam yoktu, renkler hiç olmamıştı. Kasvet vardı eğilip bükülen ve sonra kendine yer edinen.

Önce sis sardı etrafı, ardından gölge geldi. Ay geldiğinde artık gece yüzünü göstermiş, gölge günü beklemeye koyulmuştu. Ama birileri vardı, sessizce köşede bekleyen ve olabildiğince hareketsiz ve dimdik ve gergin ve suskun ya da öyle görünmeye çalışan...

Kederli yağmurlar ve hıçkırık fırtınalarının soğuk alacakaranlığı bitip de güneş altın oklarını saplamaya başladığında, gün batımına kadar dikilen paltolar bir istasyondan diğerine aktarılırken dünya sessizdi. Gün ışıyınca sis geldi, paltolar yeni sahiplerini buldu. Londra'nın eskiliği kadar yeniydi hepsi. Siyahtı ve üzerine giyen kişinin hayatını renklendirecek kadar iyi dikilmişlerdi.

Yüzyıllardır tek bir dikiş hatası olmadan.

Blackwall Tüneli /Londra

Kral Tuuz'un bir gece yarısı sohbetinden.

∞

GİRİŞ

Zamanın bir yerinde, dünyanın başlangıcı belirsizlik, boşluk ve sessizlik içindeydi. Yer gökten önce yaratılmış, toprağın altında biten ilk canlı Chul ırkı olmuştu.

O zamanlar dünya renksiz, sisli ve kasvetliydi.

Göğün yaratılmasıyla birlikte Ay'ı, Güneş'i ve yıldızları görenler onlar oldu. Gök oluşurken aynı zamanda kanatlandılar, yerin üstüne çıktılar ve uçma yetisi kazandılar.

Toprak altında yaşayan Chul'lar yeryüzüne çıkınca susuzluklarını gidermek için tükürüklerini gökyüzünden yeryüzüne saçtılar; böylelikle denizler ve göller oluştu. Ancak bunu dişi toprağın emri dışında gerçekleştirdikleri için cezalandırıldılar ve denizin dibindeki bataklığın altında yatan şeytanlar bile henüz uyanmamışken susuzluğa mahkum edildiler.

Chul ırkı denilen kuzgun ve karga sürüleri zeki, kurnaz ve hilebazdı. Hiçbir şey için acelesi yoktu.

Ketum ve soğukkanlılardı.

En güçlü yeteneklerinden biri ölümün kokusunu önceden alabiliyor olmalarıydı. Binlerce yıl sonra bile bu özellikleri dilden dile dolaşan kuzgun efsanelerinde onların ölüm habercileri olarak anılmasına sebep olacak, bir yandan da bu lakabın aksine bazıları şifacı olarak anılacaklardı.

Chul'lar aynı zamanda hayvan ruhlarının dönüşüm temsilcileriydi. Bir ölüyü yeniden hayata döndürmek onlar için çok kolaydı ancak bunun bir süresi vardı. O süre tamamlanana dek getirilen ölü ruh dünyada dolaşır sonra tekrar geldiği yere dönerdi. Ölü ruh dünyada kaldığı süre içinde yeni güçler elde ederdi.

Chul'lar bir felaket sezinlediklerinde etraflarına boğuk bir uğultu yayar, eğer ölümü haber vereceklerse sürüler halinde daha tiz sesle kulakları sağır edecek kadar bağırırlardı.

Chul ırkı yüzyıllar sonra yayılan efsanelere göre aynı zamanda sırlar öğretmeni olarak da bilindi. Cadıların ve kötü ruhların dünyaya düşmelerinden sonra kuzgunlar onlar için vazgeçilmez bir yol gösterici olmuşlardı. Özellikle Chul ırkı kış aylarında daha güçlü olurdu, cadıların da en güçlü oldukları dönem kış aylarına rastlardı. Aralarında en başından beri gizli bir anlaşma vardı. Her iki taraf anlaşmaya sadık kaldıkları takdirde barış içinde yaşamaya devam edeceklerdi. Aksi takdirde cadı ırkı ve kötü ruhların dünyada barınmaları imkansız olurdu.

Göğün tamamlanmasından kısa süre sonra dişi toprak, içlerinden altısını seçti ve sırrını onlarla paylaştı. Bu altı kuzgun artık Chul ataları olarak bilinecekti.

Hugin, Munin, Branwen, Baldric, Gwyllum ve Thor...

Atalar toprağın sırrına vakıf olunca güçlendiler. Diğerlerinden daha fazla yeteneğe ve özel güce sahip oldular. Toprak bilgelik demekti. Aynı zamanda bereket ve doğurganlığı da temsil ediyordu. Dişi toprak Chul atalarına bir tohum verdi. Büyüyüp yeşeren bu tohum, ırklarının gücünü, köklerini ve yaşamını simgeliyordu. Chul'lar çoğaldıkça bitki kök salıyor ve kökleri yerin altında yeşilleniyordu. Dişi toprak bu bitkiyle beraber onlara aynı zamanda ölümsüzlük de bahşetmişti. Ta ki yeryüzüne düşen ikinci canlı olan insanın gelişine kadar...

Chul ataları ilk insan ırkıyla bir görüşme yaptı. Yerin ve göğün ilk canlısı olarak insan üzerinde hakimiyet kurmak istedi ancak insan ırkı buna karşı çıktı. İnsan ırkı güçsüz, savunmasız ve acizdi ama boyun eğmeye niyeti yoktu. Chul ırkının emrine girmek istemeyen insan başkaldırdı. Chul'un topraklarından kaçtı, yıllar boyu dünyanın bir ucunda karanlık bir mağarada çoğaldı ve Chul'lara karşı savaşacak donanıma sahip oldu.

İnsan hırslıydı. Bir plan yaptı. Amacı Chul'ları beklemedikleri bir anda gafil avlamak ve Chul bitkisini yok etmekti. Kendine gizlenecek yerler yaptı. Chul kuzgunlarına uşaklık eden Chul kargalarını sinsice teker teker hakladı. Chul ataları her geçen gün sayısı çoğalan ancak nedeni belli olmayan Chul kargalarının ölümünden şüphelendiler ve bir gece hiç beklemedikleri bir anda insan ırkını gizlendikleri yerde buldular.

Yıllar sonra kendini ele veren insan ırkı, ellerindeki en güçlü silahları olan zehirli oklarını Chul'ların üzerine doğrulttu. İçlerinden birisisaldırının karmaşasından kurtularak Chul bitkisinin korunduğu yere koştu. İnsan, havada salınan bitkiye uzandı. Dokunamadı. Bitki, Chul atalarının soğuk nefesiyle bir sis bulutu halinde çepeçevre sarılmıştı. Adam elleriyle toprağı eşelemeye başladı. Bitkinin köklerine ulaşmak onları kırıp yok etmek için tüm gücünü harcıyordu ancak bu tahmin edildiğinden daha zordu. Bitkinin köklerinden biri yerin en dibine ulaşmış, orada geniş bir bölgeyi sarmaşık gibi sarmıştı.

Chul bitkisi görmez ancak duyar ve çok nadirde olsa konuşurdu. İnsan farkında değildi ama bitki onun her hareketini kontrol altına alıyordu. Bitki, gücünü tüketen adamı bir hamlede yerin altına çekti. Adam, bitkinin güçlü dalları arasında toprağın altında sıkışıp kalmıştı. Bitki, dallarını daha güçlü doladığında insan neredeyse son nefesini vermek üzereydi. Onun tüm kemiklerini kırdı ve boş bir çuval gibi yeniden yerin üstüne fırlattı. Adam yerde yatarken kemiksiz bir et yığını gibi görünüyordu.

Tam o sırada Chul ataları da soğuk nefeslerini çoktan göğe yükseltmişlerdi.

Büyük felaketin geldiği o gün güneş, tepelerin ardında batarken Chul topraklarına ağır bir sis çöktü. Bir süre sonra uğultular kesildi ve dünya sessizliğe gömüldü.

Gri bulutlar karardı. Gök mavisi yerini toprak rengine bıraktı. Adımlar durdu. Nefesler tutuldu. İnsan kaçınılmazın geldiğini anlamıştı. Kaçacak yeri yoktu.

Dişi toprak silkelendi. O silkelendikçe yer sarsıldı. Ardından şiddetli depremler başladı. İnsanların çoğu ayaklarının altında açılan yarıklardan içeri düştüler. Yeryüzünü kasıp kavuran bu depremin sonrasında dünya yeniden sessizliğe büründü. Ancak bu, düşünülenden daha kısa sürdü.

Gök çamur rengini alırken dünya sessizdi.

Chul atalarının soğuk nefesleri zehri dondurmuş, insan ırkının çoğu yerin altına çekilmiş, son çaresi de tükenmişti. Chul ırkını haklayacak tek bir dayanakları kalmamıştı.

Toz bulutları yükseldi ve göğe karıştı. Fırtına geldi ve hepsini savurup dağıttı. Chul ırkının zaferiyle sonuçlanan her saldırı gibi bu da insan ırkının yok edilmesiyle bitmiş ve büyük bir güç elde edilmişti. Sonra toprak, ataların kulağına bir fısıltı yaydı.

İnsandan geriye yedi kişi kalmıştı. Toprak onlara bir anlaşma yapmalarını söyledi. Chul ataları bu yedi kişinin hayatta kalması için önerilen anlaşmayı bir çırpıda kabul etti. Anlaşmaya göre insan ırkı bir daha asla üreyemeyecek ve böylelikle çoğalamayacaktı.

Sis çöktüğünde bataklığın karanlığında gizli bir toplantı yapıldı. Chul ataları o gece bu yedi gencin üzerlerine güçlü bir lanet gönderdi. Lanetleri soğuk nefeslerinde gizliydi. Yedi genç uykularında bu laneti soludular ve o geceden sonra hiçbir şey eskisi gibi olmadı.

İnsan ırkından geriye sadece büyük savaşın her karesine şahit olan yedi çocuk kalmıştı. Nefret ve hırslarını ruhlarına gömmüş, kederli suskunluklarıyla yaşamaya devam ediyorlardı.

Kızlar genelde kuzgun yavrularına bakar onlara yiyecek temin eder ve bakımlarıyla ilgilenirlerdi. Erkekler ise Chul atalarının emri altında kaya oyuklarında çalışır, avlanır, ne emredilirse onu yapardı. Chul ataları güçlenmek için kara ihtiyaç duyardı, bunun için yılda bir kez iklim değiştirir ve göç ederlerdi. Böylelikle yedi çocuk da onlarla birlikte defalarca yer değiştirmek zorunda kaldı.

Kızların içinde Hrefna sabırlı ve cesur bir genç hanımdı. Diğerleri Runa ve Drifa ise sevecen ve yardım severdi.

İnsan ırkının son temsilcileri olan bu küçük ve aciz grubun geride kalan dört genç erkeği ise yürekli, iradeli, cesur ve yetenekliydi. Rodmark, Gizur, Bardi ve Gunnar olarak bilinen bu dört genç, kayalık arazide tüm gün toprak eşeleyicisi olarak çalışır, akşama kadar topladıkları solucan ve böcekleri ayıklayıp Chul ganimetçilerine teslim ederler, aynı zamanda kalacak yerlerini tamir eder, tüm işlerine koştururlardı.

Bu yedi genç hava kararana dek çalıştıktan sonra nehir kenarındaki soğuk ve sessiz barakalarına girer bir arada uyurlardı. Ara sıra nehir kenarında toplanır ateş yakar ve balık pişirirlerdi. Gece geç saatlere kadar ay ışığı altında oturur, kendileri öldükten sonra gelecekte bir daha varolamayacak insan ırkı hakkında hayal kurarlardı.

Kısıtlı bir alanda yaşamak zorundaydılar. Chul atalarının nehir kıyısında pelit ağaçlarının girişinde onlar için ayırdıkları küçük bir arazi vardı. Pelit kütüklerinden yaptıkları barakayı başka bir yere yapamaz ve avlanamazlardı. Yasağa uymazlarsa başlarına gelebilecek felaketleri iyi bilirlerdi. Gececi kargalar gece yarısından sonra uykudayken gelir gözlerini oyarlardı. Bu en basit ihtimaldi tabii. Daha birçok güce ve yeteneğe sahip Chul ırkı dünyanın tek hakimi olarak hüküm sürmekte ve istediğini yaptırmaktaydı.

Chul ataları ile yapılan anlaşmadan sonra kara günler bitmiş ancak yerini onun kadar kasvetli ve kederli günlere bırakmıştı. Kendi aralarında iyi anlaşan bu yedi insan, kaderlerine razı olmaktan başka çareleri olmadığının farkındalardı.

Sağ kalan bu yedi kişi aynı kargalar gibi yıllar boyu kuzgunun uşağı olmaya ve ona hayatı boyunca hizmet edip itaat etmeye ant içmişlerdi.

Ve aradan yüzyıllar geçti.

∞

MILA VE PIE

Zaman yarılıp, bilinçler sokak köşelerinde sinsice gezerken, bir binanın kırmızı taş tuğlaları arasında eğrelti gölgeler belirdi. Belki de gölgeler hep oradaydı. O, bunu yeni fark ediyordu.

Yere kadar uzanan balkon kapısının tam karşısındaki kanepeye oturmuş, yeşil renkli binanın üzerinde asılı duran Yeni Ay'ı izliyordum.

Ne sıkıcı bir gündü!

Şehrin normalleştirdiği kalabalık, gürültü ve koşarcasına yenen yemeklerin ardından, içimde yaşamaya çalışan ölü ruhun toprağa gömülme vakti gelmişti. Bu kez öncekilerden daha güçlü esnedim. Sonradan fark ettiğim açık televizyona baktım; daha önce onlarca kez izlediğim film oynuyordu: Limitsiz

Son sahnesiydi. O an gerçekten nzt48 isminde bir hap olup olmadığını; varsa birilerinin erişilmez zekaya ulaşıp çoktan zengin olduğunu, sonra da bunun tadını çıkaramadan ölmüş olabileceklerini düşündüm. Filmin bitiş yazıları ekranda kayarken, kumandanın kapama tuşuna bastım. Neredeyse sönük denecek kadar az yanan lambaderi kapattım. Ahşap sehpanın köşesinden düşmek üzereymiş gibi duran kitaba çarpıp, cep telefonumu şarjdan aldım ve Persiyan kırması kedim Bubble'ı kucakladıktan sonra deliksiz bir uyku çekmek üzere doğruca yatağıma gittim.

Gözlerimi açtığımda, şehrin her zamanki katlanılabilir griliğini ve mızmız ifadesini hemen fark edemedim. Nazlı güneş, arada bir yükseldikçe yatak odamı dekore eden beyaz duvar kağıtlarının içindeki çiçek desenlerini canlandırıyor, eve hakim olan uyku modunu yok ediyordu. Yatağın içinde birkaç kez esnedikten, döndükten ve gerildikten sonra kalkıp doğruca mutfağa gittim. Kahve makinasının düğmesine bastım. Akşamdan kalan pizza kutusunu buruşturup çöp kutusuna gönderdim.

Sıradan bir Cumartesi sabahıydı. Gökyüzü, kimi açılmış kimi de açılmak istemeyen gri kanatlarıyla sabahı selamlarken pazar kalabalığının sesleri eşliğinde sabah kahvemi yudumluyordum. Uyanır uyanmaz kahve içmek gibi bir alışkanlığım yoktu aslında. Genellikle bir dilim kek veya üçgen bir sandviç yeterliydi kahvaltı için. Ama bugün durum farklıydı. Annem bir doğa dergisi çekimi için iki günlüğüne şehir dışına çıkmıştı. Ev yine bana kalmıştı. Çocukken de böyleydi, annem yokken bana dedem bakardı. Annem bazen günlerce gelmezdi. Dedem ve ben iyi vakit geçirirdik.

Güneş'in keyiflendirici etkisi kum beji üçlü kanepenin üzerinde asılı duran çerçevelerin içindekileri daha sempatik hale getiriyor, çeşitli illüstrasyon oyunlarıyla tüm odayı yeniden dekore ederken, 18.yy Victoria tarzı mobilyaları kendi döneminin cazibesiyle kutsuyor gibiydi. Her daim gri olan şehrin üzerindeki utangaç güneş bu sefer uzun saatler hüküm sürecek gibi görünüyordu. Yine de bu duruma aldanmamam gerektiğini çok iyi biliyordum. Aniden bastıran yağmur kümeleri bir anda her şeyi dramatize edercesine şehrin üzerine bir yasak aşk gibi çökebilirdi. Bulutların gerisinde kalan güneşin, bir sonraki hamlesi için ne zaman cesaretini toplayıp kendini göstereceği hiç belli olmazdı.

Kesin olan tek şey, cesaretini öyle kolay kolay toplayamıyor olmasıydı.

Göz ucuyla birkaç dergiye göz gezdirdikten sonra fincanımı sehpaya bıraktım. Televizyonun kumandasını bulduktan sonra bir müzik kanalı açtım ve duş almak için banyoya gittim. Yaz kış ılık duş almayı seviyordum. Yaşadığım şehir yazı kıştan ayıracak kadar küstah değildi ne de olsa.

Pazar, sabah saatlerinin en cıvıltılı dakikalarını yaşıyordu. Tezgahlarını kurmaya çalışan pazar halkı bir yandan mallarını kolilerden çıkartıyor diğer yandan kabzımallar kasalar dolusu meyve sebzeyi özenle tezgahlarına yerleştiriyorlardı. İngiliz porselenlerinin, bulması neredeyse imkansız eski plakların, ikinci el antikaların, kazanlar dolusu pişirilen Hint ve Taiwan yemeklerinin ve harika kremalı dondurmanın satıldığı pazardı burası. Dünya üzerinde aradığınız ne varsa bu pazarda bulabilirdiniz.

Karşılıklı kaldırımlara kurulmuş çeşitli büyüklükteki tezgahların arkası yine yüzlerce çeşit eşyanın satıldığı dükkanlarla doluydu. Portobello Pazarı her daim yaz kış cıvıl cıvıl ve gürültülüydü. İnsanlar, sürekli plakçıların son ses müziklerini bastırmaya çalışıyorlarmış gibi en üst perdeden konuşurlardı.

Ben ve annem, bu pazarın kurulduğu caddede, ultramarine mavisi bir kapının ardında, annemin Kensington Church Sokağı'ndan aldığı 18.yy mobilyaları ile döşenmiş şirin bir dairede oturuyor, binanın tam altındaki fotoğraf stüdyosunu işletiyorduk. Annem iş seyahatinde olduğu için stüdyonun idaresi iki günlüğüne bana kalmıştı. Annem gibi iyi bir fotoğrafçı olmayı her şeyden çok istiyordum ve bunun için bu işin okulunu okumam gerektiğinin de farkındaydım.

Çocukluğumdan beri fotoğraflara aşırı ilgim vardır; gördüğüm her şeyi fotoğraflamaya bayılırım. Tabii bunun aslında çocukluğumda dedemden dinlediğim ve yıllar boyu kitaplarını alıp okuduğum Greenwich Kuzgunu Efsanesi ile yakından alakası var. Greenwich Efsanesi bana göre her an karşılaşmayı beklediğim büyülü bir gerçek. Bir gün o kuzgunu görecek ve onu fotoğraflayan ilk kişi olacaktım. Neredeyse buna emindim.

Annem, özellikle cumartesi günleri dükkanı daima erkenden açmaya özen gösterirdi. Pazarın kurulduğu gün en fazla iş yaptığı gündür. Pazar kalabalığından her cumartesi o da kendi payını alır ve bundanda hiç şikayet etmez.

"Günaydın Max!"

"Günaydın Mila! Depodan yeni gümüşler getirdim. Senin sevdiğin bilekliklerden de var!"

Max, eğlenceli bir adamdır. Sabahın köründe nasıl bu denli cana yakın oluyor anlayamıyorum. Elimde değil, böyle insanları gördükçe kendimi bir ucube gibi hissediyorum. Ağzıma birkaç lokma bir şey atmadan kimse bana yaklaşmasın! İşte en büyük sırrım bu. Şimdilik.

"Tamamdır Max bir ara uğrarım!"

Cümlemi bitirir bitirmez ayağımın altında içi patates ve balık kırıntılarıyla dolu kutuya bastım ve bir sabah küfürü savurdum. İşte ikinci sırrım; sabah ne kadar huysuz olursam olayım, yerlere atılan çöplere ve insanların bu konudaki vurdumduymazlıklarına da bir o kadar huysuzlanıyorum.

İki sırrımı da ifşa etmişken, son sırrımı saklamaya gerek olmadığını düşünüyorum. Aslında bu bir sır değil. Bu benim hayatım. Beni çoğu insandan ayıran özel bir durum.

Ben bir evlatlığım.

Biyolojik annem ve dedem ben henüz doğmadan önce bir anlaşma yapmışlar. Anlaşmaya göre daha doğduğum gün dedem beni alacak ve bir daha kimse kimseyi görmeyecekmiş. Her iki taraf da anlaşmaya sadık kalmış.

Üvey olduğumu öğrendiğimde liseye yeni başlamıştım. Yaklaşık üç yıl önceydi. Bir aile dostumuzun oğlunun bir anda ağzından çıkarttığı ve hayatımızı alt üst ettiği bir andı. Karşıma geçip, "Sana çok önemli bir şey açıklamam gerek. Bunu öğrendiğimden beri çok huzursuzum. Bilmen gerektiğini düşündüm," demişti. Ne olduğunu sorduğumda ise, "Onlar senin öz ailen değiller. Sen üveysin," demişti. Cümlesini bitirdiği anı dün gibi hatırlıyorum. Kendimden beklemeyeceğim kadar sakin ve soğukkanlıydım. İçimde bir yerlerde, yeryüzünde üvey olmayan insanların anlayamayacağı bir duygu fırtınası yaşıyordum. Dünya nüfusunun sekiz milyar civarında olduğunu varsayarsak, yarısından fazlasının hissedemeyeceği bir duyguyu hissetmiştim. Biraz hayal kırıklığı, biraz dibe doğru batma hissi, biraz da keder gibi…

Tüm hayatımı bir yalan üzerine yaşıyor olma düşüncesi önce dilimi damağımı kurutmuş sonra çöldeki kum fırtınası misali ruhuma çarpmaya ve yaralamaya başlamıştı. Kumlar önce kalbimin üzerini örtmüş ardından gözlerimi ve tüm duyularımı dünyaya kapatmıştı sanki. Onlarca sorunun çengeli hem beynime hem ruhuma takılıyordu. Sonra bir anda o hayatım boyunca unutamayacağım söz çıktı ağzımdan, "Olabilir," dedim. Olabilirdi. Mümkündü. Herkesin başına aynısından gelebilirmiş gibi.

O günden sonra o anı bir daha yaşamak istemedim. Ne anneme ne dedeme tek kelime etmedim. Fakat annem ertesi gün durumu öğrenmişti. Benimle konuşmak istediğini söyledi. Öğrenmeseydi ben asla konuyu açmazdım. Annem anlatmak istiyordu ancak ben daha fazla duymak istemiyordum. "Her insanın bir ailesi vardır. Bir anne. Bir baba. Benim de ailem sensin," dedim ona. Hepsi bu. O günden sonra bir daha bu konuyu hiç açmadık.

Annemle bu konuyu bir daha hiç konuşmadık ama ben kendi kendime binlerce kez konuştum bu konuyu. Bazen bir gece yarısı yatağımdayken bazen okul yolunda bir sabah vakti bazen bir doğum günü partisinde onca gürültünün içinde bazen pazar kahvaltılarında annemle şakalaşırken… Binlerce kez yıkıldım, ayağa kalktım, hesap sordum, affettim, öfkelendim, saçma buldum, ağladım… Defalarca duygu depremleri atlattım. Her depremin ruhumda açtığı yarıkları iyileştirmek için yine kendi kendime konuşmaya devam ettim. Bu bendim. Benim hayatımdı. Kendimden başka kimseyle paylaşmak, akıl almak veya omuzunda ağlamak istediğim türden bir şey değildi. Bunu sadece kendime sakladım. Ve üç yıl sonra geldiğim nokta; hala ara sıra kendimle bu konuyu tartışabiliyor olmamdır. Sanırım bu, hayatım boyunca böyle devam edecek.

Dükkanın kapısını ardına kadar itip havalanması için açık bıraktım. Bilgisayar açılırken kahve makinasının düğmesine bastım. Hazır annem ortalarda yokken ikinci kez bir fincan kahveyi hak ediyordum. Çalışma masasının üzeri onlarca açılmamış zarf ve dosya ile doluydu. Her sabah düzeltip akşam yine karmakarışık bırakacağım masayı elden geçirmeye başladım. Bankalardan gelen zarflar, bir tomar broşür ve çeşitli dergilerin sezon geceleri için davetiyeler…

Kahve makinasının hazır olmasıyla birlikte şekersiz sert bir kahve doldurdum. Geçen hafta annemin Regent's Park çekimleri için yanında götürdüğü tripodu ayağımın altından kaldırdım. Annem genelde gece çekimlerini severdi. Bazı akşamlar birlikte Hyde Park'ın ılık çimlerine uzanıp etrafı gözlemlerdik. Annemin işini bir asker gibi ciddiye alarak ve disiplinle yapması hoşuma giderdi. Bazen ortamı cıvıtmak için türlü şebeklikler yapardım. Annem de sonunda dayanamaz, tripodunun kumandasını kafama atardı. Sonra karnımız ağrıyana kadar gülerdik.

Kahvemden bir yudum almıştım ki dükkanın kapısında genç bir çocuk belirdi.

"Bayan Elford?"

"Evet benim,"

"Bir paketiniz var. Şurayı imzalamanız yeterli,"

Kargo elemanı elindeki kahverengi paketi masaya bıraktı. İmzamı aldıktan sonra hızlı adımlarla dükkandan çıktı. Hayatım boyunca okul ve çeşitli dergi davetiyeleri dışında hiçbir yerden kargo almamıştım. Dergi davetiyelerini de annemin sayesinde alıyordum. Kimi zaman üzerinde yaldızlı harflerle kocaman Mila Elford yazardı. Fakat bu seferki paket hiç de içinde davetiye varmış gibi durmuyordu.

Paketi elime aldığımda ilk iş kimden geldiğini merak ederek isme bakmak oldu.

Gönderenin ismini okurken boğazıma bir yumruk oturmuş gibiydi. Nasıl olabileceğini düşünürken paketin üzerindeki kargo şirketinin mührünü fark ettim; *2023 Yılına* yazıyordu. Neler olduğunu anlamak için aceleyle paketi yırtmaya başladım. Gizemli paketi açarken aklımdan sayısız ihtimal geçti. Paketin içindeki saman rengi kraft kâğıdı yırtarken nefesimi tutuyordum. Nihayetinde paketi açtığımda içinde siyah bir palto olduğunu gördüm. Paltoyu paketten çıkardım ve iyice bakmak için havaya kaldırdım. O sırada cebinde bir şey olduğunu fark ettim.

Elimi paltonun cebine soktuğumda, pazar sokağında sıradan günlük sesler işitiliyordu.

"Bu da ne böyle?" Paltonun cebinden küçük bir ahşap kutu ile bir de not çıkmıştı.

Dedem Henry Marlow tarafından yazılmış bir not! Kimi yerde rastgele karalanmış satırlardan, bu notun aceleyle yazıldığını anlayabiliyordum.

Sevgili Mila'm, sana çok daha uzun bir mektup yazmak isterdim, ama hiç vaktim kalmadı. Hissediyorum, çok yakındalar. Sana gönderdiğim kutunun içinde ne yazdığını çözdüm. Hani sana küçükken okuduğum o kitap vardı ya, işte kuzgun efsanesi gerçek oldu Mila. Greenwich Kuzgunu yakında uyanacak ve uyandığında Londra için çok geç olacak. Endişe etme, yaşadığın şehir sana ne yapman gerektiğini söyleyecektir. İşaretleri bekle. Kuzgunlara dikkat et. Sisli havada tek başına ıssız sokaklardan geçme. Paltoyu giy ve üzerinden hiç çıkartma. Tanrı Londra'yı ve seni korusun.

Seni hala çok seven deden

Gözlerim dolarken, dünyanın, dükkanın içinde kalan küçük bir parçası sular altında kalmıştı. Dökülen iki küçük damla, saman rengi kağıdın üzerine düştüğünde görüntüler netleşmeye başladı. Notun içinde yazılandan çok, dedemden gelmiş olması ruhumu derinden etkilemişti.

Gözüm, masanın üzerinde duran ahşap kutuya takıldı. Bir anlığına açıp açmamakta kararsız kaldım. O sırada iki pazarcının ani kahkahasıyla irkildim. Daha fazla ayakta duramayacağımı hissederek ellerimle destek aldığım sandalyeye oturdum. Notu tekrar okudum, ardından bir kez daha.

Şimdi masamın üzerinde dedemin gönderdiği paket, henüz açılmamış birkaç posta gönderisi, cep telefonum, Londra'nın yeraltı haritasını gösteren beyaz kahve fincanım, ahşap kutu ve yanında o gizemli siyah palto duruyordu. Fincandan gelen taze kahve kokusu dikkatimi dağıttı. Derin bir nefes aldım. Ya da öyle sandım.

Kutu şimdi ellerimin arasındaydı. Yıllar önce bu küçük ahşap kutuyu en son dedemin tuttuğunu düşününce içimin ürpertiyle titrediğini hissettim. Dedemin esrarengiz ölümü beni hep derinden yaralamıştı. Aklım çocukluğuma doğru yelken açarken bir elim de kutuyu yavaşça aralıyordu.

Ketum kutu ağır ağır açılırken, o sırada Londra'nın başka yerlerinde başka kapılar aralanıyordu. Londra'nın üzerinde, altında ve çok daha derinlerde...

Kutuyu açtığımda içinde bir kartvizit bir de parşömen buldum. Önce kartvizitin üzerinde yazan adrese baktım: 187 Piccadilly W1J 9LE yazıyordu, ardından parşömenin üzerindeki eski yazıyı inceledim. Bir dönem Vikingler tarihine olan ilgimden dolayı pek çok araştırma kitabı ve makale

14

okumuştum. Runik alfabesini ilk görüşte tanıyabilenlerdenimdir. Bu yüzden satırların çoğunun Runik harfleriyle yazıldığını, fakat bazı harflerin çok daha eskiye dayandığını fark ettim. Kendimi zorlasam da o an aklım tamamen başka yerdeydi. Hayatım boyunca bildiğim her şeyi unutmuş gibi hissediyordum.

Parşömeni aceleyle yeniden kutunun içine koyup kapatırken gözlerim hala kitapçının kartvizitinin üzerindeydi.

∞

Fotoğrafçı'nın Londra'sı

Zarfı açmış, içindeki notu okumuş ve kendimi saçma, kaçık ve pervasız duygular eşliğinde Hyde Park'ta bulmuştum. Üzerimde dedemin gönderdiği *siyah palto* vardı. Ne zaman ve nasıl gelmiştim ben buraya? En son dükkanda karışık duygular içindeydim. Aklımı kemiren onlarca soru dolanıyordu beyin hücrelerimde.

Yağmur bulutları gittikçe alçalıyordu.

Göl tam karşımdaydı. Ayaklarımı sürür gibi az ilerdeki banka yürüdüm. Etrafta kimseler yoktu. Varsa bile az sonra yağmurun bastırma ihtimaline karşı hepsi koşar adım parkı terk etmeye başlamışlardı. Hava gittikçe grileşti.

Londra hep griydi zaten, ama bu gri hayatımda gördüğüm en tehditkar griydi.

Gölün karşısındaki banka oturdum. Az evvel kendimi boş bir çuval gibi hissederken şimdi yavaş yavaş aklım netlik kazanmaya başlıyordu. Bacaklarımı karnıma çektim ve yüzümü kollarımın arasına yasladım. Sadece olduğum yer değil, sanki tüm dünya garip bir sessizliğe gömülmüştü. İşte o an, kalbimin derinliklerinden gelen yakıcı bir sancı kafamı kaldırmamı emretti. Tam karşımda, kollarını kavuşturmuş, iri siyah gözlerle bana bakan tuhaf birini gördüm. Normalde ölesiye çığlık atıp oradan kaçardım herhalde. Ama o an zaten çok normaldi. Benim bir geçmişim ya da geleceğim yoktu. Sadece o an vardı.

Biraz benim yaşlarımda biraz da yaşsız gibiydi. Omuzlarına dökülen saçları parlak siyah-mavi tondaydı. Siyah iri gözleri ve hafif sivri bir burnu vardı. Cildi epey sağlıklı görünüyordu; sanki buralardan değilmiş gibi.

Dudaklarına yayılan gülümseme, onları olduğundan daha geniş ve uzun göstermişti. Tuhaf denecek kadar hoş görünümlü birisiydi. Yani demek istediğim, birisi olmayabilir, birisi derken insanımsı bir varlık demek istedim. Bilemiyorum.

Bakışlarını bana sabitlemiş halde banka yaklaştı. Üzerindeki siyah pelerinin ne kadar güzel olduğunu düşündüm. Kumaşı, benim bildiklerimden çok farklıydı.

"Merhaba Mila," dedi. Sesindeki tını önce bedenimden geçti ardından ruhumu esir aldı. Sadece ona bakıyordum, siyah gözbebeklerinin içine. Sonra aniden kendime geldim. Gözlerimi kapatıp açtım. Boğazımı temizledim. Bacaklarımı yere indirdim.

"Kimsin sen? Beni nereden tanıyorsun?" diye sordum çabucak. Eski Mila hayata dönmüştü.

"Adım Pie," dedi pelerinini geri çekip beni nazikçe selamlarken. O sırada ellerini fark ettim. "Burada yaşıyorum. Aslına bakarsan çok uzaklardan da geliyorum denebilir. Seni doğduğun günden beri tanırım. Sen küçük bir çocukken, Bay Marlow'un senin için aldığı kitapları satan kitapçıyı da tanırdım. Dürüst olmak gerekirse biz, yani ben, yani ben ve arkadaşlarım Londra'nın en sadık bekçileriyiz," dedi.

"Londra'nın bekçilerinin Landseer Aslanları olduğunu düşünürdüm hep," dedim en olmadık anda saçma bir espri yapmışçasına. Pie, onaylarcasına başını öne eğdi.

"Elbette Aslanlar da en az bizler kadar koruyucudur. Buna ne şüphe!" dedi. Çocukluğumdan beri okuduğum masalların bir anlığına uydurma olabileceği hissi, zehir gibi mideme oturmuştu. Pie'ın açıklamasından sonra biraz daha rahatlamış hissettim. Ve Pie devam etti.

"Herkesin koruma bölgesi farklıdır. Biz Chullondie ırkı, bu toprakların ilk sahipleriyiz. Tarihimiz güçlü efsanelerle doludur. Bay Marlow'un yıllar önce sana okuduğu o kitap..."

Pie cümlesini bitiremeden lafını kestim ve ani bir çıkışla "Kuzgun Efsanesi!" dedim.

"Evet," dedi yüzündeki gülümsemeyi arttırarak. "Kuzgun Efsanesi'nin bir gün doğru olacağına hep inanmıştın değil mi?"

"Evet, tabii, elbette. Greenwich Kuzgunu'nun her zaman gerçek olduğunu düşünmüşümdür. Neredeyse her gece o kitabı okumasını isterdim dedemden. Ne zaman okusa bedenim yatağımın içinde kalır, ruhum aklımı peşinden sürükleyerek Greenwich Kuzgunu'nu aramaya götürürdü. Her seferinde de kitabın son cümlesi okunduğunda kendimi Trafalgar'da bulurdum. Başka bir insanın anlayamayacağı kadar tuhaf duygulardı benim yaşadıklarım."

"Haklısın, bir insanın anlayamayacağı türden şeyler bunlar," diye mırıldandı. O sırada uzaklarda bir yerde gök gürledi ve yıldırım sesi duyuldu.

"Yağmur bastırmak üzere, benden ne istediğini bir an önce söylesen iyi edersin," dedim arkadaş canlısı gibi görünmeye çalışarak. O anda artık işlerin çok daha hızlı ilerlemek zorunda olduğuna dair bir his kapladı içimi. Sanki acelemiz vardı. Hemen şimdi bir şeyler yapmak zorundaydık.

Londra'yı korumak için.

"Bayan Elford," dedi tırnağını çenesine götürürken. Yine ani bir çıkışla "Mila," dedim. Kabul etti. Sakin görünmeye çalışıyordu. Oysaki pelerininin altında fırtınalar koptuğuna yemin edebilirdim.

"Mila, Bay Marlow'un sana yazdığı o nottan haberimiz var," dedi. Tam devam edecekken yine lafını böldüm.

"Onun esrarengiz ölümü Kuzgun Efsanesi ile ilgili değil mi?" diye sordum. Hüzünlü gözlerim Pie'ın dikkatini çekmişti. Bir süre öylece gözlerime baktı. Beni hissediyor gibiydi. İçimde tuhaf bir burkulma hissettim.

Pie kollarını arkasında birleştirdi.

"Sana tüm hikâyeyi baştan anlatmak isterim, Mila. Her şeyi bilirsen bu daha kolay olacak," dedi. Sonra son beş dakikadır -ya da bana öyle gibi geldi- bozmadığı duruşunu değiştirerek tek hamleyle yanıma oturdu. Şimdi az öncekinden çok daha yakındı. Elimi uzatsam ona dokunabilirdim. Bu düşünceler daha önce hayatımda hiç hissetmediğim bir kalp sancısına neden oldu. Cılız bir kramp önce kalbime sonra karnıma süzüldü. Ve en utanç verici olanı da onun tüm bunları hissediyor olmasıydı.

Ne kadar süredir bana anlatıyordu, bilmiyorum. İçinde bulunduğum atmosfer ağırlaşmıştı. Havadaki gri bulutlar gittikçe yaklaşıyordu. Her şey kendinden bağımsızmış gibi göründü gözüme. Bedenim o bankta oturmuş yarı insan yarı kuzgun birinin anlattığı o büyülü efsaneyi dinliyor, diğer birkaç yarım birbirinden bağımsız farklı bir enerjide Londra'yı karış karış geziyordu. Zaman yarılmıştı. İçinden yüzlerce paralel Londra çıkmıştı. Doğup büyüdüğüm bu şehrin yüzlerce farklı yüzünü görmekteydim. Pie anlattıkça, ben şehrin yeraltındaki gizli geçitlerinden geçip, nehrin ilk berrak suyundan içmiş, pek çok tuhaf şey görmüş, tehdit edilmiş, yangınlar atlatmış, bir büyücünün elinden kurtulmuş, ilk Chullondie düğününü görmüş ve bu topraklar için nehrin üzerinde verilen o kararlı savaşın getirdiği felaketleri ve sonrasındaki barışı ve huzuru izlemiştim.

Bu Londra biraz yanıltıcıydı. Eski bildiğim Londra değildi. Ben, artık kuzgunların hüküm sürdüğü diğer Londra'daydım.

Ve Pie bunları bana anlatmıyordu. O, tüm gerçeği bana gösteriyordu.

Yedi ve Kuzgun

"Balıklar hazır millet hadi soğutmayın!"

"Hey Gizur yine bize taze diye eski sakladığın balıkları mı yediriyorsun yoksa?"

"Bozgunculuk yapma da yemeğini ye Bardi, ben asla bayat balık pişirmem! Avlanma konusunda en tecrübeliniz olarak sabrettim ve taze balıklar tuttum. Şimdi önündeki balığı almadan yemeye başlasan iyi edersin,"

"Sen onu boş ver Gizur her şey harika görünüyor," dedi Hrefna, soğuk taşın üzerine oturmuş önündeki sıcak balığın kokusunu içine çekerken.

Chul kuzgunları soğuk havayı, sisli yerleri ve özellikle nehir kıyılarındaki engebeli yamaçları seviyorlardı. Yerleşim yerleri kayalık araziler üzerine yoğunlaşmıştı. Bu küçük grup yemeklerini büyük bir afiyetle yerken, nehrin karşı kıyısındaki kayalık tepelerin aralarında onları gözetleyen birileri vardı.

İçlerinde silah konusunda en yeteneklisi Rodmark idi. Rodmark, iri mavi gözlere, geniş bir alına sahipti. Tarçın rengi saçları ensesinden aşağı kadar uzanıyordu. Sivri ve güçlü dişleri vardı. Omuzları geniş ve çıkıntılıydı. Gün bitiminde barakalarına geldiklerinde ilk işi bıçağını temizleyip bilemek olurdu. Alt kısmında ufak bir çıkıntısı olan uzun ve geniş bıçak ilk insan silahlarından biriydi. Bu özel bıçak-ki insan ırkından sadece babasında vardı-ona babasından kalmıştı. Son nefesini verirken bıçağını ona uzatmış, gözlerinin içine bakarak tek bir kelime dahi edemeden ölmüştü. Rodmark babasından kalan bu bıçağa gözü gibi bakıyordu.

"Ay ışığında daha parlak görünüyor," dedi Gunnar yanına otururken.

"Babanı düşünüyorsun,"

Rodmark omuz silkti ve ardından kısa bir iç geçirdi.

"Sadece onu değil... çaresiz bir kaderin içinde nefes almaya çalışıyoruz görmüyor musun? Yıllar sonra yaşlanıp öleceğiz ve bizden geriye hiçbir şey kalmayacak Gunnar. Leşlerimizi afiyetle yiyecekler ve bir daha adımızı dahi anmayacaklar,"

"Bunun böyle olacağını bile bile bu anlaşmayı kabul ettik," dedi Gunnar, ayağının altındaki soğuk çakıl taşıyla oynarken. "Yoksa yıllar evvel hepimiz ölmüştük. Şimdi en azından yaşıyoruz,"

"Buna yaşamak denirse..." Rodmark fısıltıyla mırıldandığı bu sözün ardından ayağa kalktı.

"Ben yatıp uyuyacağım, yarın yorucu bir gün olacak." Gunnar'ın omzunu sıvazladıktan sonra barakaya doğru ilerledi.

Herkes en az Rodmark kadar çaresiz ve üzgündü. Kederli ve sessiz akşamlardan birini daha geride bırakarak usulca yataklarına girdiler ve yarı uyanık yarı uyur halde rahatsız bir uykuya daldılar.

Chul ırkı gruplar halinde yaşardı. Her grubun kendine has güçleri ve yetenekleri vardı. Chul ataları bu grupları belirlemiş ve içlerinden en yetenekli olanlarını ayırıp-ki ayak işleri için sadece kargalar seçilmişti- iş bölümü yapmışlardı. İçlerinde en önemli grup, askerlerdi. Asker Chul'lar dişi toprak için ayrı bir önem taşıyordu. Onların gagalarında ve kanatlarında kırmızı lekeleri vardı ve her birinin ruhu öldükten sonra yeniden dünyaya yollanmak için güçlendirilmişti. Chul bitkisini de askerler korurdu. Asker Chul'lar sayıca fazla değillerdi. Ancak toprak onların ruhlarını emdi ve yeniden daha güçlü olarak yer üstüne attı. Böylece askerler, Ragnarok zamanı herkesten sonra ölecek olan Chul atalarıyla birlikte son grup olarak belirlendi.

Toprağın çaresiz kaldığı tek konu yüksek ateşli hastalıklardı. Toprağın verdiği sayısız şifa ateşli hastalıklarda çaresiz kalıyor, o zaman Chul atalarının da ellerinden bir şey gelmiyordu. Bugüne kadar ateşlenen onlarca yavru Chul ölmüştü ve Chul ataları durup izlemekten başka bir şey yapamamışlardı. Oysa şimdi durum farklıydı, bir yavru daha ölebilir ve bu ilk kez bir insanın bakıcısı olduğu yavru olabilirdi.

"Efendim, Hrefna yavrunun ateşi olduğunu ve bu yüzden huysuzluk yaptığını söylüyor. Ne yapmamı buyurursunuz?" dedi haberci kargaların en ürkek olanı.

"Seni sefil karga! Görmüyor musun banyo için hazırlanıyorum. Söyle o… o… her neyse o insan ırkına gereken neyse yapsın, belki bir pelit tohumu eziği iyi gelecektir, bilemiyorum. Derhal nehir kıyısına in hadi sallanma!"

"Emredersinizefendim derhal!"

Karga bir hamlede geriye dönüp kanatlandı ve kayalıkların üzerinden nehre doğru yol aldı. O sıralarda Hrefna yavru Chul'un yanında endişeliydi. Eğer yavruya bir şey olursa bu onun sonu olurdu. Yıllardır ilk defa korkunun ağır sessizliği içinde kıvranıyordu. Ne yaptıysa yavrunun ateşi düşmemişti. Haberci karga az sonra geldiğinde eğer bir çözüm bulamazsa kaderine razı olacaktı. Yavru Chul bu halde fazla yaşamazdı.

Haberci karga üzerindeki karlarla birlikte çıkageldi.

"Sefil insan hala bir çare bulamadın mı!"

"Ne yazık ki elimden gelen her şeyi yaptım ama ateşi düşmüyor. Denemediğim bir şey kalmadı," Hrefna üzgün ve çaresizdi.

"Öyleyse pelit tohumu eziğini de denedin ve işe yaramadı?"

"Elbette denedim. Dedim ya bildiğim her şeyi yaptım ama yavru…"

"Yavru ölürse sen de ölürsün zavallı insan bunu biliyorsun değil mi?" dedi haberci karga kanatlarını hiçbir zaman Chul kuzgunlarının yanındayken yapamadığı bir gerginlikle arkaya yatırırken.

"Evet biliyorum…" dedi Hrefna başını önüne eğip.

Cümlesini bitirmesiyle yavru Chul'un nefes alıp verişi değişti, iniltiler halinde tuhaf sesler çıkartmaya başladı. Durum kötüye gidiyordu. Yavru her an ölebilirdi.

Ve beklenen oldu. Yavru Chul acımsı bir koku yayarak son nefesini verdi ve ruhu çekilerek boş bir beyaz tüy yığınına dönüştü. Hrefna eliyle ağzını kapadı. Haberci karga ani bir hamleyle Hrefna'nın başına kondu ve boğuk uğultusunu duyurmaya başladı. Birkaç saniye içinde Hrefna'nın elleri arkasından bağlanmıştı. Korkudan dili tutulan bu genç hanım olduğu yere yığıldı.

Rodmark o gün avlanmış sonra da batı tarafındaki kayalıklarda oyma işine başlamıştı. Güneş göğe yükselirken kuzeyden gelen fısıldaşmalar duyuldu. Kayalıkların tepelerinde gezinen işçi kargalar sesin geldiği yöne doğru uzaklaştılar. Rodmark kötü haber sezinliyordu. Aklına hemen Hrefna geldi. Son birkaç gündür kuzey tarafındaki yavrulara bakmakla görevliydi. Elindeki mızrağın sivri ucunu sapladığı yerden çıkardı, hızla kayalıklardan inip-çoğu zaman kayıp-karla kaplı beyaz zemine ulaştı. İçinde bir yerlerde kötü hisler ruhunu ele geçirmeye başlamıştı. Kayalık kıyıları boyunca kuzeye koşarken Hrefna'ya bir şey olmaması için yalvardı.

Ortalıkta ne haberciler ne de askerler vardı. Yer ve gök uzun zamandır bu kadar sakin görünmemişti. Bu onun daha fazla endişelenmesine sebep oldu. Koşarken gökte çok uzaklarda iki sıra halinde uçan asker Chul'ları fark etti. Kalbi yerinden çıkacaktı.

Hrefna'ya bir şey olursa, o ölürse…

Onun başına kötü bir şey gelirse artık hayatta kalmasının da bir anlamı olmayacaktı. Kendi adına anlaşmayı bozacak ve Hrefna'nın gittiği yere gidecekti.

Tüm yol boyunca bunları geçirdi aklından Rodmark. Az sonra kuzey oyuklarına vardığında ilerdeki kalabalığın hiç de hayra alamet olmadığını görecekti.

"Sen bir kuzey habercisisin," dedi baş haberci. Sonra Chul atalarına vereceği hesabı düşünerek kanatlarını dikleştirdi. Gergin olduğu her halinden anlaşılıyordu.

"E evet efendim doğru,"

"Oyuktan sen sorumluydun ve gördüğüm kadarıyla yerde yatan şu insan kadar sefil ve suçlusun,"

"Efendim ben…" dedi haberci Chul iki büklüm olmuş zor nefes alıp veriyordu.

"Sözümü kesme haberci! En az onun kadar sen de suçlusun. Başına gelecekleri biliyorsun. Öyleyse ne duruyorsunuz askerler derhal öldürün bu işe yaramazı!"

"Durun!" dedi haberci kendinden beklenmeyecek bir haykırışla. "Durun efendim ben… ben insan gibi suçlu değilim. Ben ona pelit tohumu eziğini vermesini söyledim ancak geri döndüğümde bana yalan söylediğini fark ettim. Ona emir verdiğim halde pelit tohumu eziğini yavruya vermemiş. Bunu fark ettiğimde artık çok geçti. Emirlere uymayan ve yavrunun ölümüne neden olan tek suçlu bu insandır!" dedi haberci Chul en riyakar haliyle.

Baş haberci bunun üzerine askerlere geri çekilmeleri emrini verdi. Asker Chul'lar birkaç metre geriye çekilip boşlukta sallanmaya devam ettiler.

"Pekala haberci sana inanıyorum. Ne de olsa sen bizdensin o ise bir insan… zavallı bir insan!"

"E, elbette efendim. Teşekkür ederim efendim. Emrinizdeyim efendim,"

"Kes sesini bundan sonra gözüm üzerinde, en ufak hatanı yakalarsam işin biter!"

"Siz hiç merak etmeyin efendim ne emrederseniz yerine getirmeye hazırım."

Haberci karga son sözlerini de söyleyip gözden kayboldu. Baş haberci suçluya verilecek cezayı çok iyi biliyordu. Asker Chul'lara emir verdi ve insanı gereken yere götürmelerini emretti.

O sırada Rodmark mızrağı ve bitki saplarından eğriltilmiş ip kemerinin altında gizlediği bıçağı ile ağaç oyuklarının hemen arka tarafındaydı. Kafasını kaldırdığında askerlerin Hrefna'yı götürdüklerini gördü. Gittikleri yolun bataklığa çıktığını çok iyi biliyordu. Gizlenerek peşlerinden gitti.

Chul ataları yine bir yavrunun ateşlenerek öldüğü haberini çoktan almışlar, üstelik bu sefer bir insanın sorumluluğundayken öldüğünü öğrenmişlerdi. Yapılacak şey belliydi ancak Chul ataları henüz bir karar vermemişlerdi.

Askerler verilen emir üzerine Hrefna'yı getirip Chul atalarının toplandığı ve ölüm emrini verecekleri bataklığın girişine bıraktılar.

"İnsanlarla yapılan bir anlaşmamız var. Şayet anlaşmayı bu şekilde bozarsak…"

"Hiçbir şey olmayacağına bahse girerim Thor, bu kadar endişelenmeni abartı buluyorum. O eski bir lanetti, aslında bir aldanış demem gerekir. Ataların kendilerinden başka bir ırkla yaptıkları herhangi bir anlaşmayı, anlaşmanın şartları gereğince farklı bir sebepten ötürü bozmaları sessizlik lanetinin kapılarını açacak ve üzerlerine salacaktı. Böylece Chul bitkisi kuruyacak ve Chul ırkı uzun yıllar güçlerini kaybedeceklerdi. Bu koca bir yalan!" dedi Branwen kendinden emin tavırlarıyla.

"Ben o kadar emin değilim Branwen, bugüne kadar bunun olmaması koca bir aldanış olduğu anlamına gelmez. Kaldı ki ilk anlaşma bizler tarafından yapıldı. Geçmişte bunu doğrulayacak bir anlaşma yok."

Tartışma devam ederken içeri Hugin, Munin, Baldric ve Gwyllum girdi. Chul ataları birbirlerine yaklaştılar ve kendi aralarındaki özel bir dille konuşmaya başladılar.

İlk söze başlayan Baldric oldu.

"Thor haklı olabilir, Branwen. Geçmişte bu laneti kanıtlayacak ya da doğrulayacak bir örneğimiz olmayabilir ama bu lanetin tekrar etmeyeceğini göstermez. İnsanların bu lanetten haberi olursa bunun üzerine gideceklerinden kuşkum yok. Bu bizim için büyük bir risk. Bunu göze alamayız. Ben kızı bırakmayı öneriyorum. Sen ne düşünüyorsun Munin, kararın nedir?" diye sordu Baldric.

Munin Chul'ların zihin atası olarak bilinirdi. İlk günden bugüne yerde ve gökte olan her şeyi en iyi hatırlayan hep o olmuştu.

"Hafızamda lanetle ilgili tek bir anı yok; konuşma, sır, fısıldaşma… toprak ve hava bununla ilgili hiç konuşmadı. Aslına bakarsan ben de söylentiden ibaret olduğunu düşünüyorum, ancak dediğin gibiyse bunu göze alamayız."

Hrefna yıllardır Chul kuzgunlarının evlerinde çocuklarına bakıcılık yaparken, ailelerin kendilerine has kullandıkları birçok dili öğrenmişti. Ancak bu dil farklıydı. Bunu sadece Chul ataları kendi aralarında konuşurdu. Başka bilen kimse yoktu. Oysaki o an Hrefna birdenbire bu dile aşina olduğunu fark etti. Daha önce duymamasına rağmen ne konuştuklarını kelimesi kelimesine anlayabiliyordu. Bu bir mucize diye düşündü içinden. Konuşulan her şeyi duydu ve aklında tuttu.

Gözler Hugin'e çevrildi.

Derken Hugin daha önce hiç açıklanmayan bir sır paylaştı.

"Hepiniz yanılıyorsunuz. Şimdi beni iyi dinleyin. Bu lanet bir aldanış olabilir ancak bilmediğiniz bir sır var. Bu sır Chul bitkisinin kurumasına ve uzun yıllar güçlerimizi kaybedip sessizlik lanetine gömülmemize neden olabilir,"

"Bizim sonumuzu getirecek şey ne olabilir ki Hugin, biz ölümsüzüz, bize kimse bir şey yapamaz!" dedi Baldrick kendinden emin, gagasını kibirle doğrulturken.

"Bir şey hariç!" dedi Hugin, ardından meraklanan ataları daha fazla bekletmeden devam etti. Hrefna ise nefesini tutmuş dinlemedeydi.

"Eğer," diye söze başladı Hugin, "Rodmark… içimizden birini öldürür yedi parçaya böler sonra bu yedi parçayı ayrı tepelere gömerse aramızdaki anlaşma bozulur, üzerlerindeki lanet kalkar! İşte o zaman Chul bitkisi kurur ve biz güçlerimizi kaybederiz!"

Hugin'in fısıltı gibi mırıldandığı bu sır üzerine herkeste boğuk bir serzeniş oldu. Herkes böyle bir şeyin nasıl olabileceğini tartışıyordu. Gwyllun daha fazla bekleyemedi.

"Bu doğruysa büyük felaket demektir! Bu bizim sonumuz, işte son budur!" ve kemerli gagasını kanatlarının arasına gömüp uzun süre sessizce bekledi. Sonra söze giren Munin oldu.

"Peki neden diğerleri değil de Rodmark, Hugin? Bunun bir nedeni olmalı. Neden hepsi değil de yalnızca o?"

Chul'ların düşünce ve hafıza atası Hugin kanatlarını geriye attı.

"Onun soyunda gizli bir güç var. Henüz açığa çıkmamış bir yetenek… bunu ne babası ne de kendi biliyor. Oysaki ilk insan ırkından olan büyük babaları yeryüzüne düşen ilk erkekti. Böylelikle ona bahşedilen güç sınırsız oldu. Ancak bunu kullanmayı hiçbir zaman bilemedi. Ondan doğan çocuk yani Rodmark'ın babası, kendi babasının yeteneklerini de almıştı fakat o da bunun farkında değildi. Eğer farkında olsaydı Chul bitkisine vardığında hiç zorlanmaz onu yok ederdi. Bundan insanların asla haberi olmamalı, bir ipucu ya da bir söylenti… o zaman ırkımız tehlikeye girer. Bu sır kendi aramızda ölümsüzlüğünü koruyacak anlıyorsunuz değil mi?"

Diğer atalar kederle başlarını eğdiler. Hrefna'nın kalbi yerinden çıkacak gibi atıyordu. Bir an evvel diğerlerinin yanına gidip durumu anlatmalıydı. Thor dışarda bekleyen askerlere emir vererek insanı barakasına bırakmalarını söyledi. Askerler yeniden Hrefna'yı sırtlarına aldılar ve hızla uzaklaştılar.

Rodmark tam kendini belli edecekken Hrefna'nın götürüldüğünü fark etti. Tekrar peşlerinden gitti.

∞

Sır'dan Sonra

Gunnar ve Drifa akşam yemeği için ateş yakarken kendilerine doğru gelen askerleri ve Hrefna'yı fark ettiklerinde ona bir şey olduğunu anlamışlardı.

"Bu kötü haber, bu hiç iyi değil!" diye söylendi Drifa.

Askerler Hrefna'yı barakanın önünde indirip uzaklaştılar. Gunnar, Hrefna'yı aceleyle barakaya taşıdı. Hrefna'nın heyecandan kalbi yerinden çıkacak gibi atıyordu. Onlar içeri girdiklerinde diğerleri de gelmiş, endişeli gözlerle Hrefna'yı süzüyorlardı. Drifa hemen su getirdi. Bir yudum su içen ve eliyle kalbini bastıran bu genç hanım, sakinleşmek ve nefesini kontrol altına almak için biraz soluklandı.

"Neler oluyor Hrefna bizi endişelendiriyorsun," dedi Gunnar. Ardından konuşması için ısrar eden Runa oldu.

Hrefna, gözlerini kapattı ve derin bir nefes aldı. Yavaşça aldığı nefesi bir hamlede geri bıraktı. O sırada Rodmark endişe içinde bir hışımla barakadan içeri girdi. Girdiğinde Hrefna'yı sapasağlam karşısında görünce derin bir nefes aldı.

"Rodmark," dedi Hrefna gözlerinin içi gülerken.

"Hrefna iyi misin?"

"İyiyim Rodmark endişelenecek hiçbir şey yok aksine…"

Rodmark sevgiyle Hrefna'yı kucakladı.

"Askerlerin seni bataklığa götürdüklerini gördüm, kayalıkların arkasına gizlendim. Neler oldu söyler misin, neden seni götürdüler ve sonra bıraktılar, sana bir şey yaptılar mı he söyle hadi?"

"Sakin ol Rodmark ben iyiyim hem de çok iyi. Şimdi hepiniz beni iyi dinleyin. Yaklaşın ve sessiz olun. Bugün çok gizli bir sır öğrendim. Bu sır bizim kurtuluş anahtarımız çocuklar,"

O an hiçbiri bu genç hanımın ne demek istediğini anlamamıştı. Ta ki Hrefna duyduğu sırrı anlatana dek.

"Artık sadece biz olmayacağız, çoğalabilecek ve özgürlüğümüze kavuşacağız!"

Gunnar bunun üzerine dışarı çıkıp etrafı gözlemledi, güvenli olduğuna emin olunca içeri girdi ve kapıyı kapadı. Hrefna devam etti.

"Bugün öyle bir şey duydum ki duyduğum bu sır üzerimizdeki laneti kaldıracak ve anlaşmayı bozacak,"

Gizur olabildiğince fısıldayarak Hrefna'ya doğru eğildi.

"Söylesene nasıl olacakmış bu, sen bizi yok etmeye mi çalışıyorsun? Böyle şeyleri konuşmak bile çok tehlikeli kes artık saçmalamayı!"

Rodmark bunun üzerine söze girdi. Soğukkanlı ve ciddi görünüyordu.

"Sakin ol Gizur, önce neler olduğunu anlayalım. Anlat bize Hrefna ne duydun, nedir seni bu kadar önemli olduğuna ikna eden sır?"

Rodmark'ın sözleri üzerine hepsi Hrefna'nın yanına çömeldiler. Hrefna olabilecek en nazik en kısık sesiyle anlatmaya başladı.

"Bugün baktığım yavrulardan biri ateşlendi. Asla kurtulamayacağını biliyordum ancak kurtulması için elimden gelen her yolu denedim. İşe yaramadı ve yavru öldü."

"Ah bu felaket!" dedi Runa sesini bastırmaya çalışarak.

"Biliyorum. Çok korkmuştum. Haberci Chul geldiğinde ellerimi bağladı ve askerlere emir vererek beni götürmelerini söyledi. O sırada baygındım, kendime geldiğimde etrafımda fısıldaşmalar duydum. Bataklığın girişinde yatıyordum ve az ilerde Chul ataları kendi aralarında konuşuyorlardı. Konu benimle ilgiliydi."

Rodmark sırtını dikleştirdi.

"Chul atalarının senin hakkında konuştuklarını mı duydun? İyi ama biz onların özel dillerini bilmeyiz. Sen bunu nasıl…"

"İşte ilk mucize bununla başladı," dedi Hrefna. "Onlar ne konuşurlarsa hepsini anlayabiliyordum. Bu çok garip ve heyecan vericiydi. Beni öldürüp öldürmeyecekleri hakkında eski bir laneti tartışıp durdular. Sonunda bundan vazgeçtiler. Çünkü eski bir söylentiye göre beni öldürürlerse yapılan anlaşma şartlarına uymamış olacaklar ve üzerlerine sessizlik laneti inecekmiş. Bundan korktukları için beni öldürmekten vazgeçtiler. Sonra Hugin çok ama çok gizli bir sırdan bahsetti…"

"Sen, sen Hugin'i mi gördün?" dedi Bardi merakını gizleyemeyerek.

"Söylesene neye benziyordu, diğerlerinden farklı mıydı, daha mı büyük, tüyleri ne renk?"

"Sakin ol bakalım Bardi bırak da Hrefna her şeyi anlatsın," dedi Gunnar.

Hrefna Bardi'nin başını okşadı ve devam etti.

"Büyük sırra gelince; Rodmark atalardan birini öldürmeyi başarır yedi parçaya böler ve her parçasını ayrı yerlere gömerse lanet kalkacak ve anlaşma bozulacak, böylelikle Chul bitkisi kuruyacak ve uzun yıllar Chul ırkı güçlerini kaybedip sessizliğe gömülecekmiş. Hugin, Rodmark'ın soyunda gizli bir güç olduğunu ancak bunu başından beri bilmediklerini, bunu yapabilecek tek kişinin Rodmark olduğunu söyledi."

Rodmark duydukları karşısında yerinden bir ok gibi fırladı. Hrefna kalktı ve yanına gidip iki kolunu da sıkıca kavradı.

"Bu doğru Rodmark, sen özelsin bunu hepimiz biliyoruz. Bizi kurtaracak tek kişi sensin. Bunu başaracağına eminim. Bizi, insan ırkını yaşatacağına eminim."

Herkes, Rodmark'ın ağzından çıkacak sözleri bekliyordu. O ise nefes almak için dışarı çıktı.

Rodmark, kasvetli akşam ayazında çakıl taşlarını ezen, sert hayvan derisinden yapılmış ayakkabılarının sessiz adımlarında bir süre nehir boyunca yürüdü. Bu işin sonunun kötü bitmesinden korkuyordu.

Ya başarısız olursa ya Chul'lara yakalanırsa? O zaman bu kurtuluş değil sonları olurdu. Sezdirmeden bir Chul atasına yaklaşmak imkansızdı. Aslında biliyordu ki bu güç kendisinde vardı, bunu hissediyordu. Yoksa neden onun ismini versinlerdi ki?

Yine de riskli bir işti. Ucunda herkesin ölümüne sebep olmak vardı.

Ya da insan ırkını kurtarmak.

Rodmark, o gece barakanın arkasındaki çınar ağacının altında gözünü kırpmadan sabaha kadar düşündü.

Sabahın ilk ışıklarıyla duyulan karga uğultuları aniden yerinden sıçramasına neden oldu. Gözlerini açtığında herkesin etrafında dizilmiş olduğunu gördü.

"Pek iç açıcı bir gece olmamış galiba?" dedi Gizur içi kederlenerek. Rodmark yerinden doğruldu, sırtını çınarın gövdesine yasladı.

"Kararın nedir Rodmark, söyle bize hadi. Birazdan Chul'lar üşüştüğünde bizi bu halde görürlerse ters giden bir şeyler olduğunu sezerler. Bir an önce konuşup dağılmalıyız," dedi Hrefna.

Rodmark yumruğunu sıkıp çakıl taşlarının arasına bastırdı. Derin ve kederli bir iç çekişin ardından herkese teker teker baktı. Ayağa kalktı. Herkes ağzından çıkacak sözü bekliyordu.

"Özgürlük zamanı!" dedi.

Herkes rahat bir nefes aldı. Bunu konuşmayı geceye bırakarak dağıldılar ve işlerinin başına döndüler. Rodmark tüm gün oyuk yapımında çalışırken aklındaki planın düşünceleriyle boğuştu durdu. Sonunda bir plan yaptı ancak sadece bir plan yapabilmişti. Aksi halde bir B planı olmayacaktı.

O gece yemekte hiçbir şey yokmuşçasına sohbet edildi. Yemek yine Gizur tarafından pişirildi ve nehir kıyısında yenildi. Her birinin gözlerinin içinde ay ışığını kıskandıracak kadar parlak bir umut ışığı vardı. Üzerlerinde gezen gece kargaları yemek boyunca sessizce dolanıp durdular. Dikkat çekmeden yenen yemeğin ve her zamanki sohbetin ardından uyumak için sırayla barakalarına girdiler. Etrafın güvenli olduğuna emin olduktan sonra içeri son giren yine Gunnar oldu.

Herkes yere oturdu ve birbirine yaklaştı. En kısık sesleriyle bir ölünün fısıltısı gibi konuşmaya başladılar. Rodmark yaptığı planı anlatırken hepsi nefeslerini tutmuş can kulağıyla onu dinliyordu. Rodmark bu işi yarın gece Yeni Ay zamanında yapacağını söyledi. Akşamüzeri olduğunda çalıştığı oyuklardan birine girecek ve gece yarısına kadar saklanacaktı.

"İyi ama senin eksikliğini hemen fark ederler, o zaman ne olacak?" diye sordu Drifa.

"Barakanın arkasına geceden bir kütük bıraktım. Sabah erkenden kimse yokken onu içeri alacağız. Kütüğü bez parçalarıyla sarıp üzerini örteceğiz. Gececiler erkenden gelip yattığımı düşünecekler. Sorduklarında ateşlendiğimi söyleyeceksiniz. Ay ışığında uzaktan kütüğün gölgesini ben sanacaklar. Chul'lar ateşli hastalıktan korkarlar. İnsanlardan onlara bulaşması endişe etmelerine sebep olur. Biliyorum bu çok riskli ama başka çaremiz yok,"

"Artık hiçbir şeyin önemi yok Rodmark, yaptığın plan işe yarayacak bu tek şansımız. Kaybedecek hiçbir şeyimiz yok," dedi Hrefna. Gözleri dolmuştu.

Rodmark uzanıp gözyaşlarını sildi ve Hrefna'ya sarıldı.

"Merak etme, yarından sonra hayal ettiğin her şeye kavuşacaksın,"

Rodmark eğildi ve Hrefna'ya bir öpücük kondurdu ardından planını anlatmaya devam etti.

Herkes planı ve yapacaklarını anladığında sabah olmak üzereydi. Gececilerin değişim anında oluşan boşluktan yararlanıp barakanın arkasındaki kütüğü getirip hazırladılar. Chul kargaları uyan çığlığı atmadan evvel dinlenmek için uykuya daldılar.

Kalktıklarında herkes işinin başına döndü ve gün batımına kadar çalıştı.

Rodmark, çalıştığı oyuğun içine bıçağını gizledi ve hava kararana dek çalıştı. Hava kararmaya yüz tutup işçi Chul'ların değişim anı geldiğinde birkaç saniye içinde gizlenmesi gerekiyordu aksi takdirde başka şansı olmayacaktı. Ve her şey düşündüğü gibi yolunda gitti. Değişim anında kıvrak bir hamleyle oyuğun altına girdi ve gece yarısına kadar kalp atışlarını bastırmaya çalışarak saklandı.

Rodmark gecenin sessizliğinde taş oyuk içinde, kanındaki kıpırdanmayı ve göğsündeki ateşi hissediyordu. İçinde büyüyen coşku nefesine yansıyor, ara sıra derin nefesler alıyordu.

Ve gökte Yeni Ay daha da belirginleşti. İşçi Chul kargaları teker teker dağıldılar. Tam zamanı olduğunu düşünen Rodmark oyuktan dışarı çıktığında etraf güvenliydi. Bıçağını gizlediği yerden aldı ve kemerinin altındaki cebe yerleştirdi. O sıralarda diğer altısı yine nehir kıyısında oturmuş yemeklerini yiyorlar, dikkat çekmemek için de ara sıra sohbet ediyorlardı. Kimse birbirinin gözlerine bakmak istemiyor, her göz göze gelindiğinde içlerini kemiren endişeyle karşılaşıyorlardı. Nöbetçilerden biri Rodmark'ın yokluğunu fark edip beyaz kanatlarını iki kez çırptı ve salınarak yanlarına indi.

Runa ve Drifa oturdukları taşın üzerinde doğruldular.

"Kötü kokular alıyorum. Rodmark neden aranızda değil?" dedi Baş Karga sorusuna cevap bekleyerek.

Gunnar elindeki balık kafasını yere bıraktı. Tedirginliğini kalp atışlarında duyuyordu ama bunu ondan başka kimse bilmiyordu.

"Rodmark hasta! Bugün erken geldi çünkü oyukta hastalanmış, yani ateşlenmiş. Ateşli bir hastalığa yakalanmış diyorlar. İşçiler getirdiklerinde iyileşene kadar barakadan çıkmamasını tembihlediler." dedi. Bunları nefes almadan bir çırpıda söylemişti.

Baş karga, güçlü beyaz kanatlarını gerdirdi. Kemerli gagasını birkaç kez sağa sola oynattı. Uzun uzun barakanın içinde ay ışığında gölgesi görünen Rodmark'a-kütüğe- baktı. Sonra keskin ama çökük gözleri ile önce Gunnar'ı sonra diğerlerini süzdü. Kanatlarını geriye attı ve birkaç metre havaya yükseldi. Boşlukta sallanırken gözünü Gunnar'a dikti.

"Demek ateşli bir hastalık...yarın yine kontrole geleceğim. Siz de dışarda yatsanız iyi edersiniz yoksa hastalanıp ataların hizmetinden geri kalırsanız bu sizin için hiç iyi olmaz."

Baş karga kimsenin bir şey demesini beklemeden nöbetçi gececilerle beraber göğün zifiri karanlığında bir sis bulutu halinde uzaklaştılar. Derin bir nefes alan bu altı genç insan, iştahları kalmamasına rağmen yemeklerini yemeye devam ettiler.

Tüy ve Bataklık...

O dakikalarda Rodmark cephesinde düşünce ve hareket zamanıydı.

Soğuk yüzünden kasları iyice gerilmişti. Her adımında eklem yerlerinin tutulduğunu hissediyordu. Aniden oluşabilecek her duruma hazırlıklı olmalı, sırtını ve omuzlarını dik tutmalıydı. Nefesini kontrol altına aldı ve sessiz adımlarını sıklaştırdı.

Rodmark, Chul kayalıklarını çeviren çitlere-ki Gunnar ile sekiz haftada ancak yapabilmişlerdi-yaklaşırken bir ölünün adımları kadar sessiz hareket ediyordu. Bu yeteneği geçen yıl ortaya çıkmıştı. Bunu ilk fark eden Hrefna olmuştu. Rodmark'a *ölü adım* lakabını takan ise Gizur'du. Rodmark neyin üzerinde yürürse yürüsün neye basarsa bassın veya sürtünsün asla ses çıkartmıyordu. Şimdi bu özel yeteneği ona büyük avantaj kazandırmıştı.

Rodmark, birkaç adım daha attı ve Yeni Ay daha da parladı. Ay ışığı, attığı adımları hiç olmadığı kadar netleştiriyordu. Çitlere uzanan yol işçi kargaların her gün tomar tomar getirip yığdığı çalı çırpı ve dallarla kaplıydı. Chul ırkı zeki ve ketumdu. İnsanın zayıflığını onlardan daha iyi biliyorlardı. İyi koku alır, kokunun ardındaki hikayeyi hemen oracıkta çözüverirlerdi. *Chul'lar her seslenişlerinde kötülük ve bela kapılarını açar,* derdi babası, *seslerini işittiğinde hemen oradan uzaklaş* diye de tembihlerdi çocukken. Chul'lar kendi aralarında kurnazca kargaşa ortamı çıkararak insanların dikkatini dağıtır, emellerine daha kolay ulaşabilirlerdi.

Rodmark tüm bu düşüncelerin içinde ilerlerken yakınında bir yerde bir çıtırtı duydu. Önünde parlayan ay ışığı tam da sesin geldiği noktaya dönmüştü. Rodmark bıçağını çıkardı ve elinde tuttu. Birkaç saniye sonra çalıların arasında bir dağ sıçanının kuyruğu gözüktü. Rodmark bıçağını yeniden cebine koydu. Önceden olsa sıçanları anında yakalar ve kesesine atardı. Kayalık oyma işinden evvel bir süre avlanma işçisi olarak çalışmıştı. Chul'lar için çeşitli böcek, dağ sıçanı, tavşan yakalar, gün sonunda teslim ederdi. Bunu hiçbir zaman isteyerek yapmadı Rodmark. Sadece mecburdu.

Dağ sıçanıyla göz göze geldiğinde hemen kaybolmasını işaret etti. Sıçan koşarak uzaklaştı.

Chul kayalıklarının etrafında ince bir kum tabakası vardı. Burası Chul ataları tarafından kendi güvenlikleri için eskiden bataklık haline dönüştürülmüştü. Rodmark adımını attığı an çamurun dibini boylayacağını biliyordu. Üzeri aldatıcı bir kumla kaplı bu bataklık savaş zamanında Chul'ların insanlar için düşünüp yaptığı bir aldatmacaydı. Pek çok insan bu tuzağa düşüp bataklığın dibini boyladı.

Ölen insanların hala bataklığın dibinde olduklarını düşündü Rodmark.

Rodmark yaptığı plana göre kayalıkların arka tarafında tek sıra halinde dizilmiş pelit ağaçlarından birine tırmanacak ve Yeni Ay renk değiştirip de nöbetçilerin yerlerini almaya başlamasıyla birlikte harekete geçecekti. Bataklığın bittiği yere yakın uzun dallardan birine geçecek ve kendini diğer tarafa atabilecekti.

Rodmark, sessiz adımlarını yavaşlattı. Eğilerek yürüdüğü çalılığın üzerinde nöbetçilerin havada asılı beklediklerini gördü. Aniden onu fark edip saldırıya geçmelerine karşı bıçağını hazırda tuttu. Nefesini içine çekti ve sürünerek ilerlemeye devam etti. Bedeninin dokunduğu hiçbir şeyin ses çıkartmıyor olması büyük avantajdı. Çünkü Chul'lar keskin kulaklarıyla her şeyi anında fark etme yeteneğine sahiptiler.

Şimdi önünde Chul atalarına ait altı pelit ağacı duruyordu. Rodmark plan yaparken hangi Chul'u öldüreceğini hiç düşünmemiş, o anda doğru olan ne ise onu yapmaya karar vermişti. Ağaçlara yaklaştığında sonuncu pelit ağacının diğerlerinden daha farklı olduğunu gördü. Daha parlak, daha heybetli ve daha uzundu. İlk ağaca yaklaştığında gövdesine kazınmış sembolü gördü. Sembolü dikkatle incelediğinde, "Bu Munin'in ağacı," dedi fısıldayarak. Sonra diğer ağaca yaklaştı, onun gövdesinde de kazınmış bir sembol vardı. Rodmark bu ağacın da Branwen'a ait olduğunu anladı. Ardından etrafını ve göğü kolaçan edip diğer ağaçlara doğru süründü.

"Thor, Baldric, Gwyllum…"

Ve son ağaca geldi. En heybetli olana.

"Hugin! Bu Hugin'in ağacı!" dedi sonra fısıltısını bastırmak için eliyle ağzını kapadı. Rodmark o an artık kimi öldüreceğine karar vermişti. Tüm çevikliğini kullanarak ağacın bataklığı gören dallarından birine çıktı. Yaprakları kendine siper etti ve beklemeye koyuldu.

Hugin, Chul'ların hafıza atasıydı. Rodmark onu hayatında sadece bir kez görmüştü. Anlaşmadan önceki son saldırı sırasında babasını arıyordu. Uzaktan onu gördüğünde babası Chul bitkisinin yanında yerde yatıyordu ve Hugin güçlü beyaz kanatlarını üzerine kapamış kulakları sağır edecek kadar zalim bir haykırışla nefesini ondan almaktaydı. Rodmark koşarak babasının yanına gittiğinde üzerinde beyaz bir Chul tüyü vardı. Rodmark babasının son nefesinde ona verdiği bıçağı ve üzerindeki tüyü aldı. Ardından açık göz kapaklarını kapattı.

Rodmark o günden beri bıçağına ve Hugin'den kalan tüye gözü gibi bakıyordu.baktı. Bir gün işine yarayacağını o zamanlar düşünememiş olsa bile…

Fakat Hugin'in tüyü farkında olmadığı birçok yetenek kazandırdı Rodmark'a. Bir hayaletin adımları gibi sessiz hareket yeteneğine sahip oldu. Diğerlerinden daha çabuk gelişti ve vücudu hepsinden daha güçlü oldu. Daha iyi düşünme yetisi kazandı. Hızlıydı ve pratikti. Gözleri en uzak noktayı bile ayırt edebiliyor, kulakları çok iyi duyuyordu. Rodmark babasıyla hep gurur duymuştu, bu yeteneklerinin de babasından ona geçtiğini düşünürdü hep.

Tüm insanlar gibi Rodmark ve ailesi de kendilerini bildikleri günden beri Chul'larla savaş halindeydiler. Annesi öldüğünde Rodmark altı yaşındaydı. Malum bir gececi karga tarafından öldürülmüştü annesi. Üstelik annesi öldüğünde birkaç aylık hamileydi. Bu herkes tarafından büyük yıkım oldu. Bu olaydan dört sene sonra da babasını kaybetti Rodmark. Diğerlerinin de tüm ailesini kaybettikleri gibi o da artık tek başınaydı.

Rodmark her şeyin bir zamanı olduğuna inanıyordu. Küçükken babasından hep sabırlı ol sözünü işitip durmuştu. Zaten yıllardır sabrediyordu. Ancak birkaç saat sonra yer yerinden oynayacaktı ve Rodmark insanlık namına büyük bir adım atacaktı. Rodmark pelitin dalında beklerken bunları düşündü. Elinde tuttuğu tüy şimdi her şeyi daha net açıklıyordu. Bunların hiçbiri tesadüf olamazdı. Hugin'in tüyü ve onun ağacı...

Gözlerini bataklığa çevirdi. Altında yatanları düşünürken içinden çocukken annesinden dinlediği bir şarkıyı mırıldanmaya başladı.

Karanlık çökünce ruhumuz derinlere çekildi

Kehanetin uğultusundan önceydi

Soğuk ağaç gövdelerinin söyledikleri artık dilimde

Son çığlık susana dek vazgeçme...

Rodmark, lapa lapa yağan kar yağışı altında pelitin soğuk dalında beklerken bir süreliğine içi geçti. Kalp atışlarının bastırmasıyla yerinden sıçrayan Rodmark, üzerine sabitlenen yüzlerce parlak gözün hedefindeydi.

Yakalanmıştı!

Her şeyin bittiği an diye düşündü. Yüzlerce Chul kargası birazdan üzerine hücum edecekler ve onu orada parçalayacaklardı. Bıçağı elindeydi ama bunun hepsine birden yetmeyeceğini biliyordu. Yine de hiçbir şey yapmadan kendini onlara teslim edemezdi. Hemen şimdi aklından geçeni yapmalıydı. Ne olursa olsun denemeden ölmeyecekti.

Uğultular yükselmeye başlamıştı. Bunlar, gececilerin ölümün yaklaştığını haber veren öfkeli uğultularıydı. Rodmark ani bir hamleyle kendini dalın en ucuna attı. Dalın üzerinde esnedi ve kendini bataklığın bittiği yöne doğru savurdu. Atlarken kemerine sıkıştırdığı Hugin'in tüyü yerinden çıktı. Kargalar, Rodmark'a doğru alçalırken aniden tüyü fark ettiler. Tüy, yağan karın içinde savrula savrula bataklığa doğru uçuyordu. Rüzgar bir sağa bir sola savuruyor, bataklığın ortasına çekiyordu. Rodmark yuvarlandığı yerden kalkarak hızla kayalıklara doğru koştu. Henüz tüyü fark etmemişti. Girişe geldiğinde bir tuhaflık olduğunu sezinleyip duraksadı. Arkasına dönüp baktığında yüzlerce Chul kargasının dehşet iniltileri halinde Hugin'in savrulan tüyünü yakalamak için harekete geçtiklerini gördü.

Kuzgunlar ise şiddetli sesler karşısında yattıkları oyuklardan çıkmış bataklığa doğru harekete geçmeye hazırlanıyorlardı.

Kargalar bataklığın ortasına doğru hücum ederken Rodmark çoktan unutulmuştu. Bunu fırsat bilen Rodmark hızla kayalıklardan içeri girdi. Önünde bir kule gibi döne döne göğe yükselen dik merdivenler vardı. Vakit kaybetmeden merdivenleri ikişer üçer çıkmaya başladı. En tepeye ulaştığında karşısında altı kaya kapı duruyordu. Her birinin üzerinde atasını sembolize eden işaretler vardı. Rodmark sırayla kapılara bakarken en sondaki kapının Hugin'e ait olduğunu gördü.

Nefes nefeseydi. Her şeyin biteceği ya da başlayacağı yerdeydi. Acele etmeliydi, az sonra aşağıdaki karmaşa yukarı kadar ulaşacaktı. Karşısında duran kaya kapıya baktı. Bataklığın üzeri gecenin ayazında karga, kuzgun ve kar eşliğinde beyaza bürünmüştü. Chul'ların sesleri sağır edecek kadar yükselmişti. Rodmark içerde neyle karşılaşacağını bilmiyordu. Hugin tek başına mıydı yoksa karmaşayı duyan askerleri yanındalar mıydı? Vakit yoktu, düşünme zamanı değildi. Birazdan hepsinin başına üşüşeceğini biliyordu.

Tam kapıya doğru hamle yapacakkenken yerin sarsıldığını hissetti. Sarsıntı Chul uğultularıyla birlikte şiddetleniyordu. Hamlesini yaptı ve kapıyı itti.

Kapı açıldığında Hugin kanatlarını açmış tam karşısında duruyordu. Rodmark kapının eşiğinde duraksadı. Endişe ve korkunun tam ortasındaydı ama o bunların zerresini hissetmiyordu. Hugin'in gözlerindeki kibri gördü. Dünya sarsılırken ikisi hariç her şey yerinden oynuyordu. Dışarda bir şeyler oluyor ve bu Rodmark'ı sebebini bilmediği halde daha da cesaretlendiriyordu.

Hugin gözlerini kıstı, kanatlarını geriye attı. Rodmark bıçağını havaya kaldırdı, omuzları her zamankinden daha dik ve bakışları gururluydu.

"Babamın ve öldürdüğünüz herkesin öcünü almaya geldim Hugin!"

Hugin kemerli gagasını aşağı indirdi. Gözleri şimdi eskisinden daha alaycı bakıyordu.

"Sen sadece bir insansın Rodmark! Baban da öyleydi. Tıpkı diğerleri gibi… senin de kaderin benim kehanetimde saklı. Buradan sağ kurtulman imkansız Rodmark. Ölümsüz olan benim unuttun mu?"

Hugin sözünü bitirir bitirmez arkasındaki taş duvar puzzle parçaları gibi teker teker geriye düştüler. Açılan aralıktan olan biteni gören Rodmark hafifçe tebessüm etti. Şimdi sıra ondaydı. Hugin ise arkasında olan bitenin farkında bile değildi.

"Hala gülümseyebiliyorsun insan. Cesaretine hayran kaldım. Ne yazık ki bunlar son anların…"

"Ben bundan emin değilim Hugin!" dedi Rodmark sözünü aceleyle keserek.

"Senin yerinde olsam bu kadar kibirlenmezdim, artık seni kurtaracak bir sürün yok. Her şey bitti Hugin, zulümlerin burada son bulacak, lanetin üzerimizden kalkacak. Anlaşma bozulmuştur!"

Cümlesini bitirmesiyle Hugin'in üzerine atılan Rodmark bıçağını kuzgunun boğazına sapladı. Hugin beklemediği bu hamle karşısında kendini geriye savurdu. Arkasındaki manzarayı gördüğü anda neler olup bittiğini anlamıştı.

Bataklığa düşen Hugin'in tüyü, bataklığın eski lanetini harekete geçirmiş, tüyü kurtarmak için yarışan Chul'ları da içine çekmişti. Sağır eden uğursuz uğultularıyla bataklığın diplerine doğru kaybolan Chul'lar bataklığın taşması sonucu şiddetli sarsıntıya neden olmuşlardı. Hugin karşılaştığı bu manzarayla alt üst oldu. Hamlesini yapmak üzereyken Rodmark yeniden harekete geçti ve kanatlarını kavrayarak kırdı. Hugin artık son nefesini vermek üzereydi. Ağzından çıkan koyu soğuk nefesi bataklığa doğru süzülürken Chul bitkisi tüm yapraklarını dökmeye başladı.

Rodmark sırtında sakladığı çuvalı çıkardı ve Hugin'i içine koydu. Hızla geldiği yolu geri indi. Kapıdan çıktığında karşısındaki bataklık beyaz tüylerle kaplanmış, üzerlerine yağan lapa lapa karla beraber bulut misali görünüyordu. Rodmark, bataklığın girişine uzanan dala tırmandı ve pelit ağacını aşarak uzaklaştı. Seslere ve sarsıntıya daha fazla seyirci kalamayan diğerleri Rodmark'a yardım etmek için çoktan yola çıkmışlardı. Rodmark ağaçtan inerken Hrefna'nın sesini işitti.

36

"İşte orada çabuk olun!"

Bardi, Gizur ve Gunnar koşarak Rodmark'ın yanına vardılar. Runa ve Drifa ise iki büklüm yere çökmüş nefes nefese bayılmak üzere olan Hrefna'yı sakinleştirmekle meşguldü.

"Rodmark iyisin!"

"İyiyim Bardi. Hrefna!"

"Merak etme o iyi, söyle hadi kurtulduk mu Rodmark, artık özgür müyüz?"

Hrefna soluk soluğa kendini Rodmark'ın kollarına bıraktı. Gözyaşlarına hakim olamıyordu. Yıllardır içinde sakladığı hıçkırıklar çığlık çığlığa sessizliği sarıyordu. Rodmark Hrefna'yı kollarından tuttu.

"Her şey bitti Hrefna artık özgürüz, duydun mu artık kurtulduk lanet kalktı!"

Rodmark sırtındaki kesenin ağzını açarken herkes nefesini tutmuş onu izliyordu. Hugin tüm heybetiyle kesenin içindeydi. O hali bile onları ürpertmeye yetmişti. Bardi geri çekildi.

"Başardın demek Rodmark hepimiz kurtulduk!"

"Hayır, henüz değil" dedi Hrefna, "Unuttunuz mu öldürdüğün atayı yedi parçaya ayırıp yedi ayrı tepeye gömmen gerek Rodmark. Lanet o zaman kalkacak,"

Gunnar etraftaki sessizliğe kulak kabarttı.

"Bir an önce buradan uzaklaşmalıyız çocuklar, uzaktaki Chul'lar ve diğer atalar yakında burada olacaklar. Bunu burada yapacak kadar zamanımız yok!"

"Gunnar haklı" dedi Drifa, "Hemen uzaklaşalım buradan, acele edin hadi!"

Pelit ağaçlarının altında yapılan bu konuşma bu yedi kişinin kaderini değiştirmişti. Rodmark ilerlerken bir an dönüp Hugin'in ağacına baktı. Ağaç artık önceki kadar heybetli ve parlak değildi.

Ağaçların arasından bataklığa doğru ilerlerken, bembeyaz bir örtüyle oldukça masum görünen bataklığa baktılar.

"Ailem o bataklığın dibinde, sen hepimizin öcünü aldın Rodmark." dedi Hrefna. Biliyordu ki Runa ve Gizur'un da ailesi o uğursuz bataklığın karanlık dibindeydi. Hrefna başını Gizur'un omzuna yasladı. Beyaz bataklık, gün doğumu yaklaşırken daha da masum geldi gözlerine. Az önce her şeyi yutup yerle bir eden o değilmiş gibi...

Bir daha arkalarına bakmadan kayalıkları aşıp eski topraklarından ayrıldılar. Gün ağarana dek hız kesmeden yol aldılar. Kayalıkların ardında uçsuz bucaksızmış gibi görünen beuk ormanı duruyordu. Ormanın bitiminde ise engebeli bir arazi. Ormanın çıkışında kuzeye doğru irili ufaklı birçok göl vardı ancak hepsi de bu mevsimde donmuş olurdu. Balık avlayabilmeleri için fazla zamana ihtiyaçları vardı. Şu an için bu hiç mümkün görünmüyordu. Ormanda veya göllerde avlanmak riskli olabilirdi. Öncelikle güvende olduklarına emin olana dek uzaklaşmalıydılar.

∞

Rodmark'ın Rüyası

Ormana girdiklerinde neredeyse hiç mola vermeden tüm gün yürüdüler. Ormanın çıkışına geldiklerinde hava kararmak üzereydi. Dinlenmek için birbirlerine en yakın ağaçları seçtiler ve nöbetleşerek uykuya daldılar. Herkes çok aç ve yorgundu ancak avlanmak için sabahın ilk ışıklarını beklemek zorundaydılar. İlk nöbeti alan Rodmark oldu. Hrefna onu yalnız bırakmadı.

Gece soğuk, sessiz ve karanlıktı.

Rodmark, uzandığı dalın üzerinde doğruldu. Hrefna Rodmark'ın kollarının altına girdi.

"Yıllardır kendimi hiç bu kadar güvende hissetmemiştim,"

"Söz veriyorum bundan sonra seni hep güvende tutacağım Hrefna. Bunun için ne gerekiyorsa yapmaya hazırım,"

"Biliyorum Rodmark, seni çok seviyorum."

"Seni seviyorum."

Ve Hrefna Rodmark'ın bedeninin sıcaklığında gözlerini yumdu. Uzun zamandır hissetmediği kadar rahat ve huzurlu bir uykuya daldı. Rodmark, Hrefna'nın örgülü bakır rengi saçlarını okşarken, son birkaç saatte neler atlattığını düşündü. Olan biten her şey Rodmark'ın düşüncelerine dahi giremeyecek kadar hızlı gelişmişti. Şimdi önlerinde zorlu bir aşama daha vardı. Bir an önce doğru yere gidip laneti kaldırmak.

Nöbet sırası Bardi'ye geldiğinde Rodmark da Hrefna'nın yanında derin bir uykuya daldı.

Rüyasında daha önce hiç gitmediği bir yerde gördü kendini. Yanında Hrefna vardı, kucağında ise bir oğlan bebek. Rodmark'a gülümseyen gözlerle bakıyor, gözlerinin içi ışıldıyordu. Dünya huzurlu ve kusursuzdu. Sonra bir kayanın üzerinde olduklarını fark etti. Yerden onlarca metre yukardaydılar, bulutlar tam tepelerinde seyrediyordu. Aşağı baktı Rodmark. Altında uçsuz bucaksız nadide bir arazi vardı. Yeşil ve güneşli. Naif ve huzurlu. Altındaki berrak nehre baktı. Nehir rengarenk balıklarla dolup taşıyordu. Nehrin ucu kuzeyde büyük denize doğru uzanıyordu, balıklar nehir boyu devam ediyorlardı. Nehrin coşkusu Rodmark'ı heyecanlandırdı. Sıcak güneş, toprakların üzerinde bir örtü gibi ışıldıyordu.

Hrefna, Rodmark'a yaklaştı, hayat dolu bebeği kollarına verdi. Rodmark eğildi ve oğlunu alnından öptü.

"Burası bizim evimiz Rodmark, oğlumuz bu nehirde yüzecek, bu topraklarda koşup oynayacak. Biz burada yaşlanacağız," dedi Hrefna. Sıcak ve huzur veren gülümsemesi Rodmark'ın kalbine uzanmıştı.

Rodmark uyandığında artık ne tarafa gideceklerini çok iyi biliyordu.

∞

Kış her zamankinden daha haşin geçiyordu. Kar uzun süre lapa lapa yağmaya devam etti. Alışkın oldukları halde bu kar onların hızlı hareket etmelerini zorlaştırıyordu.

Solgun ve gamlı bir sabahtı. Gece beuk ağaçlarının dallarında sabahlamışlardı. Uyandıklarında donmuş göl tam karşılarındaydı. Avlanma konusunda herkes birbirinden daha yetenekliydi. Gunnar, Bardi ve Gizur göle ilk gidenler oldu. Mızraklarıyla birkaç yerde buz kalıplarını kırmayı başardılar. Gizur donmuş suya başını daldırdığında Gunnar ise hemen yanında bir buz kütlesi kırmakla uğraşıyordu.

"Balık var ancak çok derinlerde, benim suya girmem gerek. Siz ateşi yakmaya başlayın çocuklar, çıktığımda çok ihtiyacım olacak!"

"Seni tek başına gönderemem ben de geliyorum!" dedi Gunnar ancak Gizur kendi başına halledebileceğine ikna etti. Gizur suya daldığında Rodmark ve Hrefna da yanlarına yürüyorlardı.

"Başka yolu yoktu." dedi Bardi, sorgulayan gözlerle bakan Rodmark'a.

Rodmark kimsenin bir şey demesine fırsat vermeden kendini buzlu suya bıraktı. Diğerleri ateş yakmak için aceleyle ağaçların arasına daldılar.

Hrefna endişeli gözlerle beklemeye koyuldu. Uzun süre ikisi de suyun üzerine çıkmadılar. Hrefna kırılmamış buz kütlelerinin olduğu tarafa yöneldiklerini ve başlarının belada olabileceğini düşünerek telaşlandı.

"Ters giden bir şeyler var yoksa bu kadar uzun sürmezdi. Bir şeyler yapmamız lazım!"

Diğerleri suya atlamaya hazırlanıyorken suda ilk gözüken Gizur oldu. Her iki elinde de kocaman balıklar vardı. Balıkların her biri en az on kilo kadardı. Yakaladığı balıklardan dolayı halinden pek memnun görünen Gizur kahkayı bastı.

"Hadi durmayın yardım edin bana!"

Rodmark hala görünürde yoktu. Gizurun elindeki balıklar alındı ve karaya çıkarıldı.

"Ters giden bir şeyler olmalı," dedi Hrefna. Bu kez öncekinden daha telaşlıydı.

Gizur hala yüzündeki sırıtışı sürdürüyordu.

"Merak etme ona bir şey olmaz, güven bana. Hadi millet pişirelim şu koca kafaları!"

Gizur'un umursamaz haline öfkelenen Hrefna gözlerini kısarak yanlarından uzaklaştı. O sırada az ilerdeki buz kütlelerinin tıkırtısı duyuldu. Rodmark elinde kocaman bir istiridye ile Hrefna'ya tebessüm ediyordu.

"Sen! Sen gerçekten çok kötüsün, beni ne kadar korkuttun biliyor musun, bu hiç hoş değil Rodmark!" Hrefna, Rodmark'ın sudan çıkmasını beklemeden ağaçlıklara doğru koştu. Rodmark saçlarından damlayan buzlu suya aldırış etmeden peşinden gitti.

Hrefna, beuk ağaçlarından birine tırmanmak üzereyken Rodmark onu belinden tutup aşağı çekti.

"İşte buradayım, bana bir şey olmaz unuttun mu? Hadi ama lütfen,"

"Bunu bir daha sakın yapma sakın!"

"Eğer ateşin yanına gitmezsem birazdan donarak öleceğim ve bu senin yüzünden olacak," dedi Rodmark sırıtarak.

Hrefna hemen barışmak istemese de Rodmark'ın o haline dayanamamıştı.

Ve Rodmark Hrefna'nın elini avuçlarının arasına sıkıştırıp ateşe doğru koşmaya başladı. Gizur ateşin başında kururken, Gunnar ve Bardi balığı pişirmekle meşguldü.

Gizur ellerini ateşe yaklaştırdı.

"Rodmark söylesene bundan sonra hangi yöne gideceğiz?"

"Rodmark'ın da nereye gittiğimizi bildiğini sanmıyorum," dedi Gunnar elindeki çubuğu balığa saplarken.

Rodmark'ın arkası dönüktü. Konuşmalardan sonra yüzünü diğerlerine döndü. Rüyasını anlattığında şüphesiz onu anlayacaklarını biliyordu.

"Aslına bakarsanız nereye gittiğimizi biliyorum. Kuzeye gidiyoruz,"

"Ah evet bunu biz de biliyoruz Rodmark," dedi Runa ateşin altını eşelerken.

"Ben laneti nerede kaldıracağımızı bildiğimi kastetmiştim. Rüyamda, içi muhteşem balıklarla dolu bir nehir gördüm. Su öyle berraktı ki tepedeki güneşin altın okları suyun dibinde hareket eden her canlıyı ayrı ayrı gösteriyordu. Sonra araziyi gördüm, sonsuza kadar sürecekmişçesine yeşildi. Ve ilerdeki tepeleri gördüm. Lanetin kalkacağı yeri…"

Hrefna heyecanlanarak sözünü kesti.

"Neresi olduğunu nerden biliyorsun?"

41

"Büyük denize gidiyoruz. Kuzey denizi kıyılarına vardığımızda bir sal yapacağız. Bunun için sana ve sana güveniyorum," dedi Gizur ve Gunnar'ı işaret ederek.

Gunnar ve Gizur'un aileleri denizciydi. Çocukluklarında nehir kıyılarında yaşamış ve sal işiyle uğraşmışlardı. Sal yapımından iyi anlarlardı. Kıyı etrafınca onları istedikleri yere götürecek sağlam bir sal yapabilirlerdi. Hiç şüphesiz diğerleri de ikisine yardım etmekte zorlanmayacaklardı.

Gunnar ve Gizur onaylarcasına başlarını salladılar. Rodmark devam etti.

"Kıyıdan uzaklaşmadan yol alacağız. Bu ne kadar sürer bilemiyorum. Kıyılarda yavaşlayıp yiyecek bulabiliriz demek isterdim ancak bilmediğimiz bir yolculuğa çıkıyoruz. İklim ve bitki örtüsü ne derece bize yardımcı olur tahmin etmek zor. Giderken alabildiğimiz kadar stok yapacağız. Ancak büyük denize girdikten sonra her şey şansa kalacak. Eğer tahminlerim doğrultusunda istediğimiz yere varabilirsek bundan sonrası için rahat ve güvenli bir hayat bizi bekliyor çocuklar. Yeni topraklarımıza yerleşip çoğalacağız." Rodmark cümlesini bitirir bitirmez Runa ve Drifa Hrefna'ya sarıldılar. Yakında özlemini çektikleri hayata kavuşacaklarını bilmek onları çok mutlu etmişti.

Gunnar, "Peki ya o dediğin topraklara sağ salim ulaşamazsak ya yolda birimizi kaybedersek Rodmark, sence bu fazla riskli bir yolculuk olmayacak mı?" Sevimsiz olasılıklar canını sıkıyordu.

"Başka ne yapmamızı önerirsin Gunnar, o rüyayı boşuna görmediğimi biliyorum. Orası bizim topraklarımız olacak bunu hissediyorum. Tepe orada, eğer başka bir yol bilen varsa hemen şimdi duymak isterim. Aksi halde rüyama güvenmekten başka çaremiz yok."

Herkes yemek pişene ve yenilene dek sessiz kalmayı tercih etti. Kuşkusuz, suskunluklarının ardında endişe vardı ancak büyük bir şans yakalamışlardı ve ümit denen şey bulaşıcıydı. Hugin ölüydü ve ellerindeydi. Hepsinin ayrı ayrı kafasından geçen şey, Rodmark'ın rüyasına güvenmekten başka çareleri olmadığıydı. Tehlike henüz geçmiş değildi. Uzaktaki Chul'lar yakında neler olup bittiğini anlayacak ve peşlerinden geleceklerdi. Zaman kısıtlıydı. Düşünme işini Rodmark'a bırakmak zorundaydılar.

Aralarındaki sessizlik bir örümcek ağı kadar gergindi.

Yemek yendi ve ilk konuşan Bardi oldu.

"Ben Rodmark'a güveniyorum, bugün onun sayesinde özgürüz. O bize umut verdi. Nereye gidersen seninleyim Rodmark!" dedi çocuk Bardi. Ardından Gizur onaylarcasına başını salladı ve devamında herkes Rodmark'ın yanında olduğunu söyledi.

Kuzey denizini aşmak güç, sabır ve yetenek gerektiriyordu. Bu yedi genç ise hepsine sahipti ancak umut edilenin yanında bir de beklenmeyen tehlikeler vardı. Ertesi güne güç toplamak için yemekten sonra hemen uyudular. Uzun haftalardır gökte asılı duran Yeni Ay o gece de yerini alırken dünyanın bir başka ucunda tehlikeli kıpırdanmalar vardı.

Sabahın ilk ışıldamasıyla yola koyuldular. Deniz kıyısına varmadan 1km kadar geride pelit ormanı vardı. Gunnar ve Gizur sal için gereken her şeyi orada bulabileceklerini söylediler. İklimin en yoğun karı yine lapa lapa üzerlerine yağarken, gök kızılımsı bir renge büründü. Ormana geldiklerinde vakit kaybetmeden işe giriştiler. Bardi ve Rodmark kıyıda avlanırken, Gunnar ve Gizur ise sağlam pelit kütükleri aramaya koyuldu. Yıllar evvel son saldırı bu bölgede olmuş, birçok pelit ağacı devrilmiş, yerinden sökülmüş ya da Chul'lar tarafından ikiye bölünmüştü. Hrefna etrafı kolaçan ederken, Runa ve Drifa ateş için hazırlık yapıyordu.

Salın yapımı birkaç gün sonra bittiğinde herkesin umut ışığı yeniden gözlerinden okunuyordu. Uzun ve bilinmeyene yapılacak bu sefer için her türlü malzeme temin edilmiş, oklar çoğaltılmış ve bıçaklar bilenmişti. Kuzey denizi kıyısında son akşam yemeklerini yedikten sonra, çoğu yarı uyur yarı uyanık halde sabahlarken, Rodmark içlerinde gözünü bir an bile kırpmayan tek kişiydi. Tüm gece çıkacakları bu tehlikeli yolculuğu düşünüp durdu. Kafasından yüzlerce olabilecek saldırı ihtimali geçti. Ancak her plan bilinmeyene karşı yapılıyor ve bu Rodmark'ı iyiden iyiye sorumlu hale getiriyordu.

Gece bulutları göğü terk ederken Rodmark herkesi uyandırdı. Hep bir elden salı kıyıya kadar sürüklediler. Hugin, Rodmark'ın sırtındaki kesedeydi. Kese sırtındayken herkes-Hrefna hariç-mümkün olduğunca uzak durmaya özen gösteriyordu. Ne de olsa dilden dile anlatılan efsaneler hala hafızalardaydı. Bir Chul atasının ne zaman yeniden dirileceğini kimse bilemezdi.

43

Sal kıyıya getirildi. Salı itip son binen ise Gunnar oldu. Kar şiddetini azaltmıştı. Erkekler salı sırayla kullanırken görevi ilk üstlenen Gunnar oldu.

İlk gün kar yağmadan ve sis bastırmadan geçen rahat bir yolculuktu. Bu biraz olsun endişelerini hafifletmişti. Kıyıda ilerlerken irili ufaklı birçok buz kütlesi aştılar. Sal buz kütlelerine çarparken ya da aralarından geçerken sarsıldı. Böyle durumlarda birbirlerine sıkı sıkı tutundular aksi takdirde dengeyi kaybetmeleri kaçınılmaz olurdu.

İkinci gün yıldızlar yükseldiğinde deniz sabahkinden daha ürkütücü gözüktü. Karanlık çökmeden kıyıya yanaşıp salı yukarı çektiler. Önlerinde geniş kayalıklar ve ardında ama çok uzaklarda bir pelit ormanı gözüküyordu.

"Kıyıda kalmamız çok tehlikeli, gece dalgalar hepimizi denize sürükler. Salı da yanımızda götürmemiz gerek yoksa sabah uyandığımızda çoktan denize kaptırmış oluruz." dedi Gizur.

Salı sürükleyerek ormana ittiler. İlerde daha aydınlık göünen tarafa doğru yürüdüler. Ancak Yeni Ay saklandığı bulutun arkasından çıkmış şimdi yürüdükleri yolun tam üzerinde bir bulutu kendine siper etmişti. Ne tarafa ilerleseler ay kendine saklanacak bir yer buluyordu.

Bastıkları pelit iğnelerinin sesinden başka etrafta hiçbir ses yoktu. Rodmark hariç diğerlerinin ayak sesleri tüm ormanı dolduruyordu. Rodmark dikkatini yola vermeye çalıştı. Dinlenebilecekleri en uygun ağacı seçmek için acele etmek zorundaydılar. Dev gölgeler halinde yükselen ağaç gövdeleri yeterince huzursuz ediyordu. Rüzgarda birbirine sürten pelit iğneleri fısıldaşır gibi sesler çıkarmaya başladığında Drifa, Gunnar'ın elini daha sıkı tuttu.

"Burası güvenli gözüküyor Gunnar ne dersin? Daha fazla ilerlemeye gerek yok," dedi Rodmark.

"Ay bu gece bizden yana değil gibi görünüyor, daha fazla ileri gitmek tehlikeli olabilir. Ben bu ağacı seçiyorum." dedi Gunnar.

Herkes kendi ağacını belirledi ve dinlenmek üzere çekildi.

Sabaha karşı nöbeti Bardi aldı. Çok sıkışmıştı, işini görmek için ağacından indi. Arka tarafa doğru yürürken, dal kırılması gibi bir ses duyduğunu sandı. Gözlerinden uyku akıyordu. İlerdeki bir ağacın arkasına geçti. İşini görürken bir yandan da derin derin esniyordu. Tam o sırada ensesinden boynuna dolanan soğuk bir esinti hissetti. Bu ancak bir Chul nefesi olabilirdi. Ani bir manevrayla arkasına, sonra sağına ve soluna döndü. Yukarı baktı. Görünürde hiçbir şey yoktu. Boynunu kuşatan esinti silik bir duman gibi havada duruyordu. Dumanı geldiği yöne kadar takip etti. Silik duman onu Rodmark'ın ağacına kadar getirdi. Duman, daha da silikleşerek ağaca tırmandı ve Rodmark'ın arkasında kayboldu. Bardi gördüğünün rüya olup olmadığını düşündü. Esintiyi hissedip ürpermişti, ancak hala emin değildi. Çevreyi kontrol edip bir şey olmadığına kanaat getirince yeniden ağacına çıktı ve derin bir uykuya daldı.

Sabah olduğunda en son uyanan Bardi oldu. Seslenmeleri onu uyandıramamış, sonunda Gizur'un ağaca tırmanıp onu aşağı bırakmasıyla sonuçlanmıştı. Ancak yere düştüğünde kendine gelebilen Bardi neredeyse küçük dilini yutacaktı. Salı taşırken tüm yol boyunca kimseyle konuşmadı. Salla birlikte yeniden denize çıktıklarında, daha önceden pişmiş balıklarını stokladıkları keseyi çıkartıp biraz yediler. Bardi hala bunu yaptığı için Gizur'la konuşmuyordu. Gizur tüm yol boyunca Bardi ile dalga geçti, onu güldürmeye çalıştı ve sonunda sıkılıp vazgeçti.

Birkaç gün sonra yine bir pelit ormanına doğru ilerliyorlardı. Rodmark en öndeydi, Bardi ise tam arkasında. Gece çökmek üzereydi. Rodmark'ın sırtındaki çuvalın ağzından aynı o gece gördüğü gibi silik bir duman yükseldi.

"Gördünüz mü? Siz de gördünüz mü!" dedi Bardi heyecanlanarak.

"Neyi gördük mü? Yoksa yürürken bile uyuklayıp rüya mı görüyorsun?" diye dalga geçti Gizur.

"Çuvalın ağzından duman çıktı. Geçen gece de görmüştüm. Duman Hugin'den geliyor buna eminim!"

Rodmark kaşlarını kuşkuyla kaldırdı. Havada kesif bir koku vardı. Sırtındaki çuvalı indirdi.

"Emin misin Bardi? Belki rü.."

"Eminim! Hadi aç şu çuvalı!"

Rodmark herkesin endişeli bakışları eşliğinde çuvalın ağzını gevşetti. Açtığında Hugin aynı şekilde yerinde duruyordu.

"Duman yok, herhangi bir gariplik de yok," dedi Rodmark.

Bardi bu sefer cesaretini toplayıp görmek istediğini söyledi. Baktığında Hugin kanatları arkasında kırılmış vaziyette ölü bir kuştu sadece. Bardi'nin yanlış görmüş olabileceğine kanaat getirdiklerinde yollarına devam ettiler.

Bardi ne gördüğünü çok iyi biliyordu ve bunun için endişeliydi.

Bardi al yanaklı, neşeli ve tez canlı bir çocuktu. Kızıl kâkülleri neredeyse tüm alnını kaplıyordu. Henüz on dört yaşındaydı ancak diğerlerindeki sağlam irade ve cesaret onda da vardı. Her zaman her şey için gönüllüydü. Boyundan büyük işlere girmeye bayılırdı. Yıllar evvel iki kız kardeşi ve annesi doğudaki gölde Chul'lar tarafından boğularak öldürülmüşlerdi. O sıralarda Bardi henüz dört yaşındaydı. Tüm gün babasıyla birlikte pelit palamudu toplamaya bayılırdı. Aniden duydukları çığlık seslerine koştuklarında, üçünün de cesedini gölün üzerinde buldular. Babası sırtından zehirli bir ok çıkardı ve Chul kargalarından birini vurdu.

Bu her şeyin sonu oldu.

Babası az sonra olacakları çok iyi biliyordu. Bardi'ye arkasına bakmadan koşmasını söyledi. Bardi gitmek istemiyordu. Babası gizli yerlerine gidip saklanmasını, hava kararmadan yanına geleceğini söyledi. Bardi ikna olup tüm gücüyle koşmaya başladığında Chul'lar babasının üzerine doğru çoktan harekete geçmişlerdi bile.

Bardi ufak boyu, küçük ayaklarıyla nefesi kesilene dek arkasına bakmadan koştu. Koşarken ara sıra neredeyse boyuna kadar gelen karlara gömülüyordu. Babası uzun zaman önce gizli ve güvenli bir yer keşfetmiş ve ailesi için bir sığınak yapmıştı. Aylarca dikkat çekmeden gidip azar azar kazdı toprağı. Üzerlerine kapak yaptı ve pelit iğneleriyle gizledi. Bardi'yi sadece bir kez getirmişti yanında, ona bir şey olursa annesini ve kız kardeşlerini buraya getirmesini tembihlemişti.

Bardi şimdi düşe kalka ilerlediği ormanda kendine bir çıkış yolu arıyordu. Sığınağın yerini ezberlemiş olmasına rağmen diz boyunu aşan kar ve korku içinde atan kalp atışlarından ne tarafta olduğunu kestiremiyordu.

Soluklanmak için durdu. Nefes aldıkça ciğerleri acıyor, kafasının içi uğulduyordu. Bayılacak gibi hissetti.

46

Çaresiz ve ümitsizdi.

Ormanın tam ortasındaydı. Etrafını saran karların haricinde hiçbir şey dikkatini çekmiyordu. Başını göğe kaldırdı. Ağaçların tepelerini görebiliyor ancak bu ona bir yol göstermeye yetmiyordu.

Bulamayacaktı.

Ne tarafa gideceğini bilmiyordu. Sonra aniden o günü hatırladı. Her şey o an yeniden oluyormuşçasına tam karşısında, babasının kazdığı yerin önündeydiler.

"Bardi evlat, burayı sakın unutma, şu ağacın dalını gördün mü, bak işte şu soldaki ağaç,"

"Evet baba görüyorum,"

"Tamam evlat, bu ağaç sana yol gösterecek. Ağacın tepesine bak, gel buraya seni omzuma almam gerek. İşte şimdi görüyor musun?"

"Evet baba daha iyi görüyorum,"

"Pekala o ağacın en tepesinde yıldız şeklinde kocaman bir iğnesi var Bardi. Bu diğer ağaçlarda yok evlat. Yolunu şaşırırsan bu iğneyi hatırla…"

Bardi o anı yeniden yaşadı. Başını kaldırdı ve nefes nefese teker teker ağaçların tepelerine baktı.

"İşte!" dedi yıldız iğneyi gördüğünde. Artık hangi yöne gideceğini çok iyi biliyordu. Ağaç birkaç metre kuzey doğusundaydı. Kar birikintilerini aşarak ilerledi. Ağacın yanına geldiğinde küçük elleriyle karları temizledi ve iğnelerin altındaki kapağı kaldırıp içine girdi.

Toprak soğuk ve karanlıktı.

Bardi doğduğundan beri karların içinde büyümüş olmasına rağmen orada hissettiği soğuk o güne dek bildiklerinden çok farklıydı. Titriyor ve korkuyordu. Annesinin ve kız kardeşlerinin ölmüş olabileceğini hiç düşünemiyor, hava karardığında babasıyla birlikte yanına geleceklerini hayal ediyordu. Birkaç saat sonra gelip onu oradan çıkartacak ve evlerine döneceklerdi.

Bardi henüz çok küçük olmasına rağmen o güne dek pek çok ölü insan görmüştü. Daha birkaç gün önce en yakın arkadaşı Pigua bir Chul kuzgunu tarafından kapıp götürülmüş, bir daha da izine rastlanılmamıştı. Bardi birkaç saniye erken gelseydi o da kuzgunlar tarafından götürülecekti. Şanslıydı, ucuz kurtulmuştu. Olayı babası öğrendiğinde bir daha onu tek başına hiçbir yere bırakmadı.

Oysaki şimdi bir başınaydı.

Aradan ne kadar zaman geçtiğini bilmiyordu. Eğer akşam olmuşsa babası az sonra onu almaya gelecekti. Yattığı yerde kıpırdanmaya çalıştı. Uzun saatlerdir hareketsiz yatışından ve soğuktan her yeri tutulmuştu.

Hareket edemedi.

Vücudu kaskatıydı, bacaklarını oynatamıyordu. Uzanıp kapağı açmak istedi ancak kolunu bir türlü yerinden oynatamadı. İçini bilmediği bir ürperti kapladı. Ne olursa olsun oradan çıkmak istiyordu. Biraz daha kalırsa karanlığın nefesini yutacağını düşündü.

Biraz daha zorlayınca önce parmaklarını sonra ellerini oynatabildi. Ardından son bir gayretle kapağa uzanmaya çalışırken yukarda, tam üzerinde gezinen birileri olduğunu fark etti. Fısıldaşmalar halinde bazı sesler işitti. Bunlar Rodmark, Hrefna ve diğerleriydi. Bardi ailesinin onu aradığını düşünerek kapağı açmak için birkaç kez yokladı. Tam başaracakken Rodmark bir hamlede kapağı açtı ve bıçağını Bardi'ye doğrulttu.

Bardi elleri ve dudakları morarmış halde tam karşılarındaydı. Onu oradan çıkartıp gizlendikleri barakaya götürdüler. Hrefna günlerce başında bekledi. Henüz onlarda birer çocuk olmalarına rağmen yine de Bardi'den birkaç yaş daha büyük ve tecrübeliydiler.

Ve Bardi o günden sonra yanlarından hiç ayrılmadı.

Ormanda ilerlerken Bardi, çocukluğunu ve ailesini gördüğü o son günü düşündü.

Sakin geçen gecenin ardından sabah olduğunda rutin işlerini hallettiler. Sallarını yüklenip yeniden denize ulaştılar. Arada bir denizden balık vb. yiyecekler avlanarak günlerce kıyı boyunca sıkıntısız bir şekilde ilerlediler. Arada deniz dalgalandı, köpürdü ve onları kayalıklara doğru devirdi ancak toparlanmaları uzun sürmüyordu. Açıklara gitmedikleri için kıyıya çarpmaları onlar için daha avantajlıydı. Bazı günler deniz sakinken gece boyunca nöbetleşerek yol almaya devam ettiler.

Aradan günler geçti.

Bir sabah gün doğumuna yakın, ilerledikleri kıyı şeridi kıvrımlaşmaya ve onları daha iç taraflara sürüklemeye başladı. Geceden beri yol alıyorlardı. Son nöbetçi Gizur idi ve o da sabaha karşı dalıp uyuklamaya başlamıştı. Yorgun, uykusuz ve açlardı. İlk ormanlık alanda durup avlanmaya karar vermişlerdi. Ancak o sabah Gizur uyuyakalmış ve deniz onları başka yere sürüklemişti.

Gizur gözlerini açtığında denizden çok uzaklaşmış, kendilerini daha iç kesimlerde ilerlerken buldu. Hemen diğerlerini uyandırdı. Salı sağlam bir yere çekip, araziyi araştırmak için yola koyuldular. Amaçları bir an evvel yiyecek bir şeyler bulmaktı. Bir süre iç kesimlerde yol aldılar, arazi kayalık ve derin yamaçlardan ibaretti. Gördükleri kadarıyla yakınlarda hiç orman yoktu. Geri dönüp denizden avlanmaya karar verdiler. O sırada Hrefna ilerde bir hareketlenme olduğunu gördü.

"Bakın, az ilerde yoğun bir sis var!"

"Hadi gidip bakalım!" dedi Bardi sabırsızlanarak.

Herkes ne olduğunu merak etmişti aynı zamanda da tedbiri elden bırakmamak adına oklarını ve bıçaklarını hazır ettiler.

Önlerinde dik ve zorlu bir yamaç vardı. Herkes tepenin ardında ne olduğunu görmek için adımlarını hızlandırdı. Bir süre sonra aşağı baktıklarında gördükleri manzara karşısında şaşkına döndüler.

Aşağıda, iki buz dağı arasına gizlenmiş sakin, cam gibi bir nehir duruyordu.

∞

LOCH NESS CANAVARI

Bazen, insanların anlattıkları o abartılı hikayeler doğrudur.

Nehre varmaları birkaç dakikalarını aldı. Gunnar'ın gözlemine göre gölün akıntısı kuzeybatıdan güneydoğuya doğru gidiyor, göl, buz dağlarının vadilerinden gelen nehirlerle besleniyordu.

Runa hayranlıkla suyu izlerken, "Daha önce hiç bu kadar güzel bir su görmemiştim," diye mırıldandı. Gölün üzeri sanki onu gizlemek adına sis bulutlarıyla kaplanmıştı ancak yaklaşıldığında sisin altında ışık görmemesine rağmen ışıl ışıl parlayan bir su vardı. Hrefna suya bakarken ışıltısı karşısında gözleri kamaştı.

Eğildi ve elini suya uzattı.

Durgun su Hrefna'nın el hareketiyle birden dalgalanmaya başladı. Önceleri cılız olan dalgalar kademe kademe açıklara doğru yayıldı. Hiç kimse onları neyin beklediğini bilmiyordu. Rodmark Hrefna'yı geri çekti.

"Neler oluyor Rodmark?"

Rodmark'ın cevap vermesine fırsat kalmadan suyun rengi alacaya çevrildi. Önce yeşilimsi bir renge bulanan su, ardından sarımsı bir renge döndü. Dalgalar gölün tam orta yerinde buluştu ve fokurdamaya başladı. Herkes neler olup bittiğini anlamaya çalışırken, gölün ortasındaki su kendi alanında bir çember oluşturmuş kaynamaya devam ediyordu. Birkaç dakika sonra su eski haline geri döndü. Eski ışıltısı yeniden gelmiş, sakin ve durgundu.

Bardi yeniden göle gitmeyi önerdi ancak onu duyan olmadı. Kimsenin başını belaya sokmaya niyeti yoktu. Tek istedikleri bir an önce karınlarını doyurmaktı; beklenmedik bir belaya karışmak değil. Ortak kararla yeniden yamaca tırmanıp geldikleri tarafa dönmeye karar verdiler.

Her şey aldıkları karardan sonra oldu.

Aniden güçlü bir fırtına çıktı. Tek adım dahi atamadan birbirlerine tutunmaya çalıştılar. Rüzgar, suyun üzerindeki ağır sisi savurdu. Gök lacivert rengini aldı. Uzaklarda yeşil şimşekler çakmaya başladı. Sonra gölün tam orta yerine güçlü bir yıldırım düştü. Yıldırımın yankısı o kadar güçlüydü ki, birbirlerine sarılan ve başlarını korumaya çalışan bu yedi genç gölün taşıp kendilerini suların altına çekeceğini sandı.

Islanmışlardı. Dinen fırtınaya rağmen başlarını kaldırmaya korkuyorlardı. Arkalarını döndüklerinde neyle karşılaşacaklarını tahmin etmeleri imkansızdı. Rodmark ve Gunnar göz göze geldiler. "Hadi," dedi Rodmark. Gunnar başıyla onayladı. Aynı anda ikisi de geriye döndüler.

İşte o an Loch Ness Canavarı tam karşılarında duruyordu.

Neye benzediğini tarif etmek o an için çok zordu. Üzeri yapış yapış, yeşil ve sarı renklerde bir sıvıyla kaplıydı. O güne dek denizden çıkan ve bildikleri hiçbir canlıya benzemiyordu. Yuvarlak bir gövdesi ve ince uzun kıvrımlı bir başı vardı. Elleri ya da ayakları yoktu. Baş kısmında yüz hatlarını andıran herhangi bir işaret de...

Rodmark ve Gunnar'ın sessiz kalışlarına daha fazla dayanamayan diğerleri de yavaşça arkalarını döndüler. Gördükleri dev yaratık karşısında uzun bir süre kimse tek kelime edemedi. Yaratık gölün tam ortasında oturur vaziyette başını onlara çevirmiş bekliyordu. Böyle bir yaratığın sessizliğinden hiçbir anlam çıkaramayan bu yedi genç aniden hepsini birden yutacağını sandı. Yaratığın baş tarafında-ya da onlar baş olduğunu sanıyorlardı-gözü ya da kulağı olmadığı için onları görüyor ya da duyuyor olamayacağını düşündüler. Herkes tuttuğu nefesleri aynı anda bıraktığında yaratık kıpırdanmaya başladı.

"Beni hanginiz çağırdı?" diye sordu yaratık metalik tonda bir tınıyla. Sesi çalkantılı ve derinlerden geliyordu. Tehditkar ya da öfkeli bir tonda söylememişti.

Önce kimseden bir ses çıkmadı. Hrefna bir şeyler demesi gerektiğinin farkındaydı. Rodmark'ın elini bıraktı ve bir adım öne çıktı.

"Ben, ben sadece elimi suya sokmak istemiştim amacım kimseyi rahatsız etmek değildi."

Bunun üzerine Rodmark Hrefna'yı arkasına aldı.

"Nesin sen, bize ne yapmayı planlıyorsun?"

Yaratık topu andıran gövdesini suyun yüzeyinde kaydırdı ve tek hamlede kıyıya yanaştı. Şimdi başını eğdiğinde bu yedi gencin nefeslerini hissedecek kadar yakınlarındaydı.

"Ben bu gölün sahibiyim. Niyetim size zarar vermek değil. Bunu istesem çoktan gölün dibini boylamış, zehirli balıklarıma yem olmuştunuz,"

Yaratık konuşurken üzerindeki yapışkan doku bir civa gibi sağa sola kıvrılıyor, ancak akıyormuş gibi görünse de damlamıyordu. Gölün suları yaratık konuşurken dalgalanıyor o susunca duruluyordu.

"Ne istiyorsun bizden, neden gitmemize izin vermiyorsun?" Soruyu soran Bardi idi. Yaratık yeşil başını Bardi'ye doğru çevirdi. Anlaşılan onu o an fark ediyordu.

"Sen nasıl bir yaratıksın, bizi nasıl duyuyor nasıl görüyor, nasıl konuşabiliyorsun. Senin bir yüzün yok ki!" dedi Bardi merakına yenik düşerek. Drifa onu kolundan çekiştirip arkasına itti.

"Bu göl var olmadan evvel ben bir toprak sürüngeniydim. Chul ırkından kaçarken görünmez bir güç tarafından sürüklenerek kendimi burada buldum. O sıralarda göl sadece küçük bir su birikintisinden ibaretti. Beni buraya getirip Chul ırkından koruyan gizemli güç, küçük su birikintisini anında dev bir göle dönüştürdü. Beni de gölün içine hapsetti."

"İyi ama seni Chul'lardan koruyan bu güç neden seni suya hapsetsin ki?" diye sordu Gizur.

"Elbette benim iyiliğim için. Bir gün Chul'lardan biri buralara gelirse beni yeniden bulabilirdi oysa şimdi beni bulmaları imkansız. Gizemli güç göldeki tüm canlıları emrime verdi. Ve o gün benimle son kez konuştuğunda yıllar sonra çok uzaklardan yedi gencin gelip beni bulacağını söyledi. Giderken bana kendi güçlerinden verdi. Biliyordum ki o gün geldiğinde beni her kim bulursa onlar için kullanacaktım."

"Yani sen bize yardım mı edeceksin?" diye sordu Rodmark.

"Doğru anladın cesur adam. Sırtındaki kesenin içinde kimin olduğunu biliyorum. Bunu başarabildiğinize göre size yardım etme vaktim gelmiş demektir."

Gunnar, Rodmark'ı çekiştirip konuşmak istediğini söyledi.

"Sence güvenebilir miyiz bu... bu yaratığa? Ya bizi kandırıyorsa ya bizi Chul'lara yem ederse?"

"Sanmıyorum Gunnar, onda farklı bir şey var. Bunu hissedebiliyorum, o gerçekten samimi. Sanırım ne istersek yapacak. Onunla konuşacağım."

Gunnar endişeliydi ancak Rodmark kararlıydı. Yaratığa yaklaştı.

"Uzun bir yolculuğa çıktık. Günlerdir denizdeyiz. Yorgunuz ve çok açız. Önce karnımızı doyurmak istiyoruz. Yamacın arka tarafında geldiğimiz yerde bir sal var. Onunla kıyı boyunca ilerlemeye çalışıyoruz. Amacımız kuzey denizini aşıp o berrak nehre ulaşmak. Koyu yeşil arazinin arasından bir yılan gibi kıvrılıp denize akan nehre...

Nehrin güneybatısında yeşil tepelerden oluşan oyuk bir arazi var, laneti orada kaldıracağız. Şimdi bize yardım edeceksen bunu nasıl yapacağını söylemen gerek."

Yaratık kendisini beklemelerini söyleyip yuvarlak gövdesini suda kaydırdı ve gölün ortasında gözden kayboldu. Birkaç saniye içinde kıyıya iri balıklar düşmeye başladı. Ardından yaratık suda dalgalanmalar yaparak yüzeye çıktı.

"İşte size yemek! En lezzetli balıklarımı sizin için seçtim. Önce yemeğinizi yiyip dinlenin, ardından tekrar geleceğim."

Yaratık yeniden gölün ışıltılı sularında gözden kayboldu. Rodmark, Gunnar ve Gizur koşarak kıyıdaki balıkları topladılar.

"Vay canına hayatımda hiç bu kadar iri ve güzel tatlı su balığı görmemiştim. Yemek için sabırsızlanıyorum," dedi Gizur.

Kısa sürede ateş yakılmış, balıklar pişirilmek üzere sıraya konulmuştu. Yemeklerini yerken hava kararmak üzereydi.

Son lokmalarını ağızlarına attıklarında suda dalgalanmalar başladı. Yaratık bir anda kıyıda gözüktü. Rodmark ayağa kalktı.

"Yemek için teşekkür ederiz. Daha önce hiç bu..."

"Evet biliyorum, hiç bu kadar lezzetli balık yemediğinize eminim. İşte bu da benim gölüm. Bu göl yeryüzündeki en tatlı suya ve en lezzetli balıklara sahiptir. Beğendiğinize sevindim. Şimdi asıl konumuza gelelim. Size yardım edeceğim hem de hemen bu gece,"

"Nasıl olacak bu?" diye sordu Runa ürkek sesiyle.

Yaratık tatlı bir iç geçirdi. Birazcık homurdandı ve yuvarlak bedeni sanki geriliyormuş gibi arkaya yaslandı. Sonra toparlandı.

"Sizi söylediğiniz nehre ulaştıracağım, sabah olduğunda istediğiniz yerde olacaksınız. Bana güvenin ve soru sormayın, kaybedecek vaktiniz yok. Hugin ölmüş olabilir ama laneti kaldırana kadar soğuk nefesi yavaş yavaş kendini ısıtmaya başlayacaktır. Acele etmemiz gerek,"

Bardi elindeki balığı düşürüp yerinden bir ok gibi fırladı.

"Duydunuz mu nefesi kendini ısıtabilirmiş, ölmüş olsa da nefesi bize ulaşabilir. Geçen gece ve ertesi gün gördüğüm şey onun nefesiydi ama hiçbiriniz bana inanmadınız!"

"Hmm Hugin'in nefesi etrafta dolaşmaya başladıysa bu ruhunda dönüşümler olduğunu gösterir. Hiç vaktiniz yok. Hemen şimdi buradan gitmelisiniz. Gidin ve o kuşu yok edin!"

Rodmark ne yapmaları gerektiğini sordu. Loch Ness her birinin gelip gövdesine yapışmasını, üzerindeki bu sıvı sayesinde onları gölün sularına çekeceğini ve gölün altındaki gizli kanallarla-ve sahip olduğu sır ile- onları anında istedikleri yere gönderebileceğini söyledi.

Kızlar bir süre duraksadıktan sonra, iğrenmiş olsalar da başka çareleri olmadığını biliyorlardı. Herkes teker teker yaratığın gövdesine yapıştı. Hep birlikte suyun yüzeyinde kaydılar ve yaratığın suya dalmasıyla birlikte gözden kayboldular.

∞

Greenwich Tepesi

Bu topraklarda bir nehir akar, suyu berrak, içinde çeşit çeşit hazine yatar. El değmemiş, henüz keşfedilmemiş bakir sular...

Bakir toprağa düşen birkaç damla ılık su, ilk sahiplerini selamlarcasına yerin altında kıvrılarak kendini nehrin soğuk sularına bıraktı. O zamanlar Thames Nehri'nin henüz berrak olduğu zamanlardı. İçinde çeşitli balıklar yaşardı. Gelgit henüz oluşmamıştı. Nehir sakin, durgun ve Londra'nın havası kadar naifti.

Kanaldan çıkıp kendini ilk kıyıya atan Rodmark oldu. Ardından Hrefna, Gunnar, Bardi, Runa, Drifa ve son olarak Gizur göründü.

Karşılarında sonsuza dek uzayıp gidiyormuşçasına yükselen düz, safir yeşili bir arazi duruyordu. Bu yeni yerleşim yerinin kendine has baş döndürücü bir kokusu vardı.

Toprak sıcak, hava bahar kokuyordu.

Loch Ness, onları kanala soktuğunda hava kararmış, Yeni Ay gökte belirmişti. Oysa şimdi sabahın ilk saatleriydi. İklim farklıydı. Rodmark arkasına döndüğünde, nerede olduklarına, kendilerini nelerin beklediğine dair hiçbir tahmini olmayan altı kişinin umutla dolup taşan gözlerini gördü.

Hrefna etrafına bakınırken bir yandan da eliyle ıslak saçlarını sıkıyordu. Drifa, Gunnar'ın beline sarıldı ve birlikte toprağın kokusunu içlerine çektiler. Bardi sıcak toprağın üzerine uzandı, ellerini iki yana açtı, yüzünde rahatlama hissi veren bir tebessüm belirdi. Göğü izlerken kendini hayal kurmaktan alamadı. Runa ve Gizur ise birbirlerine sarılmış sevinç öpücükleri konduruyorlardı.

Rodmark, Hrefna'nın karışmış, ıslak bakır rengi saçlarını elleriyle düzeltti.

"Burası rüyamda gördüğüm yer Hrefna. Bu nehir, bu topraklar, bu huzur..."

Gunnar gelip elini Rodmark'ın omzuna koydu.

"Haklıydın dostum, dediğin kadar varmış. Burada yaşamak için ve…" duraksayarak Drifa'ya baktı, "…ve bir aile olmak için sabırsızlanıyorum."

"Hadi gidip bir an evvel şu laneti ortadan kaldıralım!" dedi Bardi uzandığı yerden.

Bu sabırsız söz üzerine herkes Bardi'ye dönüp gülmeye başladı.

"Rüyamda tepeler nehrin güneybatısına uzanıyordu. Şu taraftan gitmemiz gerekiyor," dedi Rodmark.

Hrefna ve Rodmark önde diğerleri arkada, bundan sonra ömürleri boyunca yaşayacakları ve aile kuracakları topraklara ilk adımlarını atmış oldular. Taze bahar havasından daha yumuşak aromatik kokuları içlerine çekerek güneye doğru yol aldılar.

Rodmark'ın rüyasında gördüğü tepelere yaklaştıklarında güneş tam üzerlerindeydi. Son yokuşu da tırmandılar ve karşılarına dört tarafı yükseltilerle çevrili oyuk, yeşil bir vadi çıktı. Vadinin içi kahverengi, kızıl, beyaz midillilerle doluydu. Bunlar, onların daha önce görmediği cinsten hayvanlardı. Önce ne tepki vereceklerini ölçmek adına temkinliydiler. İlk test etmek isteyen Rodmark oldu. Ardından Gunnar gitti. Midilliler sakin ve huzurlu görünüyorlardı. Rodmark ve Gunnar seçtikleri midillilere yaklaştılar ve başlarını okşamak için birkaç kez girişimde bulundular. Hayvanlar sakinliklerini koruyunca tehlikeli bir durum olmadığına kanaat getirdiler. Vadinin tepelerinden birine tırmandıklarında ise arka arazide yüzlerce midilli olduğunu gördüler.

"Bereketli ve kutsal topraklar," dedi Rodmark. Gunnar elini omuzuna koydu.

"Dostum, burası sürprizlerle dolu! Şu hayvanların güzelliklerine bir bak! Sen haklıydın Rodmark, bu topraklar gücümüze güç katacak!"

Bir süre daha önlerinde midilli sürüleriyle dolu araziye bakakaldılar. Ardından diğerleri geldi.

"Bunu tek başıma halletmeliyim çocuklar…" dedi Rodmark, "karanlık çökmeden evvel lanet üzerimizden kalkacak, bana güvenin," Hrefna'nın endişelenmemesini söyleyerek ona bir öpücük kondurduktan sonra hızla yokuştan aşağı, tepelere giden yola doğru koştu.

Rodmark gözden kaybolmuştu.

Şimdi bir oyuk arazinin içinde çevresini saran tepeleri izliyordu. Sırtındaki keseyi yere bıraktı. Bıçağını çıkardı, kesenin ağzını açarken ellerinin titrediğini fark etti. Korkmuyordu. Aksine, özgürlüklerine dakikalar kala heyecanlıydı. Bıçağını ağzında tuttu ve kesenin düğümünü çözdü.

∞

56

Yedi, Kuzgun, Cennet

Hugin ölüydü ve bir ölü kadar sakin görünüyordu.

Rodmark onu keseden çıkardı ve yeşil toprağın üzerine bıraktı. Bıçağı elinde, onu yedi parçaya ayırmak için ilk hamlesini yaptı.

Rodmark bıçağını kaldırıp ilk kesiğini attığında babasını düşünüyordu. Sonra annesini ve kardeşini... ardından ölen tüm insanları. Tüm o gördüğü kanlı saldırıları, çığlıkları, uğultu ve yalvarışları...

Rodmark, Hugin'i parçalara ayırırken o güne dek hiç hissetmediği kadar gücü ve kudreti damarlarında hissediyor, içinde bir yerlerde coşkuyla dışarı çıkmak isteyen bir şeyler olduğunu seziyordu.

Rodmark yedinci parçayı da kenara ayırdığında bir an duramayacağını düşündü. Kendine hakim oldu, hırsını kontrol altına alarak durdu. Hugin... o ölümsüz Chul atası, şimdi karşısında paramparçaydı. Parçalarını keseye koydu ve gömmek için tepeye ilerledi.

Rodmark'ın her bıçak darbesinde bir yaprağını daha döktü Chul bitkisi. Toprak her bıçak darbesinde katmanları arasında çığlık çığlığa yer değiştirdi. İçten içe düğümlendi ve kabuk bağladı. Toprak içinde yaşayan ne kadar canlı varsa hepsi oldukları yerde kaskatı kesildi. Solucanlar, böcekler, yılanlar, köstebekler, kunduzlar, mantarlar, bakteriler, fareler, kirpiler, akrepler ve daha binlercesi...

Rodmark'ın işi bittiğinde güneş tepelerin ardından süzülmekteydi. Eliyle alnındaki teri sildi. Son parçanın üzerine son toprağı attı. Atar atmaz, gök kızıla döndü. Aralarından gri bulutlar göründü, güçlü şimşekler çaktı. Hemen ardından ılık bir esinti ve şiddetli bir yağmur başladı. Rodmark ayağa kalktı ve avazı çıktığı kadar haykırdı. Yağmurun tenine dokunuşunu, yüzünden süzülüşünü ve toprağın kokusunu içine çekti. Gök bir süre daha kızıl renkte dönmeye devam etti. Eski rengini almaya başlarken Rodmark kendinden geçti ve pas rengindeki ıslak toprağın üzerine yığıldı.

O sırada Chul ırkı derin bir sessizliğe büründü.

Rodmark'la birlikte kendilerinden geçen diğer altı genç kendilerine gelmeye başlamışlardı. Uyandıklarında nehrin üzerinde, kıyıya ilk çıktıkları yerdeydiler. . Rodmark doğruldu, ellerini göğe kaldırdı.

"Lanet kalktı. Anlaşma bozuldu. Hepimiz özgürüz!"

Sevinçlerine ortak oluyormuşçasına suyun üzerinde zıplayıp duran nehir balıkları kıkırdaşmalarına sebep oldu. Sonra hep birlikte kendilerini nehrin duru sularına bıraktılar. Nehir, gelecekte bu yedi gencin kendi aralarında kutladıkları bu zaferin tek tanığı olacak, kurtuluş günleri nesiller boyu *nehir günü* olarak anılacaktı.

∞

İlkbahar kendini hissettiriyor, uzaklardan esen ılık rüzgarın getirdiği kesif koku toprakla karışıyor, onu soluyan herkesi mutlu ediyordu. Yağmur damlaları toprağı kırbaç gibi döverken, aynı zamanda nehri besliyor, suyun üzerinde kristal etkileşimler oluşturuyordu.

Hayatlarının ilk yüzyılı sakin geçti.

Hepsinin çocukları oldu. Sonra çocuklarının çocukları…

Hrefna, Drifa ve Runa aynı zamanda doğum yaptılar. Gunnar ve Drifa'nın üçüz oğulları, ilerleyen yıllarda yedi kız, dokuz erkek çocukları oldu. Gizur ve Runa'nın ilk çocukları bir kızdı, ardından altı kız ve on bir oğulları oldu.

Hrefna ve Rodmark'ın ise ilk çocukları ikizdi. İkiz kızları bir yaşına bastığında Hrefna yeniden hamileydi. Bu sefer dördüz erkek çocukları oldu. Ve onları takip eden yıllarda sırasıyla dokuz kızları ve on dört erkek çocukları oldu. Ve bu çocukların her birinin en az yedi çocuğu oldu.

Bardi büyüdü ve Gizur'un ilk kızıyla evlendi. Onların da toplamda dokuz çocukları oldu.

Çok Daha Sonra…

Suyun köpürerek aktığı iki kilometrelik kısmın batı ucunda birçok girintili arazi vardı. Kıvrımların bir kısmı güneye, sonra tekrar batıya dönüyordu. Nehrin kuzey kıyısında ise şekilsiz bir adacık vardı. Burası pelit ve alıç ağaçlarıyla kaplıydı.

Londie zamanla genişletilmiş, geliştirilmiş, kazılmış, ekilmiş ve yenilenerek yaşanılır hale getirilmişti. Halkın yerleşkesi, nehrin yaklaşık 3-4 km iç kısımlarına doğru uzanıyordu. Nehir doğu ve batı yakası olarak ikiye

58

ayrılmıştı. Bir zaman sonra Londie halkı aralarında Doğulular ve Batılılar olmak üzere ikiye ayrıldı.

İklim her zamanki gibi naifdi ve aromatik kokularla doluydu. Toprak koyu yeşil ve hayat doluydu. Nehir, keşfedildiği ilk günden bu yana hala aynı berraklıkla ışıldıyor, her sene düzenlenen nehir günü kutlamalarında süslenerek daha da görkemli hale getiriliyordu.

Londie halkı-bu ismi veren Rodmark olmuştu- nehirde çeşitli sandallar kullanıyordu. Balık avlamak ve nehrin karşı yakasına geçmek için pelit kütüğünden yapılma basit sallar kullanılırken, geziler için kullanılan sallar daha başkaydı. Alçak bir omurgası, fazla ağır olmayan ahşaptan yapılma kaburgaları olan, yanları yüksek ve el işi hasır kaplı gösterişli kayıklardı. El işi hasır kaplamaların arasına sık bir şekilde yaldızlı örgüler dokunmuştu. Kayığın içine su girmesini önlemek için de alt kısımlarına deri döşenmişti. Genellikle sekiz metrelik olan gezi kayıklarının bir de inceden deri bir yelkeni vardı. Yelkenin direği kayın ağacından bir kütüktü; bu kütüğün üzerinde de mutlaka birkaç yaprak olur ve nehirde ilerledikçe esen ılık rüzgar eşliğinde dalgalanırdı.

Londie köylüleri Cross'a kralları olmayı teklif etseler de Cross, bu teklifi her seferinde geri çevirmiş ancak ihtiyaç duydukları her durumda gönüllü olacağını söylemişti. Her ne kadar Cross'un geri çevirmelerine boyun bükseler de çoğu zaman ona Kral Crossdiye hitap etmişlerdi. Londie topraklarıyla ilgili her ne kadar önemli gelişme olduysa hepsinde Cross'un son sözüne önem vermişler, o ne derse onu yapmışlardı.

Cross da babası gibi cesur ve alçak gönüllüydü. Bir liderde olması gereken her şeye fazlasıyla sahipti ancak o Londie için kral ve kraliyet kavramlarını henüz erken buluyor, iç düzenin zaten sorunsuz işlediğini öne sürüyordu. Ancak Londie halkı her fırsatta topraklarının atası olan Rodmark'ın oğluna saygıda kusur etmiyor ve her söylediğine değer veriyorlardı.

Cross ve ailesine ait olan çiftlik, nehrin batı yakasındaki kıyıda bulunuyordu. Arazinin nehre doğru yayılan kısımlarında gül bahçeleri ve pelit ormanları vardı. Londie köylüleri zamanla bu bölgelere Cross Ormanları adını verdiler.

Köylüler, ısrarla çiftliğin yapımında gönüllü olarak çalıştılar. Çiftlik; duvarları iri taş bloklardan yapılmış, kerpiç çatısı ve diğer yakadan bile görünen kocaman sivri kuleli bacalarının da görünümüyle Londie'nin en ilginç yapısı olmuştu. Cross, çiftliğinin ve civar arazilerinin neredeyse tümüne gül diktirmişti. Nehri çepeçevre saran gül bahçeleri Cross'un Gül Bahçeleri adı altında tüm Londie halkının göz bebeğiydi.

Nehir ise Londie halkı için kutsal bir yerdi. Nehir günü kutlamalarının dışında düğünler için de tercih edilirdi. Yeni doğan bebekler doğumdan yedi gün sonra nehre getirilip suyundan içirilirdi, böylelikle bebeğin nehrin suları gibi sakin, duru ve ışıltılı bir güzelliğe sahip olması umulurdu.

Cross, babasının emaneti olan bu topraklara sağlam bir kale yapmayı teklif ettiğinde herkes dört koldan yardım etmişti. Başta Cross olmak üzere tüm Londie erkekleri nehrin kuzey kıyısına sağlam taş duvarlarla güçlendirilen dörtgen biçiminde, sivri kuleleri olan bir yapı inşa ettiler. Buraya Londie Kulesi dediler ve bayraklarını kuleden dalgalandırdılar. Cross, aynı zamanda babasının da vasiyeti üzerine Londie topraklarının birçok yerine-ki bu yerleri babası söylemişti-gizli tüneller yaptırdı. Olabilecek tehlikelere karşı önlem, demişti Londie halkına. O zamanlar kimse anlam yüklemese de ilerde bunun ne kadar gerekli olduğunu anlayacaklardı.

Nehrin iki yakası birbirinden farklıydı. Doğu tarafının arazisi alçak ve düzken diğer yaka çayır ve gür ormanlar, tarlalar ve meyve bahçeleriyle doluydu. Çimenlerle kaplı kuzey kıyısını tırmanınca harika bir nehir manzarası güney kısmın taşlık burnuna kadar uzanıyordu. Güney burnu balık tutmak için en ideal yerdi. Nehrin sularına doğru uzanan burnun üzerindeki küçük ağaç ve bitkiler, balıkların daha kolay yakalanmasına sebep oluyordu.

Londie halkının zamanla zengin bir dili ve iklime uygun naif bir lehçesi oldu. Kullandıkları dilin en belirgin özelliği sesli harflerini istedikleri yerde vurgulayıp uzatabilmeleriydi. Zamanla ortaya çıkan şairlerin söyledikleri şiirlerin etkili olmasının en büyük nedenlerinden biri vurgulamalarıydı. Şairler şiirleri okuduklarında anlatmak istediklerini karşı tarafa öyle bir hissettiriyorlardı ki, dinleyenler kendilerini hikayenin tam ortasında buluyor, bazen bir okun hedefi olup kalplerini tutuyorlardı.

Halkın yoğunlukla kullandığı iki pazar vardı. Biri doğu, diğeri batı yakasındaydı. İki pazarda da yiyecek satılmasına rağmen doğu pazarında meyve, sebze ve balık ağırlıkta, batı pazarında genellikle kumaş, deri, ev eşyaları, çömlekler, tahtadan yapılma oyuncak ve maskeler, ev ve sal yapımı için inşaat malzemeleri ve kurutulmuş çeşitli nehir süsleri satılırdı.

Londie kadınları çömlekçilikten ve terzilikten iyi anlardı. Herkes pazardan satın aldığı kumaşları kendisi dikerdi. Köyün bir terzisi vardı fakat kadınlar ancak düğün ve kutlama gibi günlerde yardım amaçlı çağırır, karşılığında da yiyecek ve eşya verirlerdi.

Londie erkeklerinin başlıca iyi oldukları alanlar ise ahşap oymacılığı, odunculuk ve madencilikti. Gittikçe çoğalan nüfusa karşı zamanla nehrin iki yakasında da küçük nüfuslu köyler meydana geldi. Evler genellikle tek katlı, dikdörtgen ve sivri kulelerden yapılmaydı. Bazıları oldukça küçük, bir kısmı ise geniş ve iki katlıydı. Pelit kütüklerinden yapılma sağlam duvarları ve en az dört metre yüksekliğinde saman kaplama çatıları vardı. Hemen her evin bahçesinde kümesleri ve tavukları olur, bahçenin bir köşesinde de küçük ya da büyük ahırlarda sığır yetiştirirlerdi.

Londie halkının en çok tercih ettiği keçi peynirleri en güzel batı yakasında yapılıyordu. Bu peynirlerin bir kısmı böğürtlenli, kayısılı, kök zencefilli, biberli ve kekikliydi. Geleneksel olan ve ilk yapılan sade peynir ise ince füme şeklinde hazırlanır ve on sekiz saat boyunca meşe yongasında bekletilirdi. Bu sayede kabuklu ve daha sıkı bir peynir elde edilir, rengi de altın kayına dönerdi.

Uzun yıllar birbirleriyle dost ve yardımsever bir ilişki içinde yaşayan Londie halkı hiç sıkıntı çekmedi. Ancak hızla artan nüfusun da etkisiyle zamanla aralarından bozguncular türedi. Hırsızlar, dolandırıcılar-ki bunlar genelde pazar mallarında hile yaparlardı-istediği kızla evlenmeye çalışan zorbalar vb.

Gittikçe büyüyen olayların önüne geçmek için aralarında Londie halkına huzur ve düzen getirecek soylu, cesur ve güçlü birini lider seçmek istediler. Bunun için akla gelen ilk isim yine Cross oldu.

Köylülerin ileri gelenleri-ki bunların arasında Gunnar'ın oğlu Bailey de vardı- aralarında bir görüşme yaptılar. Kararlarını ve tekliflerini açıklamak üzere güneş tepelerin ardında küçülmeye başlarken Cross'un evine gittiler.

Karısı Dollis kapıyı açtığında karşısında duran sekiz adamın o saatte ne için gelmiş olabileceklerini merak etti ve endişelendi.

"Umarım bir felaket haberi getirmediniz," dedi güzel Dollis eli yüreğinin üzerinde.

Cross'un gelmesiyle durumu ayaküstü izah eden köylüler, adam akıllı konuşmak için içeri girdiler. Dollis dinlenmek üzere odasına çekildi.

Saatler süren görüşmenin sonunda köylülerin ileri gelenleri Cross'u ikna etmeyi başardılar. Cross düzeni sağlamak için Londie halkına liderlik yapmayı kabul etti.

Kararın açıklanması işini ertesi güne bıraktılar.

∞

Victor, Namıdiğer İğne

Öğlen saatlerinde çoktan kurulmuş olan batı pazarı her zamanki gibi kalabalık sesler eşliğinde bildik günlerinden birini yaşıyordu. Kadınların büyük bir kısmı kumaş tezgahlarının yanında seçim yaparken, diğer kısmı da çömlek ve nehir takılarıyla ilgileniyordu. Duyuru yapmak için pazarın en yoğun olduğu saati kollayan üç adamdan biri elindeki Fianna boynuzundan yapılma boruyu üfledi ve herkesi pazarın girişinde toplayıp dünkü görüşmenin sonucunu açıkladı. Köylüler, sonunda istedikleri kararı duyunca sevinç gösterileriyle birlikte liderleri Cross için tezahüratta bulundular. Aralarında bu işe sevinmeyenler de vardı elbette. Bunların bir kısmı hırsızlar bir kısmı ise o sırada pazarda hileyle mal satanlardı. Cross'un ne denli adaletli olduğunu bildikleri için ona hem saygı duyuyor hem de acımasız cezalar getireceğini düşünüp endişeleniyorlardı.

Yalnız içlerinden birinin durumu farklıydı.

Bu kişi İğne lakabıyla tanınan terzi Victor'dan başkası değildi. İğne, köyün batı pazarında küçük bir tezgahta diktiklerini satar, düğünlerde köylülere hizmet ederdi. İğne lakabı ona babasından miras kalmıştı. Aslına bakılırsa ailesinden ona kalan sadece bu lakaptı.

Babası yıllar evvel yan komşusunun tavuğunu çalmıştı. Yan komşuları, çocukları orta yaşı geçmiş, çoktan evlenmiş yaşlı bir çifti. Sabahları erkenden ilk uyanan kadın olurdu. Önce arka bahçesindeki kümese gider, taze yumurta alır, ardından kahvaltı için nefis omletler hazırlardı. Victor'ın açgözlü babası da her sabah yan taraftan gelen lezzetli yumurta kokusunu içine çeker yutkunurdu.

Bir gece ansızın aklına bir hinlik geldi. Sabaha karşı herkes en derin uykusundayken kümese girip, birkaç yumurta aşırmayı planladı. Nasılsa yaşlı çift yan komşusundan şüphe etmezdi. Daha bir hafta önce çatısı aktığı için kendisinden yardım istemişler adam da karşılığında bir şey beklemeden çatıyı tamir etmişti.

Adam ertesi sabah erken saatte sessizce evden çıktı. Yalın ayak bastığı çimlerin serinliği içini ürpertirken yan bahçenin çitlerini aştı ve arka bahçedeki pembe beyaz japon kiraz ağacının arkasında duran kümese girdi. Adamın amacı birkaç yumurtaydı ancak kümesteki taze piliçleri görünce dayanamadı, bir tanesini-ve birkaç yumurtayı da-aldıktan sonra geldiği gibi sessizce eve döndü. Kapıdan girdiğinde beklemediği bir manzarayla karşılaştı adam. Victor erkenden uyanmış babasını görmüş, soğukkanlı ama tehditkar gözlerle babasını beklemekteydi.

Adam oğlunu karşısında görünce kekeleyerek, "Sakın bundan kimseye söz etme Victor, birazdan lezzetli bir kahvaltı yapacağız," dedi. Victor cevap vermedi, gözlerini kısarak babasını süzdü ve kıpırdamadan onun tavuğu saklamasını izledi. Az sonra annesi uyanmış, yanlarına gelmişti. Kadın adamın pişirdiği yumurtaları fark etti ancak şüphelenmedi. Ardından sakladığı tavuğu fark edince ne işler karıştırdığını hemen oracıkta anladı. İkisi tartışmaya başladıklarında yaşlı kadın da uyanmış, kümesine gitmiş ve bir tavuğunun eksik olduğunu fark etmişti. Kadın hemen kocasını uyandırmış ve yardım istemek için yan eve, Victor'ların evine gitmişlerdi. O sırada tartışan karı kocanın ve mis gibi kokan yumurta kokusunun üzerine gelen yaşlı çift pek belli etmeseler de biraz şüphelendiler. İşte tam o sırada Victor, tavuğun saklı olduğu dolabı açtı, tavuk bir anda içerden fırlayınca yan komşular durumu anladılar. Adam yakalanınca suçu oğlunun üzerine attı. Köylüler Victor'ın sekiz yaşında olmasına rağmen ne kadar cin fikirli ve yalancı olduğunu çok iyi bilirlerdi. Babasına inandılar ve Victor'ı nehrin kuzey kısmında bulunan şekilsiz, içi pelit ağaçlarıyla dolu adaya bıraktılar.

O gün tarihlerindeki ilk suç işlenmişti.

Küçük Victor bir başına adaya bırakıldığında babası da sandalcılarla birlikteydi. Bir ara Victor'ın kulağına eğilip, "Merak etme yakında gelip seni kurtaracağım," diye fısıldadı. Victor duymazlığa geldi ve sandalcılarla beraber derhal adadan gitmesini istedi. Bunu sekiz yaşındaki bir çocuktan beklenmeyecek bir ses tonuyla, tehditkar bir şekilde söylemişti. Babası köylülerin karşısında onu küçük düşürdüğü gerekçesiyle o gün kulağına fısıldadığı sözünü unuttu. Annesi günlerce gözyaşı dökse de babasını ve köy halkını ikna edemedi.

Victor'a gelince…

Aradan haftalar geçmişti. Köy halkı Victor'ın cezasının artık son bulmasına karar verdi.

"Artık akıllanmıştır, bir daha başkasının tavuğuna göz dikmez!" diyorlardı.

Bazıları da "Bu ona çok iyi ders oldu, haftalardır bir başına ailesinden uzak kalmak nasılmış görsün bakalım. Bir daha hırsızlık yapmaya cüret edemez!" demişti.

Sandalcılarla birlikte birkaç köylü nehrin kuzeyindeki adacığa doğru yola çıktılar. Niyetleri Victor'ı alıp geri getirmek ve kıyıda bekleyen annesine teslim etmekti. Ancak gittiklerinde bambaşka bir şeyle karşılaştılar. Victor becerikli parmaklarıyla pelit iğnelerinden kendine bir kafes yapmış içinde uyuyordu. Birkaç haftada bunu nasıl başarmış olabileceğini düşünerek bir süre sessizce izlemekle yetindiler. Victor, günlerce nehrin sularında avlanmış, balık tutmuş; ara sıra adada bulduklarını avlamıştı. Parlak zekası sayesinde kaldığı yerdeki şartları lehine çevirmiş, kendine yatacak rahat bir yer yapmıştı.

Victor yakınındaki fısıldaşmaları duyunca gözlerini açtı.

"Ne istiyorsunuz, niye geldiniz?" diye sordu yattığı yerden istifini bozmadan.

Adamlardan biri, "Cezan bitti, artık eve dönüyorsun, hadi kalk bakalım annen seni bekliyor," dedi.

Victor'ın ne kalkmaya ne de gitmeye niyeti vardı. Ağzına aldığı bir pelit iğnesini dişleri arasında gezdirirken, "Hiçbir yere gitmiyorum burası benim

64

adam, artık burada yaşayacağım. Boşuna beklemeyin," dedi.

Köylüler çocuğun umursamaz alaycı tavırlarına sinirlenip kafesi bozmak için birkaç tekme savurdular. İçlerinden biri Victor'ın üzerine yürüdü. Henüz yattığı yerden kalkmayan Victor, üzerine gelen adama, "Dur! Yoksa pişman olursun!" dedi. Adam bu tehdit karşısında daha da hiddetlendi. Victor'ın üzerine çullandı, tam onu sürüklemeye hazırlanırken karnına sivri bir şeyin battığını hissedip can acısıyla inleyerek yere yığıldı. Bunu gören köylüler hemen adamın yanına koştular.

"Bu kan! Ne yaptın ona, seni canavar çocuk!" dedi içlerinden biri. Sonra Victor'ın elindekini gördü. Victor, orada kaldığı günler boyunca avlanmak için kendine pelit iğnelerinden bir alet yapmıştı. Onları ağaç kabuklarından yaptığı iple sıkı sıkı örmüş, tahtaya sarmış, tahtanın ucunu da sivriltmişti.

Adam kanlar içinde yerde yatarken apar topar kucaklayıp sala bindirdiler. Kimse Victor'a ne olacağını düşünmedi. Kıyıya çıktıklarında Victor'ı bekleyen annesi şaşkınlık içinde sorular sorarken, köy halkı ise adama neler olduğunu merak ediyordu.

Ve adam öldü.

Bu, Londie tarihinde işlenmiş ilk cinayetti ve bunu sekiz yaşında bir çocuk yapmıştı. Köylüler Victor'ı lanetlediler ve bir daha aralarına almadılar. Victor yıllar boyu o adada yaşadı. Ne annesi ne babası ne de köyden kimse onu bir daha görmedi. Bazı rivayetlere göre Victor, gece yarısından sonra yüzerek kıyıya çıkıyor, köyün etrafında dolaşıyordu. Ara sıra yumurtası ya da giysileri eksilenler bunu Victor'ın yaptığını düşünürdü. Ancak o günden sonra bunu kimse ispatlayamadı.

Yıllar sonra Victor kırklı yaşlarına geldiğinde, köylülerin bazıları bu duruma bir son vermek istedi. Gidip Victor ile konuştular. Köy halkının ona bir iş vermek istediğini, artık normal insanlar gibi gelip aralarında yaşamasını söylediler. Victor kırklı yaşlarının sonlarındaydı ve artık insan içine karışmanın zamanının geldiğini düşünüyordu.

Victor, birkaç esnafın yardımıyla batı pazarında kendine küçük bir tezgah kurdu. Dikişten iyi anlardı. Çocukluğunda ağaç iğnelerinden yaptığı kafesleri herkes duymuştu. Bu yüzden ona İğne lakabını verdiler. Victor uzun bir süre pazarda terzilik yaptı ve tek başına yaşadı. Ellili yaşların başında evlendi.

Evlendiği kadın oduncu bir ailenin dokuzuncu kızıydı, doğumundan bu yana kekemeydi. Ayrıca bir bacağı da aksıyordu. Evlendikten birkaç ay sonra aniden öldü. Victor ise kokuşmuş barakasında tek başına yaşamaya devam etti. Hiçbir şey olmamış gibi.

∞

Henry Marlowe, adımlarını tüm gün üzerinde taşıdığı ve kendisine artık dar gelmeye başlayan üniformasını çıkartmak üzere giyinme odasına doğru çevirdi. Siyah deri eldivenlerini ve bileklerinden dirseğine kadar kolunu sımsıkı kavrayan kolluğunu çıkartırken taş avluda yürüyordu. Etraftaki sessizlik ve ağır hava iyice uykusunu getiriyor, arada esniyor, bir yandan elindekileri sımsıkı tutuyordu.

Henry Marlowe koyu gri kumaş pantolonunu ve ekose desenli kahverengi kazağını giydiğinde kuzey kapısındaki değişim sırasını bildiren çan sesini duydu. Lacivert montunu giydi ve fermuarını boğazına kadar çekti. Ardından eve gitmek üzere doğu tarafındaki bilet gişelerinin olduğu kapıdan çıktı.

Fenchurch sokağının bitimindeki metro istasyonuna yürürken yağmur çiselemeye başlamış, sabah evden çıkarken şemsiyesini almadığı için pişman olmuştu. İstasyon akşam saatlerinde yine her zamanki gibi kalabalık ve gürültülüydü. İstasyonun hemen girişinde yerde duran, içi gazete dolu kutuya eğildi ve içinden bir gazete aldı. Henry her akşam metroya binmeden önce akşam gazetesini alır ve yol boyu okurdu.

Henry, oyster kartını daima pantolonunun arka cebine koyar; istasyona girmeden önce çıkarıp hazır ederdi.

Bugün farklıydı.

Turnikelere yaklaştığında kartını çıkarmadığını fark etti. Turnikenin başında, cebindeki kartı çıkartmaya çalışırken arkasından geçen biri sırtına çarptığında Henry nefesi kesilecek gibi hissetti. Aldığı dirsek darbesi yüzünden öfkelenen adam, arkasına döndüğünde kimsenin olmadığını gördü. Etrafına baksa da her kim çarptıysa çoktan yok olmuştu. Henry, turnikelerden geçtiğinde yeniden arkasına döndü. Bu kez gördüğü sadece silik bir dumandan ibaretti. Henry, sigara içen saygısızların dumanlarını istasyonun içine girince üflediklerini düşünerek söylendi ve yürüyen merdivenlerden aşağı inerken sırtının acısını bir kez daha hissetti.

Metronun klasik Notting Hill Gate anonsu duyulduğunda Henry, sırtındaki sızıyla birlikte metrodan indi. Caddeye çıkan son basamağa adımını atar atmaz akşam ayazını ensesinde hissetti ve montunun yakasını kaldırdı.

Henry, yıllardır evine hep aynı yoldan giderdi. Evi, istasyondan yürüme mesafesinde yaklaşık sekiz dakika uzaklıktaydı. Portobello yolu üzerindeki Chepstow Villaları'nda yaşıyordu. Yaptığı işe göre oldukça lüks bir semtte oturmaktaydı. Bu ev ona babasından kalmıştı. Bu evde doğmuş ve kendini bildi bileli hep bu evde yaşamıştı.

Henry, evinin önüne vardığında sırtı hala sızlıyordu. Bahçeye girmek üzereyken evde ağrı kesici kalmadığını hatırladı, eczaneye gitmek için adımlarını Holland Park'a çevirdi.

Eczane Henry'nin evinden on iki dakikalık mesafedeydi. Daha yakın eczane de vardı ancak Henry'nin midesine dokunmayan ağrı kesiciler sadece Holland Park Caddesi üzerindeki Hillcrest eczanesinde bulunuyordu.

Henry akşam ayazında adımlarını hızlandırdı.

∞

Köprüyle Birlikte Gelen

Londie köprüsünün, nehrin güney kıyısındaki sivri burna yakın kısmı yükseltilmiş ve sağlam destekler üzerine oturtulmuştu. Böylelikle zamanla oluşan gelgit akıntısı bu burnu etkilemeyecekti. Burası zemin olarak en ideal yerdi.

Köprünün yapımı iki nehir mevsimi sürdü. Nehrin suları soğudu, dalgalandı, ılıdı. Bittiğinde, karşı kıyıya uzanan bir balık iskeleti gibi duruyordu.

Köprüyle birlikte köy halkının da işleri kolaylamış, balıkçılar için nehir kıyısında küçük bir pazar bile kurulmuştu. Cross, halkın içindeki düzeni sağladıktan hemen sonra köprü yapımını planlamıştı. El birliği ile gece gündüz çalışarak sağlam bir köprü inşa ettiler. Cross, Londie lideri seçildikten hemen sonra ilk işi yeni ceza sistemini uygulamak oldu. Hırsızlar ve hileli mal satanlar için ayrı ayrı cezalar belirledi.

Artık bir hırsız yakalandığında eskisi gibi birkaç hafta kapalı bir yerde tutulup bırakılmayacak; pazar meydanında parmakları kesilerek herkese ibret olacak şekilde gösterilecekti. Cezalar bununla da sınırlı kalmayacak, köyde ne kadar iş varsa-ki bunlar genelde hamallık ve inşaat işleri oluyordu-bu işlerde çalıştırılacak ve karşılığında da hiçbir şey verilmeyecekti. Yeni düzenden sonra tek bir hırsızlık vakasına dahi rastlanılmadı.

Pazarda hile yapan uyanıklara gelince...

Hile yapan satıcı birinin şikâyeti üzerine tespit edilir ve doğru olduğu anlaşılırsa, tezgâhına el konulacak; ne kadar malı varsa alınıp köy halkına bedava dağıtılacaktı. Birkaç kafadarın ceza almasından sonra bunların da arkası kesildi. Artık kimse pazarda hileli mal satıldığına dair şikâyette bulunmadı. Cross sayesinde huzur bulan Londie halkı ona daha fazla bağlandı. Neredeyse yeni doğan tüm bebeklere onun adı verilir oldu.

Her şeyin yoluna girdiği o günlerde Cross'un karısı Dollis hamileydi. Bu seferki hamileliği bir hayli sıkıntılı geçiyor, geceleri ateşlenmesine ve sık sık kâbuslar görmesine sebep oluyordu. Kadının şikayetleri gittikçe daha da artmıştı. Tüm yöntemler deneniyor ancak köyün şifacıları bir türlü çare bulamıyorlardı.

O zamanlarda köylerde, dilden dile dolaşan efsaneler anlatılırdı. Bunların hemen hepsi kuzgunlarla ilgiliydi. Köylüler bunları, çocuklarını uyutmak için masal gibi anlatır, kimisi de anlatırken gerçek olup olmadığını düşünürdü. Londie çocukları büyürken onlarca kuzgun efsanesi dinlemiş, sonra kendi çocuklarına anlatmışlardı. Böylelikle bu efsaneler dilden dile değişerek yıllar boyu uzayıp gitmişti.

Dollis, kabuslarında kızgın kuzgun sürüleri görüyor, her seferinde de kuzgun sürüleri tam bebeğini elinden alacakken sıçrayarak, kan ter içinde uyanıyordu. Uyandığında hemen karnını kontrol ediyor, bebeğini hissettiğinde derin bir nefes alıyordu.

Dollis, hiçbir zaman rüyasının sonunu göremedi ya da gördüyse de hiç hatırlamadı.

"Ne gördün sevgilim, anlat bana," derdi Cross gecenin bir yarısı çığlıklar içinde uyanan karısına. Fakat Dollis bir türlü gördüğü kabusu anlatamazdı kocasına. Tam anlatacakken yeniden uykusu gelir ya da ateşlenirdi. Cross neredeyse her gece yaşanan bu duruma alışmıştı, "Az kaldı biraz daha dayan, sonra her şey bitecek," diyordu karısını teselli etmek için. Aslında teselli ettiği, kendisiydi.

Her şeyin yeniden başladığı o gece Dollis yine aynı kâbusu görüyordu. Gece gökte, son birkaç aydır yerinden kıpırdamayan yeni ay vardı.

Nehrin suları gece ay ışığında süzülürken, hafif bir esintiyle dalgalandı, ardından duruldu. Silik bir karartı köprünün üzerinden geçip batı yakasına doğru ilerledi.

Gül bahçelerinin bittiği yerde gri bir duman uzayarak göğe yükseldi. Gül ağaçlarının boşluklarından kendine yol bulan karartı, dumanın çıktığı noktaya doğru ilerledi. Orada durdu ve sonra kayboldu.

Londie dilsiz, ketum bir uykudaydı.

∞

"Bunlar Londie'de görüp görebileceğiniz en taze, en lezzetli keçi peynirleridir! Karım kendi elleriyle yaptı. Elinin lezzeti her iki yakada da dillere destandır!" Adam konuşurken kadını daha önce hiç görmediğini düşündü. Bu tuhafına gitti ancak cümlesini bitirdiğinde bu düşüncesi çoktan uçup gitmişti.

Kadın sürekli esneyip boynunu kaşıyordu. Adam sattığı mallarını överken kadın boşluğa bakar gibiydi. İnce, şekilsiz dudaklarında garip bir tebessüm vardı. "Hiç sanmıyorum," dedi kadın fısıltı gibi bir ses çıkararak. Sonra ağır ve miskin adımlarla ilerleyerek diğer tezgahları incelemeye koyuldu.

Önünden geçtiği tezgahın arkasındaki kızıl saçlı, tıknaz adam elindeki bezi çırparak her yana un saçıyor, etrafını ve tezgahı beyaz zerreciklere buluyordu. Ardından, tezgahın altından yeni bir tepsi çıkardı ve parmaklarını hamurun etrafında ustaca hareket ettirdi, sonra üzerine bir avuç dolusu un serpti. O sırada yanına yaklaşan genç bir çocuk adama seslendi.

"Fırın ısınmış, babam hamurların hazır olup olmadığını soruyor,"

Adam hazırladığı hamurları tepsiye yerleştirdi ve pişirmeleri için çocuğa teslim etti. Kadın, un çuvalları ve üzeri beyaz, sarı, kahverengi hamur tepsileriyle dolu uzun tezgaha baktı. Hamurcunun birkaç sıra ilerisinde bir tezgahta irili ufaklı, şekilli şekilsiz mumlar satılıyordu. Tezgahın sahibi kadın orta yaşlarda, pembe yanaklı ve sarı saçlıydı. Kadın mavi kurdeleli bir elbise giymişti. Elindeki renkli tülleri mumların etrafına sarmakla meşguldü. Satıcı, kadını fark edince gülümsedi. Tam ona mumlarının ne hoş koktuğunu anlatacaktı ki kadın umarsızca başını çevirip yoluna devam etti. Önünde

69

durduğu tezgahların birinden büyük bir somon satın alıp başka bir tezgaha geçti. Bir torba kurutulmuş bezelye ve içi ortadan ikiye ayrılmış ya da dilimlenmiş çeşitli meyvelerle dolu tepsiden birkaç meyve satın aldı.

Kadının yüzüne göre oldukça küçük kulakları vardı. İnce, uzun, şekilsiz dudakları, ayrık dişleri ve siyahla gri karışımı gözleri vardı. Ne zaman konuşmaya başlasa, tükürükleri kontrolden çıkmış bir fıskiye gibi coşuyor, herkesin midesini bulandırıyordu. Londie halkı bir süre bu yabancıyı yakından tanıma girişiminde bulundular. Onu pazarda veya sokakta gören kadınlar her seferinde onu bir yerlere davet etse de esrarengiz kadın onlara hiç yüz vermedi. Tanışmak için evine gelen komşularını neredeyse kapıdan kovarcasına tersledi. Pazarcılarla olduğu kadar, pazarın dışındaki esnafla da sürekli tartışıyor, her şeyi daha ucuza almak için pes ettirene dek uğraşıyordu. Kadının aksi tavırları bir süre daha böyle devam etti. Komşuları ondan ümidini kesmişti. Kimse ona bir şey satmak istemiyordu. Hemen herkes ona bir baş belası gözüyle bakıyordu.

Bir gün aniden her şey tersine döndü.

Kadın, etrafı tarafından yardımsever kişiliği ile tanınmaya başlandı. Tek başına yaşamasına rağmen, onlarca aileyi doyuracak kadar yiyecek satın alıyor, pişiriyor ve komşularına dağıtıyordu. Köylüler adının Ethel olduğunu biliyor ancak kendisiyle ilgili başka hiçbir şey bilmiyor ve sormuyorlardı. Kadının kılık kıyafeti, konuşması, hatta ses tonu garip denecek kadar farklı olmasına rağmen hiç kimse kadının tuhaf olduğunu düşünmedi. Herkes halinden memnundu. Kadının pişirdiği yemekleri yiyor ve karşılığında hiçbir şey istemeyen bu iyiliksever kadına sadece teşekkür ediyorlardı.

Kadının iyilikleri bununla da sınırlı değildi. Kadın, köyde ne kadar hamile varsa doğumlarını ve bakımlarını da üstleneceğini söylemişti. Köyde Cross'un karısı Dollis'in dışında tam on dört hamile kadın vardı. Kadın sürekli hamile kadınların evlerine gidiyor, giderken de yine kendi pişirdiği yemeklerden götürüyordu.

"Güç toplaman ve doğumu kolay atlatman için…" diyordu her birine. Kadınların hepsi Ethel'i seviyor, ne kadar iyi bir kalbi olduğunu söyleyip minnettar kalıyorlardı.

Ethel, yine bir pazar alışverişi sırasında, sıranın sonundaki derme çatma tezgaha geldiğinde durdu. Tezgahtaki adam elindeki kumaşları bir sandığa yerleştirmekle meşguldü. Ethel, bir kaşını kaldırarak adamı tepeden tırnağa süzdü. Bakışlarını adamın üzerinde gezdirdiğinde, onda farklı bir şeyler olduğunu hissetmişti. Ardından kalabalığın üşüştüğü pazar yerinin içinden geçerek geldiği yöne doğru yürümeye devam etti.

"Şu Ethel denilen kadının yemekleri bir harikaymış, ayrıca hamileliği sıkıntılı olanlara da ilaç yapıyormuş, ağrıları sızıları hemen geçiyormuş. Çok bilge bir kadın diyorlar. Ne dersin biz de davet edelim mi, belki senin sıkıntına da bir faydası olur?" dedi Cross bir gece yarısı.

Dollis uzun zamandır bu kadının adını duyup duruyordu. Artık kabusların ve ateşlenmelerin dışında ağrı da çekmeye başlamıştı. Dinmek bilmeyen baş ağrıları yüzünden neredeyse tüm gün gözünü açmadan yatmak zorunda kalıyordu. Cross'un bu sözü üzerine Dollis umutlandı. Kadın onun hastalığına da bir çare bulabilirdi.

"Artık dayanacak gücüm kalmadı. Ölmek, kurtulmak istiyorum!" demişti bir gün hıçkırıklara boğularak. Cross, karısının bu hali üzerine kadını getirmeleri için haber gönderdi.

∞

Victor yaşlandıkça kamburu daha da belirginleşiyordu. Eğilip kalkması ve evde iş yapması da oldukça zorlaşmıştı. Fazla kazanamıyor, kıt kanaat geçiniyordu. Yakın zamanda birkaç düğün olsa da onu yardıma çağıran olmamıştı. Köylüler ne kadar Victor'ı zararsız görseler de yine de pek etraflarında dolaşmasını istemezlerdi. O gece Victor eve geldiğinde yine yiyecek bir şey yoktu. Sinirlendi. Eline geçen ne varsa-ki pek eşyası olduğu söylenemezdi-atıp dökmeye başladı. Dikiş kutusunu kaldırıp öfkeyle yere vurdu. İçindeki yüzlerce iğne etrafa dağıldı. Kutunun yanında duran demir makası alıp karşıki duvara fırlattı, makas ahşap duvara saplanıp kaldı. Sonra, aniden aklına gelen bir fikirle sakinleşti ve kendini yere bıraktı. Birkaç dakika sonra Victor pazarın girişindeydi.

Pazar bekçisi o gece erkenden uyuyakalmış, açık pencereden gelen rüzgar uğultusundan başka ses kalmamıştı. Victor, pazar yerine geldiğinde bekçinin horultularıyla birlikte kalbi yerinden çıkacakmışçasına olduğu yerde bir süre bekledi.

71

"Hepinizden nefret ediyorum ediyorum," diye mırıldanıyordu içinden.

Bekçinin horultusu tüm pazarı inletiyordu. Victor, parmak uçlarında ilerleyerek pazarın arka tarafına geçti. Sandıklar tam da olmasını istediği yerde duruyorlardı. O sırada etraftan gelen bir homurtuyla irkildi. Arkasını döndüğünde karşısında iri kıyım bir domuz duruyordu. Domuz, homurdanarak etrafı kokluyor arada bir kanlı gözleriyle dik dik Victor'a bakıyordu. Victor'ın tepesi atmıştı, usulca domuza yaklaştı. Domuzun sırtında çember şeklinde siyah bir dövme vardı. Bu, pazarın etrafında dolaşan evcil domuzlardan biriydi.

Victor hayvanı kafasından yakaladı ve tüm gücüyle tekmeleyerek ileri savurdu. Tüm hıncını domuzdan almak istercesine tekmeliyordu. Hayvan güçlü bir hamleyle sıçradı ve Victor'ı bacağından yakalayarak kamburu üzerine düşürdü. Bu düşüş oldukça sert olmuştu, Victor neredeyse acıdan avazı çıktığı kadar bağıracaktı. Kendini tuttu ve domuz bir hamle daha yapmadan kendini sandıkların olduğu tarafa doğru yuvarladı. Gözlerini açtığında domuz artık etrafta yoktu. Victor ise yattığı yerde iki büklümdü ve hırsından dişlerini sıkıyordu.

Biraz sonra acısı hafiflediğinde etrafı kolaçan etti. Kimsenin olmadığına emin olunca sandıkların arkasındaki pencereden içeri süzüldü. Kemerine sıkıştırdığı çuvalını çıkarttı ve depoda eline geçen balıklardan, etlerden, sebze ve meyvelerden doldurmaya başladı. Girdiği pencere oldukça dardı, Victor çelimsiz biri olmasına rağmen kamburu yüzünden girerken zorlanmıştı, şimdi bir de elinde ağzına kadar dolu bir çuval vardı. Victor istemese de homurdanarak bir kısmını geri bırakmak zorunda kaldı.

Önce çuvalı zorlayarak pencereden dışarı bıraktı, ardından kendisi çıktı. Çıkarken, zaten acıyan kamburu tahtalara sürtmüş ve oldukça canını yakmıştı. İçinden birkaç küfür sıraladı ve çuvalı kaptığı gibi parmak ucunda hızla uzaklaştı.

Sabaha karşı Victor'ın horultusu evin içinden dışarı taşıyordu. Bahçeden bir karartı geçti. Sonra beyaz bir dumana dönüştü ve evin kapısı vuruldu.

Victor eve getirdiği yiyeceklerin bir kısmını yemiş, evin neredeyse her yeri yemek artıklarıyla ve etrafa savrulan eşyalarla pazar çöplüğüne dönüşmüştü. Fazla yediği içinde hazımsızlıktan artıkların arasında uyuyakalmıştı. Kapının vurulmasıyla birlikte gerçekle rüya arasında gözlerini açtı. Kapı bir kez daha şiddetli bir yumrukla vuruldu. Victor, doğrulmaya çalışırken göbeğinin üzerinde duran balık kayarak yere düştü. Kapıyı açtığında karşısında boz rengi elbisesinin içinde soluk benizli bir kadın duruyordu. Victor bu kadının Ethel olduğunu biliyordu.

"Gecenin bir vaktinde ne demeye geldin buraya be kadın! Beni ne diye uyandırdın!"

Ethel Victor'ın çelimsiz kolunu geriye itti ve içeri girdi.

Victor küplere binmişti.

"Ne cüretle evime bu şekilde giriyorsun, konuşsana dilini mi yuttun!"

Ethel'in şekilsiz dudaklarında ukala bir tebessüm oluştu. Yere saçılan yemek artıklarına baktıktan sonra Victor'a döndü.

"Merak etme İğne, birazdan hayatının en önemli kararını vereceksin. Kendine gelsen iyi edersin ihtiyar."

İğne, kadının ne demek istediğini anlamadı. Kadının siyah gri gözleri ateş gibi parladı. Barakanın içi bir anda soğudu. İğne elleriyle kollarını ısıtmaya çalıştı.

"Az önce seni pazarın girişinde gördüm. Sanırım sandıkların olduğu tarafa gidiyordun?"

"Şşşt sessiz ol, sessiz ol!" dedi İğne kadının kendini ele vereceğini düşünerek.

"Elbette sessiz olurum ihtiyar, ancak bende senden bunun karşılığında bir şey alırım,"

"Ne istiyorsun, benim param yok, sana verebileceğim değerli bir eşyam da!"

"Senden para ya da eşya istemiyorum sefil ihtiyar. Sadece dediklerimi yerine getir kafı,"

Kadın derin bir iç çekişle cümlesini bitirdi ve masanın üzerinde duran çiğ etten bir parça koparıp ağzına attı. Etin geri kalan kısmı gevşedi, esnedi; içlerinden baloncuklar çıkararak delindi ve ardından eski halini aldı. Victor iri iri açtığı gözleriyle etin değişken halini izledi, uyanamadığını düşünerek silkelendi.

"Benden ne istiyorsun?"

Ethel esnedi ve boynunu kaşıdı.

"Pekala ihtiyar beni iyi dinle. Geçmişini ve bu insanlara olan nefretini çok iyi biliyorum. Sana yıllarca boşu boşuna çektirdiklerinin hesabını soracağın günü bekliyorsun. Bunu asla tek başına başaramazsın. Ama ben... ben yanında olursam işte o zaman herkesten daha güçlü olursun,"

"Sen sıradan bir kadınsın Ethel, benim yapmayı düşündüklerime senin gücün yetmez. Sen ancak kendi başının çaresine bakabilirsin," dedi Victor. Kadının evine kadar gelip palavralar savurduğunu düşünüyordu.

"Yine yanılıyorsun İğne, ben senin sandığın sıradan kadınlardan değilim. Benim gücüm bu köyü hemen şimdi yerle bir etmeye yeter! Ama bundan o kadar kolay kurtulamayacaklar. Onlara hiç tatmadıkları acılar tattıracağım. Ondan sonra hepsini yok edeceğim. Ve sen de bu işte benim yanımda olacak ve bana yardım edeceksin. Ben ne dersem onu yapacak, tek bir soru sormayacaksın, anlıyor musun?"

"Sen kendini ne sanıyorsun he, nasıl yok edecekmişsin bu köyü? Buna nasıl gücün yetecek söyler misin?" dedi İğne ardından cüssesinden beklenmeyecek bir homurtuyla geğirdi.

Ethel bunun üzerine sırtını dikleştirdi. Ağzından çıkan soğuk beyaz duman evin içine yayıldı. Dumanlar bir sis bulutu şeklinde halka halka köyün üzerine dağıldı. Gökyüzünde yıldızlardan geriye yalnız bir tanesi kaldı. Ethel'in görüntüsü yavaş yavaş değişmeye başladı. Sanki bir puzzle parçalarıymış gibi etleri kemiklerinden ayrılıyor, vücudu yer değiştiriyordu. Parçalar tamamlandığında İğne'nin karşısında Chul atası Munin vardı.

∞

CADININ UŞAĞI İĞNE

İğne, gördüğü manzara karşısında bir süre baygın kaldı. Ethel ona Chul atası Munin'in yüzünü göstermişti. Kadın, Chul atalarıyla anlaşma yapmış bir cadıydı. Hem kendi güçleri hem de Chul güçlerinin bir kısmı verilerek, Munin tarafından Londie'ye gönderilmişti. Amacı, Hugin'in ve tüm Chul ırkının intikamını almaktı. Elbette cadı Ethel bunu sadece iyilik olsun diye yapmıyordu. Karşılığında Chul'ların güçlü nefeslerine sahip olacak böylelikle yakılma gibi bir durumla karşı karşıya kalırsa soğuk nefesiyle ateşi söndürebilecekti. Ragnarok zamanında da baş cadı olarak Chul'ların tarafında yer alacaktı.

Ethel gelirken yanında, geride kalan beş Chul atasının tüylerinden getirmişti. Tüylerin gücü sayesinde en güçlü karışımını yapacak ve insan ırkına çok acı bir matem yaşatacaktı. Köye geldiğinden bu yana, köyde ne kadar hamile kadın varsa hepsine yaptığı karışımdan yedirmişti. Herkes halinden memnundu. Ancak Chul atalarının heyecanla beklediği başka biri vardı.

Dollis!

Munin, artık sıranın Dollis'e geldiğini haber vermişti. Cadı Ethel, yakında ilk iş olarak karışımın dozunu arttıracak ve lezzetli yemeğinden Dollis'e de tattıracaktı.

Ethel, etin kanına bulaşan parmaklarını elbisesine sildi. İğnenin üzerine eğildi ve nefesini yüzüne üfledi. İğne gözlerini açtığında Ethel'le burun burunaydı.

"Sen nesin bir kuzgun mu? Az önce yaptığın şey..." İğne kekeleyerek konuşurken Ethel sıkılmış bir ifadeyle sözünü kesti.

"Uzatma ihtiyar kim olduğum seni hiç ilgilendirmez. Sen sadece söylediklerimi yerine getireceksin hepsi bu. Yoksa seni köylülerin eline atmaktan vazgeçer, yırtıcı kuşlarımla dolu kafese atıp etlerini nasıl parçaladıklarını izlerim duydun mu!"

İğnenin korkudan boğazı kurumuştu. Evet anlamında başını salladı.

"Pekala sefil ihtiyar, kimseye bir şey belli etme ve benden haber bekle." Ethel, yerde sapsarı kesilmiş iğneye manidar bir bakış attıktan sonra üzerinden atladı ve barakanın kapısını açık bırakarak evden uzaklaştı.

Ertesi gün, çiftliğin yardımcılarından biri, sabahın erken saatlerinde Ethel'i uyandırmak için evine gitti. Dollis'in ağrılarının şiddetlendiğini söyleyip, Cross'un emrini iletti ve kadın hazırlanır hazırlanmaz derhal çiftliğe gelmesini söyledi. Ethel kapıyı kapatır kapatmaz hastalıklı bir kahkaha attı. Tüyleri sakladığı yerden çıkarttı. Siyah çömleğin içine koymadan önce hepsini ufak parçalara ayırdı. Daha önceden Munin'in verdiği ve Dollis için özel olarak hazırlanan karışımı getirip içine ekledi. Karışımların içinde bal kabağı tohumu eziği, çobandeğneği otu, yavru sıçan yağı, mavi saksağan yumurtası ve yavru Chul kalbi vardı. Ethel bunları pişirdi ve başka bir et yemeğinin içine koydu. Elbisesini değişti ve tüylü siyah başlığını takıp evden çıktı.

Kadın, keçilerin çiğneyerek çamurlaştırdığı yolda ilerlerken, Munin kafasının içinde ona talimatlar vermekle meşguldü. Ethel menyantes, sedrus ve isatis otlarıyla bürünmüş yabani bahçeye girdi. Kapıyı vurmasıyla açılması bir oldu.

Victor kadının gelişini kolluyordu.

"Hazırlan ihtiyar Cross çiftliğine gidiyoruz!"

"Öyle aptal aptal bakma hazırlan hadi, şu üzerindeki kokuşmuş elbiseyi çıkart. Al işte bunu giyeceksin sallanma!"

Victor, kadının çömleği tutan elinin altından çıkarttığı soluk gök rengi gömleği aldı. Elinde tuttuğu gömleği incelerken hayatında daha önce hiç görmediği bir kumaştan yapıldığını ve dikişlerinin de hiç bilmediği bir tarzda dikilmiş olduğunu fark etti.

Ethel içeri girdi ve ayağıyla kapıyı kapadı.

"Başımı belaya sokmayacağına nasıl emin olabilirim? Sonuçta Cross çiftliğine gidiyoruz. Eminim oraya daha önce hiç gitmemişsindir. Bir şey yapmaya kalkarsan anında enseler bizi. Ayrıca, o elindeki kapta ne var? Ne götürüyorsun oraya?"

"Çok konuşuyorsun ihtiyar, sana soru sormak yok demiştim. Yoksa olacakları biliyorsun," dedi Ethel göz bebeklerinin grisini Victor'ın ağzına dikip. Victor tam o sırada bir şey diyecekken dudakları birbirine kenetlendi. Açmaya çalışsa da birbirine yapışmıştı ve Ethel'in yüzünde daha fazlasını yapacağına dair bir his vardı. Victor gömleğini giyip evden çıkana kadar ağzı mühürlü kaldı. Ta ki Ethel bahçenin girişindeki yabani menyantes yaprağından bir parça koparıp dudaklarına sürmesini emredene kadar.

Victor yaprağı dudaklarına sürdü ve sürmesiyle birlikte derin bir nefes aldı. Ancak birkaç saniye içinde dudakları yanarak şişmeye başladı. Victor acıyla kavrulan dudaklarını eliyle ferahlatmaya çalışıyordu. Ethel sinirli bir kahkaha attı.

"Merak etme sadece bir yabani acı yonca yaprağı. Birazdan etkisini kaybeder. Sürekli konuşmaya ve soru sormaya devam edersen daha fazlasını da yaparım." dedi.

Victor'ın, ölesiye nefret ettiği köylülerin acınası halleri gözlerinin önüne geliyor ancak bundan keyif bile alamıyordu. Yıllardır yok olmalarını, ölmelerini istediği bu insanlar büyük bir tehlikenin içindeydiler. Tam da Victor'ın hep olmasını istediği şeydi bu. Ethel korkunç bir cadıydı. Elinden hiç kimse kurtulamazdı. Ne istiyorsa onu yapacak ve sonunda bu toprakları, içindekilerle birlikte yok edecekti. Tabi Victor da onlarla beraber yok olacaktı. Az önce kapısının önünden geçtiği sıcakkanlı kadını düşündü. Kadın yaz kış göğüs kısmı açık ince kumaştan elbiseler giyer ve elbiselerini hep Victor'a diktirirdi. Karşılığında da mutlaka bir tavuğunu ona verirdi. Victor yakında sıcakkanlı kadından eser kalmayacağını düşününce tuhaf bir hisle içi burkuldu.

Victor derin düşünceler içinde boyun eğerek yoluna devam etti.

Sıra sıra uzanmış adeta çit görevi gören eğrelti otları çiftliğin dört bir tarafını sarmıştı. Bahçenin ön girişi boyunca uzayan rüzgar koridorları ve ladin ağacından yapılma gölgelikler vardı. Bahçe ve çevresindeki alan gök kuşağının tüm renklerini içinde hapsetmiş gibi duruyordu. Çiftliğin arka bahçesinde iki giriş vardı. Girişlerden biri pelit ormanlarına diğeri gül bahçelerine açılıyordu.

Çiftlik de Londie'nin diğer klasik evleri gibi sivri kulelerden oluşan dik ve uzun bir çatıya sahipti. İçerde ve dışarda çalışan hizmetliler vardı. Dollis, sıkıntılı bir hamilelik geçirdiği için sürekli başında iki kadın nöbet tutuyordu. Kadınlardan biri şifacı diğeri çocukluğundan beri yanında olan bakıcısıydı. Çiftliğin diğer işlerine ve bahçeye bakan yardımcılar da vardı. Hayvan bakımıyla ilgilenen ahırcı, sebze ve meyve yetiştiricileri ve gül bahçesiyle ilgilenen bahçeciler vardı.

Ethel ve Victor öğle güneşi bastırmadan çiftliğin kapısında göründüler. Bahçeye ilk giren Victor oldu. Victor büyülenmişcesine göz kamaştıran bahçeye bakarken Ethel kaval kemiğine sert bir tekme salladı. Acıyla iki büklüm olan Victor neredeyse dayanamayıp kederle bağıracaktı.

"Kendine gel, tuhaf hareketler yapmaya kalkma. Sen benim yardımcım oldun artık. Bundan sonra sana duyulan acıma hislerini yok edip, yerine hayranlık duyulan bir adam getireceğim. Toparlan biri geliyor,"

Ethel'in fısıltıyla söylediği bu sözler üzerine Victor pantolonunun paçasını temizliyormuş gibi yaparak oyalandı. Onlara yaklaşmakta olan adam uzun boylu, soluk tenli ve yüzü kemikliydi. Adam ne istediklerini sordu.

"Bayan Dollis için geldik, bizi bekliyorlar," dedi Ethel.

Adam onları ilgiyle karşıladı ve çiftliğin kapısına uzanan taşlık koridordan geçirdi. Kapıyı genç bir hizmetçi açtı. İçerden taze baharat kokuları geliyordu. Victor kokuyu içine çekti ve gizlice yutkundu. Hizmetçi içeri girmelerini söylerken Victor'ın tuhaf kamburuna bakıp sıkıntılı bir iç geçirdi. Victor, kızın bakışlarındaki acıma belirtisini fark edince tehlikeli bir bakış fırlattı. Hizmetçi kapıyı kapatıp ürkek bir tavırla hızla oradan uzaklaştı.

Cross'un iki kızı-ki bunlar ikizdi-kadınla adamı nazikçe karşıladılar. O sırada Cross tüm heybetiyle çıkageldi. Yüzünde gamzesini belirginleştiren bir gülümseme vardı. Yanlarına yaklaşırken Ethel adamın ne kadar güzel güldüğünü ve söylenenden daha yakışıklı olduğunu fark etti. Tuhaf bir his vücudunu sardı ve aynı anda kendini toparladı. Cross'un gözü, kadının kucağında tuttuğu çömleğe takıldı. Geldiği için teşekkür etti ve sonra aç olup olmadıklarını sordu.

Ethel, "Hayır teşekkürler," derken Victor heyecanla, "Evet!" dedi. İkisi de bunları aynı anda söylemişlerdi. Ethel öfkesini kontrol etti ve idare edercesine gülümsemeye çalıştı.

"Yardımcımı mazur görün lütfen, kabalık etti." Bunun üzerine Cross elini Victor'ın omuzuna koydu.

"Demek artık terziliği bıraktın İğne," dedi.

Victor telaşla cevap verdi.

"Hayır! Şey aslında evet yani ben..." Victor kekelemeye başlayınca Ethel devam etti.

"Victor çok yetenekli bir terzi efendim. Dikişlerine hayran kaldım ve benimle çalışmasını istedim. Londie kadınları için çok özel elbiseler dikmeyi düşünüyorum. Victor da bundan sonra benim yardımcım olacak."

Cross, bunun Londie için iyi bir fikir olacağını ve daima yeniliklere açık olduğunu belirtti. Ethel bir hanımefendi gibi gülümsedi. Victor ise ilk defa orada duyduğu bu iş karşısında şaşkındı.

"Dollis şu an uyuyor, biliyorsunuz artık çok zor uyuyabiliyor. O yüzden uyanana kadar beklemek istiyorum. Bu arada size yemek ikram edeyim." dedi Cross Ethel'e salonu işaret ederek. Arkada bekleyen hizmetçi kıza hemen masayı hazırlamalarını söyledi. Ethel ve Victor içeri geçtiklerinde bir süre yalnız kaldılar. Ethel bu sürede sesini kesmesi için birkaç tehdit savurdu ve Victor'ı azarladı. Az sonra masanın hazırlanmasıyla birlikte birbirinden leziz yemek kokuları tüm evi sarmaya başladı.

Ethel masaya geçerken hanımefendi edasını sürdürdü ve yemek bitene dek kucağındaki çömleği almak isteyen hizmetçiye çıkıştı. Victor masadaki yiyecekleri görünce ağzının suyu aktı, ellerini birbirine ovuşturmaya başladı ancak Ethel'in tehditkar bakışlarını fark edince toparlandı.

Masada biberiyeli ve erikli geyik güveci, taze sütle kaynatılmış istiridyeler, çeşitli keçi peynirleri ve koruk suyu, bezelyeli somon balığı, dumanı üstünde somunlar, incir ve dut gibi de birçok meyve vardı. Yemeğe ilk başlayan Victor oldu. Victor, temkinli hareket ederek iki parmağını et dolu tabağa uzattı. Etlerin içinden en büyük olanını seçti ve sıcak olmasına rağmen hepsini ağzına atıp birkaç çiğnemeden sonra yuttu. Ethel uzandı ve sadece incirden aldı. Victor yemeğini bitirdikten sonra parmaklarını yaladı ve tabağın içinde kalan et suyunu da bir dikişte içti. Yutkunduktan sonra elinin tersiyle ağzını sildi ve ardından geğirdi. Ethel iğrenerek homurdandı, boynunu kaşıdı ve esneyerek arkasına yaslandı.

Hızlı adımlarla içerden gelen sıska hizmetçi hanımının uyandığını ve odasında beklediğini haber verdi. Ethel, ağzındaki inciri yutmaya çalışan Victor'a kalkmasını söyleyen bir bakış attı ve yeniden hanımefendi tavrını takınarak hizmetçinin gösterdiği yoldan ilerlemeye başladı. Ethel ve Victor, evin gül bahçelerine bakan odalarından birine girdiklerinde Dollis yatağında doğrulmaya çalışıyordu. Teni soluk ve terliydi. Hizmetçisi alnındaki terleri siliyor, bir yandan da arkasındaki yastığı düzeltmeye çalışıyordu. Ethel ve Victor Dollis'i selamlayıp karşısına geçtiler.

"Şifacı sen misin?" dedi Dollis. Titrek ses telleri konuşmasını güçleştirmişti.

"Evet efendim, emrinizdeyim," dedi Ethel.

Ve devam etti.

"Sizin için özel hazırladığım şifalı karışımımı getirdim. Bundan yediğiniz takdirde çok kısa zamanda tüm ağrılarınızın geçtiğini, kabuslarınızın sona erdiğini görecek ve huzur bulacaksınız. Aynı zamanda bu yemek, sizin kolay bir doğum yapmanızı da sağlayacak," dedi ve elindeki sarılı çömleği gösterdi.

"Köyde ne kadar hamile varsa hepsini iyileştirmişsin diye duydum. Oysaki benim durumum çok farklı, sanmıyorum ki beni iyileştirecek bir ilaç olsun," dedi Dollis gözleri dolarken. Cümlesini bitirdiğinde bitkin görünüyordu. Ethel çömleğin üzerindeki bezleri tek tek çözerken, bir yandan da Dollis'in yanına yaklaşıyordu.

"Bana güvenin efendim. Sizin derdinize ancak ben şifa olabilirim. Göreceksiniz çok kısa sürede iyileşecek ve buna çok şaşıracaksınız. Şimdi lütfen şu yemekten yemeye başlayın." Hizmetçi, Ethel'in elindeki çömleği aldı ve hanımına yedirmek üzere hazırlamaya gitti. Giderken Ethel tedirgin halde hizmetçiyi izliyordu.

Hizmetçi gelene kadar Dollis sessizce bekledi. Arada bir hapşırdı, öksürdü ve hıçkırdı. Ethel boynunu kaşıyor ve esnemesini durdurmaya çalışıyordu. Victor ise neredeyse nefes almıyor gibiydi. Hizmetçi elindeki tabakla odaya girdi ve Ethel'e uzattı. Ethel zoraki gülümsemesini takınarak hizmetçinin elinden tabağı aldı ve Dollis'e yedirmek üzere yanına oturdu.

Ethel kaşığı yemeğe daldırır daldırmaz dışarda bir yerlerde şimşekler çaktı. Hava açık ve güneşliyken birdenbire ortaya çıkan gök gürültüsü ahırcıyı ve bahçecileri tedirgin etti. Cross bahçeye çıktı ve başını göğe kaldırıp havayı kontrol etti.

Dollis, Ethel'in uzattığı ilk kaşığı ağzına aldığında gökten boşalırcasına yağmur yağmaya başladı. Yağmur daha öncekilere hiç benzemiyordu. Damlalar daha iri, daha sertti. Londie halkı pazar yerlerinde, dışarda ve nehirde yakalandı bu yağmura. Sağanak, saniyeler içinde her yeri çamura çevirdi. Yoldaki insanlar birkaç metre ilerdeki evlerine gidene kadar sırılsıklam oldular. Nehir, üzerine düşen iri damlalarla köpürüp taşacakmış gibi göründü gözlerine. Birkaç dakikaya kalmadan tüm Londie şiddetli yağmura esir düştü. Ethel'in ruhu coştukça coşuyor, dişi toprağın kokusunu bile alabiliyordu. Dollis karışımı yerken, Chul sürüleri kanat çırptılar. Bulutlar yer değiştirdi. Boğuk uğultuları tiz çığlıklara dönüştü. Chul ataları kendi ağaçlarına kondular. Ağaçlarının yaprakları büyüdükçe büyüdü ve yeşillendi. Ağacın kökleri yerin altında yer değiştirerek uzadı ve görünmeyen yerlere kadar ulaştı. Bataklık yeniden akışkan hale geldi. Bir süre kaynadı ve fokurdadı. Ve son zafer çığlığı beş Chul atasından duyuldu.

Yağmur dinmişti. Yalnızca tek bir bulut kümesi kalmıştı. Londie, o bulutun altında sessizce duruyordu.

Dollis o sırada son lokmasını da yuttu. Ve gök maviye döndü.

Cross içeri girdiğinde endişeli görünüyordu. Dollis ise hiç olmadığı kadar huzurluydu.

Cross baş ucuna geldiğinde Dollis çoktan derin bir uykuya dalmıştı. Yüzünde huzurlu bir düş görürcesine duru bir dinginlik vardı. Ethel, yarına kalmaz ağrılarının dineceğini ve kabuslarının sona ereceğini söyledi. Cümlesini bitirince izin isteyerek Victor ile birlikte çiftlikten ayrıldı. Cross tuhaf bir şekilde pişmandı. Neden pişman olduğu hakkında en ufak bir fikri yoktu ama içinde bir yerlerde tasalanan bir şeyler vardı. Uzun saatler Dollis'in başından ayrılmadı ve bir süre sessiz, düşünceli bir halde nehri izledi.

∞

81

Cadının Kazığı

O gece, sabah çok erken geldi. Cross aylar sonra ilk defa karısının yanında yatmış ve ikisi de deliksiz bir uyku çekmişti. Gözlerini ilk açan Dollis oldu. Uyanır uyanmaz elini karnına götürdü. Bebeğini okşarken huzurlu ve keyifliydi. Hamileliğinden bu yana ilk kez ona bir şarkı mırıldandı. Arada bir pencereden, güneşin ilk ışıklarını yaydığı ve üzerini bir örtü gibi kapladığı gül ağaçlarına bakıyor ve mırıldanmaya devam ediyordu.

Cross elini karısının saçlarından yavaşça çekti. Dollis'in huzurlu sesini duymak içine yeni umutlar ekmişti. Gözlerini açtı, bunun bir rüya olmadığını anlayınca da Dollis'in şarkısına ıslıkla eşlik etti.

"Kendimi harika hissediyorum, ağrılarım ve kabuslarım yok oldu. Çok mutluyum hem de çok!" dedi Dollis göz bebekleri ışıldarken.

Birbirlerine sarıldılar ve uzun zamandır birlikte kahvaltı yapmadıklarını hatırlayıp bunun tadını çıkartmaya karar verdiler. Dollis hiçbir hamileliğinde aşermemişti. Bu hamileliğinde de aşermiyordu hatta hiç iştahı yoktu ve oldukça zayıf düşmüştü. Oysa o sabah kurt gibi acıktığını hissetti. Karnı zil çalıyordu. "Koca bir geyiği yiyebilirim," dedi üzerini giyerken.

Karı koca birlikte nefis bir yemek yediler. Kahvaltıdan sonra, güneşli taze hava eşliğinde nadide gül bahçelerinde yürüyüşe çıktılar. Cross, hassas karısının ne kadar mutlu ve huzurlu olduğunu gördükçe keyifleniyordu.

Aynı gün Cross, şifacı dedikleri Ethel'e teşekkür etmek için besili üç keçi, bir düzine tavuk ve bolca kumaş gönderdi. Ayrıca yeni bir ev isterse ona nehri gören yerde istediği gibi bir kulübe yaptıracağını da bildirdi. Hediyelerin geldiği gün Victor da oradaydı. Sandıkları ve kumaşları görünce pek heveslendi ancak Ethel ona sadece birkaç meyve ve bir küçük somon vermekle yetindi.

Aradan iki hafta geçti.

Ethel bu zaman zarfında köyün diğer hamilelerine yemek götürmeye devam etmiş, ayrıca Victor ile birlikte satın aldıkları kumaşları yine kendi kontrolünde dikmişlerdi. Ethel batı pazarından siyah kumaşlar alıyordu ve ertesi gün Victor kumaşları gördüğünde bir önceki güne göre daha parlak, daha kabarık ve lekesiz olduklarını fark ediyordu. Bu tuhafına gitse de yine bir ahmaklık yapıp Ethel'in tepesini attırmamak için hiçbir zaman soru sormadı. Kadının tarif ettiği şekillerde elbiseler hazırladı ve mümkün olduğunca çenesini kapadı.

Birkaç gün sonra Dollis, çocuklarıyla birlikte nehir kıyısında geçirdiği öğleden sonra rahatsızlandı. Bu daha önceki ağrılarına ya da doğum sancılarına benzemiyordu. İçinde bir yerlerde bir şeyler onu tırmalıyor gibiydi. Karnına her dokunduğunda bebeğini hareketsiz buluyor ancak kollarında, bacaklarında, sırtında ve yüzünde karıncalanmalar ve kaşıntılar hissediyordu. Bunlar genelde hafif yanmayla karışık bir sızıya dönüşüyordu.

Olanları şifacı kadına sordurmak için onu ertesi sabah yanına çağırttı. Ethel olan biteni duyduğunda planının kusursuz işliyor olmasında ötürü küstahça iç geçirdi. Aynı gün Dollis'in yanına gitti ve her şeyin yolunda olduğunu haber verdi.

"Sizin için çok özel bir karışım yaptım efendim," dedi Ethel yapmacık bir ağırbaşlılıkla. "Kabuslarınız ve ağrılarınız hemen son buldu. Vücudunuz henüz toparlanma aşamasında. Bu gibi durumlarda kendinizde tuhaf değişiklikler hissedebilirsiniz. Sakın endişe etmeyin. Bu olanlar iyiye işaret. Belki…" dedi Ethel esnedi ve boynunu kaşıdıktan sonra devam etti. "Belki, biraz sızı hissedebilirsiniz, belki bir iç gıdıklanması, belki de bir… bir karın guruldaması! Sesiniz de bir süre değişebilir, biraz, hmm nasıl desem biraz boğuklaşabilir anlıyorsunuz değil mi efendim?"

Dollis duyduklarını tek tek aklında tuttu ve başıyla onayladı. Ethel, Dollis için özel diktirdiği siyah geceliği de kendisine hediye etti ve yatarken mutlaka giymesini tembihledi. Dollis nedenini sorunca da "Sizin için özel, hafif bir kumaştan dikildi. Geceleri sizi serin tutacak ve ferahlatacak." diye yanıt verdi.

Dollis, Ethel'i yolcu ederken önceden toplattığı gül destelerini kendisine bizzat hediye etti. Ethel harikulade gül destelerini kucakladığında taze kokuları içine çekti ve minnet duyduğunu belirtti. Ethel patika yoldan yukarı çıkarken yüzünü ekşitti ve desteleri uçurumdan aşağı attı.

Londie halkı, Ethel'in Dollis için yaptıklarından sonra onu gözlerinde daha da büyütüp yücelttiler. Artık Londie'de şifacı olarak varsa yoksa Ethel anılıyordu. En ufak bir hastalık için bile herkes onu çağırmaya başlamıştı. Ayrıca Victor ile başladıkları elbise işinden sonra köyün bayanları pazardan

83

kumaş almayı bırakmış sadece Ethel'in kapısında sıra olmaya başlamışlardı. Victor gece gündüz çalışıyor, elbise ve pelerin dikiyordu. Köyün genç kızları, içlerinde en hevesli olanlardı. Işıl ışıl parlayan, kusursuz dikilmiş pelerinleri denemek için adeta birbirleriyle yarışır hale gelmişlerdi. Victor bahçede sırada bekleyenlere pelerin ve elbise yetiştirebilmek için dermansız kalana dek çalışıyordu. Bu yüzden de konuşmaya pek hali kalmıyordu.

Ve o gece Dollis, sabaha karşı doğum sancılarıyla kıvranmaya başladı. Doğumun yaklaştığını anlayan Dollis hemen Ethel'i çağırttı. Ethel doğumun başladığı haberini ilk Munin'den aldığında, yakında gücüne güç katacağını düşününce keyiflenmiş, vahşi bir hayvan gibi iniltiler çıkarmıştı. Tabağındaki son çiğ balığın kafasını da koparmış ve uzun uzun çiğnemişti.

Dollis ile birlikte o gece sabaha karşı diğer on dört kadın da doğum sancısı çekiyordu. Ethel, Dollis'in yanındaydı ve Munin'in ona öğrettiklerini Dollis'in içindeki küçük ruha fısıldayıp duruyordu. Dollis sancılar içinde kıvranırken etrafından neler döndüğünden haberi yoktu.

Bu seferki başkaydı. Diğer çocuklarının doğumunda çekmediği kadar acı çekiyor, feryatları nehrin sularını bile dalgalandırıyordu. Cross elinden bir şey gelmediği için bahçede bir başına hıçkırıklara boğulmuştu. O sırada üç yaşındaki oğlu Orsett yanına geldi. Cross gözyaşlarını sildi ve oğlunu kucağına aldı. Çocuk, annesinin çığlıklarını duymamak için kulaklarını kapatmıştı.

O sıralarda Chul toprakları da hareketliydi. Chul sürüleri bitkinin etrafında toplanmış, Munin'in yeraltından çıkmasını bekliyorlardı. Dişi toprak doğurganlığı temsil ediyordu. Dollis ve Londie'nin o gece doğum yapan tüm kadınları dişi toprağın kontrolü altındaydı.

Ethel karşısında can çekişen kadına bakarken acımasızca güldü. Az sonra orada ve köyün diğer hanelerinde doğacak çocuklar için daha yüksek sesle okumaya başladı. Ethel öyle çok bağırıyor öylesine haykırıyordu ki onu Chul sürüleri bile duyarken, Dollis ve evin içindekiler dahil hiç kimse onu duymuyordu. Dollis ve diğer kadınların doğurmaları tam iki gün sürdü. Ve nihayet Londie topraklarında aynı anda tam on beş bebek doğdu. Ancak Dollis ve diğer anneler doğum sırasında öldüler.

Ethel, bebeği kucağına alırken ne kadar göz kamaştırıcı ve kusursuz olduğunu düşündü. Bebeği evirip çevirdi, kollarına bacaklarına ve kafasına baktı. "Ziyadesiyle mükemmel!" dedi ve kapının vurulmasıyla birlikte bebeği Dollis'in yanına fırlattı. Cross ayakta duramayacak kadar bitkin görünüyordu. Dollis'e ve sonra yanında uzanan bebeğe baktı. Sonra bir daha baktı.

Cross gördüğü manzara karşısında dehşete kapılmıştı. Önünde duran kadını tek hamlede iterek yere savurdu. Ethel omuzunun acısıyla yerde boylu boyunca uzanırken az kalsın bir an için öfkesine yenik düşecek ve her şeyi berbat edecekti. Sonra bir şeyler ona engel oldu.

"Dollis," dedi Cross gözlerini karısının yanında yatan bebekten alamayarak. Kadının sabitlenmiş ve hissizleşmiş açık gözlerini avucuyla kapadı. Şimdi göz yaşları bir ip gibi çenesinden boynuna kadar uzanıyor, gömleğinin açık yakasından içeri giriyordu. Dollis artık yaşamıyordu. Bebeğini hiç göremedi. Cross onu kucakladı ve öptü. Saçlarını okşayıp alnındaki teri sildi. Tekrar yatağına yatırarak üzerini örttü. O sırada çiftlikte olan herkes odaya doluşmuş, hıçkırıklara boğulmuş, bir yandan da ölü annesinin yanında yatan tuhaf bebeğe bakıyorlardı.

Cross ayağa kalktı ve yatağın diğer tarafına geçip bebeğin yanında durdu. Bebek erkekti. Sessizdi ve parlak siyah gözleriyle tavana bakıyordu. Ellerini ve bacaklarını sağa sola hareket ettirirken halinden pek memnun görünüyordu. Cross onu kucağına alırken odadakiler nefeslerini tuttu.

"Bu bir oğlan mı? Neden elleri, yüzü, saçları böyle tuhaf, neden şifacı?" dedi bebekle birlikte kadına dönerek. Ama Ethel artık orada değildi. Çoktan gitmişti. Bir anda kadının olduğu tarafa dönenler onu orada göremeyince hayret çığlıkları attılar. Cross bebeği sıska hizmetçiye uzattı ve koşarak bahçeye çıktı. Atına bindi ve süratle Ethel'in evine doğru yola çıktı.

Kapısına geldiğinde arkasından gelen Londie halkı da kulübenin etrafını sarmışdı.

"Ethel derhal saklandığın yerden çık! Aksi takdirde sonun hiç iyi olmayacak!" diye haykırıyordu Cross. Gözü dönmüş bir halde kapıyı yumrukluyordu. O sırada kulübenin içinde olan tek kişi Victor idi. Victor sonunun geldiğini anlamıştı, kaçacak yeri yoktu. Titreyerek kapıyı açtığında Cross tam kapıyı kırmak üzereydi.

"Nerede o cadı söyle bana nereye saklandı!"

"Şe, şey bilmiyorum efendim be ben…"

"Derhal o cadının yerini söyle bana yoksa seni şimdi burada öldürürüm!"

"Ye yemin edi ediyorum iki gün gündür onu hiç gö görmedim efendim. Doğum için sizin yanınızda olduğunu sa sanıyordum. İnanın bana efendim yalvarırım beni öldürmeyin be be ben doğruyu söylüyorum buraya hiç gelmedi."

Bahçeye doluşan kalabalığın arasından öfkeli bir ses yükseldi.

"O cadı hamile kadınları zehirledi, büyüledi ve bir yaratık doğurmalarını sağladı. Cadıyı bulup yakalım onu ancak bu şekilde yok edebiliriz!"

Bu söz üzerine sesler yükseldi ve öfkeli kalabalık atlarına atlayıp kadını aramak için seferber oldu. Cross ve yardımcıları da atlarına binip uzaklaştılar. Gitmeden evvel Cross, Victor'ın bağlanıp bir kuyuya atılmasını ve cadı bulunana dek çıkarılmamasını emretti. Victor ağlayıp yalvarsa da kar etmedi. Elleri ve ayakları bağlanarak nehrin doğu yakasındaki kuyulardan birine atıldı ve üzeri kapatıldı.

Victor yankılanan hıçkırıklarının arasında karanlık kuyunun dibinde tek başınaydı.

O dakikalarda havaya zehirli bir sis yayılıyordu.

∞

Henry Marlowe elindeki eczane poşetiyle bahçe kapısından girdiğinde yağmur da şiddetini arttırmıştı.

Henry'nin evi Portobello açık pazarına çok yakındı. Her cumartesi kurulan bu pazara gelir, pazarda satılan Hint yemeklerinden yiyip, ardından sokağın başındaki Pub'ın yanında duran tezgahtan bir plak satın alır, eve döndüğünde dinlerdi. Henry'i tanıyan ve evine gidenler, onun zengin bir plak koleksiyonuna sahip olduğunu söylerdi. Çoğu zaman da-ki bunun için cumartesiyi beklemesine gerek yoktu-Tavistock sokağının başında ikinci el kitap satan dükkana uğrar, mutlaka kendine bir polisiye roman alırdı. Henry, Portobello pazarında gezerken hiçbir zaman belirli bir amaçla bir hedefe yönelerek yürümezdi. Yıllardır her tezgahını ezberlediği, her satıcının ona ismiyle seslendiği bu pazarda dolaşmak onu tüm haftanın stresinden kurtarırdı.

Hava durumu ertesi gün için sağanak yağmur ve şiddetli fırtına olacağını söylüyordu ancak Henry çoğu zaman hava şartları elverişli olmasa bile pazarın kurulduğunu iyi bilirdi. Sabah kahvaltısından sonra gidip şansını denemeye karar verdi. Henry o akşam aldığı ağrı kesici sayesinde rahat bir gece geçirdi ve derin bir uykuya daldı.

Ertesi sabah gökyüzü, hava durumunu yalancı çıkartmak istercesine açık ve kuruydu. Henry, yaptığı nefis krepleri yiyip, üzerine bir fincan sütlü çayını da içtikten sonra şemsiyesini yanına alarak pazara gitmek için evden çıktı.

Henry, havanın da verdiği destekle yolunu biraz daha uzatmanın bacaklarına iyi geleceğini düşünmüştü. Dünkü sırt ağrısından da eser yoktu. Bu, kendisini daha dinç ve enerji dolu hissetmesine neden oldu. Caddenin batı yakasına geçti. Yolun bu tarafında triko dükkanları, çoğunlukla mutfak eşyası ve porselen satan dükkanlar ve kahve dükkanları olurdu.

Kalabalık bir grup yolun karşı tarafında durmuş sohbet ediyordu. Ara sıra kahkaha sesleri ve yüksek sesle söylenen espriler duyuluyordu. Herkes mutlu görünüyordu. Mutluluk görüntüsü Henry'nin gözünden kaçmazdı. Aynı zamanda insanların beden dilinden de çok iyi anlardı. Bu işi gereği sonradan edindiği bir yetenekti. Yoksa Henry üniversitede babasının zoruyla ekonomi okumuş ancak mezun olduktan sonra o işi yapmamıştı.

Henry ağır adımlarla ilerlerken bunları düşündü. Çocukluğunu, ailesini, sonra kendi ailesini, kendi çocuklarını… Henry, eşini iki yıl önce kaybetmişti. Bir oğlu bir de kızı vardı Henry'nin. Oğlu, Avusturyalı bir kızla evlenmiş ve geçen sene oraya taşınmıştı. Senede bir defa mutlaka gelmeye çalışır, geldiğinde birkaç gün onunla kalırdı. Kızının ise üç yaşında bir kızı vardı. Henry, torununu çok seviyor, adeta onun için yaşıyordu.

Kızı, bir ilaç firmasında çalışıyor, sık sık seyahat etmek zorunda kalıyordu. Bu gibi durumlarda kızını dedesine bırakıyordu. Bu da Henry'nin işine geliyordu. Torununun evin içinde koşturması ve sevinç çığlıkları en büyük huzur kaynağıydı. Henry, torunu onda kaldığı geceler uyumadan evvel mutlaka ona masal okurdu. Kız, çocukların sevdiği klasik masalların dışında şeyler dinlemekten hoşlanıyordu. Efsaneler ve fantastik hikayeler daha çok hoşuna gidiyordu.

Henry, torununun o akşam geleceğini duyduğundan beri çok daha keyifliydi. Pazar kapalı bile olsa, her zaman uğradığı kitapçıya gidip, torunu için kitap seçmek istiyordu. Uzun zamandır aynı hikayeleri okuduğu için kız mızmızlanıyor başka kitaplar almasını söylüyordu.

Henry, Tavistock sokağına geldiğinde hava aniden karardı. Gri bulut kümeleri belirdi ve uzaklardan bir yerlerden silik yıldırım ışıkları görüldü. Henry, şemsiyesini açtı ve kitapçıya doğru ilerledi.

O sıralarda kitapçının içinde, tuhaf fısıldaşmalar vardı.

Henry haftanın neredeyse iki günü uğradığı kitapçının hiç bu kadar kalabalık olduğunu görmemişti. Bir grup çocuk başlarında rehberleri eşliğinde rafları talan etmekle meşguldü. Diğer tarafta ise beş altı kişilik turist bir grup dükkan sahibiyle bir şeyler konuşmaktaydı. Henry çocukların arasından zorlukla ilerledi.

Henry ikinci el çocuk kitaplarının bulunduğu raflara geldi. Raflarda ne kadar kitap varsa hemen hepsini ezbere bilirdi yine de yeni bir şeyler gelme ihtimaline karşı tekrar bakmak istedi. Bir süre sonra rafların yine bildik kitaplarla dolu olduğunu gördü. O sırada turist grup dükkandan çıkmak üzereydi. Henry dükkan sahibine yeni kitaplar olup olmadığını sormak için yanına gitti. Adam Henry'yi tanırdı. En istikrarlı müşterilerinden biriydi Henry. Adam çekmecesinden bir kartvizit çıkardı ve Henry'e uzattı. Adam kartvizitin bir kitapçıya ait olduğunu, torunu için istediği tür kitapları orada rahatlıkla bulabileceğini söyledi. Henry kartviziti aldı ve teşekkür edip dükkandan ayrıldı.

Henry, sokağın başına geldiğinde cebine koyduğu kartviziti çıkarıp baktı. Kartvizitin ön tarafında isimsiz bir amblem vardı. Adrese baktığında ise böyle bir yer hatırlamadığını düşündü.

Karttaki adreste 187 Piccadilly W1J 9LE yazıyordu.

∞

Henry Marlowe 94 numaralı otobüsten Hamley oyuncak mağazasının hemen önündeki durakta indi. Elindeki kartvizitte yazan adres onu caddenin batı tarafına sürüklüyordu. Henry torunu gelmeden evvel evde olmayı umdu ve adımlarını hızlandırdı.

Birkaç giysi mağazasının önünden geçtikten sonra solundaki sokağın numarasını kontrol edip oradan içeri girdi. Henry Piccadilly'yi çok iyi bilirdi ancak bu sokağa şimdiye dek girdiğini hiç hatırlamıyordu. Oldukça dar ve loş görünen sokak az sonra geniş bir avluya açıldı. Avluda tek bir dükkan vardı. Henry karşıda gördüğü dükkanın kapısındaki amblemin kartvizitteki amblem olduğunu fark etti.

Henry Marlowe birkaç metre ilerisinde duran dükkana yürürken hava ani bir değişimle sise büründü. Bir anda görüş açısını zorlamaya başlayan sis sayesinde bir an duraksadı. Henry Londra'nın sisli ve puslu günlerine alışıktı ancak sokağın o saatte boş ve sessiz olmasının normal olmadığını düşündü.

Henry Marlowe dükkanın önüne geldiğinde, sisten dolayı camdaki amblemi seçmekte zorlanıyordu. Dükkanın kapısına ve üstüne baktığında amblem dışında hiçbir isim yazılı olmadığını gördü.

Henry bir zamanlar renginin cilalı siyah olduğu anlaşılan kapıyı yavaşça itti. Kapı, tepesindeki çan sesiyle birlikte ardına kadar açılırken etrafta çıt çıkmıyordu. Henry bir süre kapının eşiğinde öylece bekledi. Bu sessizlik içine tuhaf bir huzursuzluk salmıştı.

Dükkanın içi loş ışıklarla aydınlatılmıştı. İçerdeki her şey ceviz rengi ahşaptandı. Masa, merdiven, raflar, sehpa, kahve makinasının altındaki dolap...

Raflar göz alabildiğince yukarı uzanıyordu. Henry rafların bittiği yeri görmek için başını geriye attı. Raflar tıka basa kitap doluydu. Kitapların çoğu-özellikle tavana doğru yakın olanlar-siyah ciltli ve kalındı. Henry dükkanı ilk gördüğünde üzerinde dairelerin de olduğu üç katlı bir bina olduğunu fark etmişti. Bir anlığına dükkanın bu kadar yüksek tavanlı olmasının ne kadar garip olduğunu düşündü.

Henry Marlowe kitaplara bakmak için raflara doğru ilerlerken o sırada rafların kıvrıldığı köşede bir adam belirdi. Henry adamın içerdeki bir odadan geldiğini düşündü. Adam orta boylarda, esmer tenliydi. Kabarık tuhaf saçları ve kemerli bir burnu vardı. Saçlarının kabarıklığı alnını kapatıyor, göz kapaklarına doğru iniyordu. Adam, Henry'nin daha önce hiç kimsede görmediği tarzda bir kumaştan siyah bir palto-ya da pelerin-giyiyordu. Adamın yere kadar uzanan pelerini, kat kat tüylerden yapılmış gibiydi.

Adam olduğu yerde Henry'e baktı. Henry adamın bir şey söylemesini bekledi ancak ilk adımı atan kendisi oldu. Torunu için fantastik efsanelerle ilgili bir kitap aradığını ve Portobello'daki adamın bu dükkanın kartvizitini verdiğini söyledi. Henry cümlesini tamamlayana kadar adam olduğu yerden hiç kıpırdamadı. Ardından pencerenin önündeki masaya doğru ilerledi. Henry adamın yüzündeki tepkisiz ifadeye şaşırdı. Adam, masanın altındaki çekmeceyi açtı ve içinden, Henry'nin tavana doğru yükselen raflarda gördüğü kalın siyah kitaplardan çıkarıp Henry'e uzattı. Uzatırken aradığı kitabın o olduğunu söyledi. Adamın sesi genizden ve boğuk çıkmıştı.

Henry adamın uzattığı kitabı aldı. Kitabın kapağında siyah bir kuzgun kabartması vardı.

Altında Kuzgun Efsanesi yazıyordu.

∞

İlk Chullondie'ler

Uzaktan bir iskelet gibi görünen sıska bacaklı köprünün altında nehir suyu donmuş ve soluk görünürken güneş, uykudan yeni uyanmış hissi veren şehre hüzünle bakıyordu. Kurumuş ağaçların arasından yayılan hüzün ışınları, her şeyden habersiz yeni güne başlayan insanlara umut ışığı palavrasını yutturmak istercesine yükseliyordu.

Ağırbaşlı rüzgar, çalılıkların arasında uyandı. Yükselirken umarsızca savruldu, döndü, alçaldı ve sakin gölün üzerine uzandı. Sonra şehir uyandı. Güneşin tüm o riyakar yüzü bulutların gölgesiyle birlikte yeryüzüne indi.

Sulardan ve otlardan yükselen baygın kokular, tüm Londie'nin üzerine ağır bir rehavet getirmiş, iki gündür herkesi bir miskinlik ve sarhoşluk hali sarmıştı. Kimse yattığı yeri bilmiyor, konuşmadan öylece uyukluyordu. Cadıyı bulmak için yollara dökülen Cross ve halk birkaç yüz metre gidebilmiş, havadaki ekşi kokuyu soluduktan sonra uyuyakalmışlardı. Nehrin ve ormanların üzerini kaplayan sis bulutlarının arasından süzülen aldatıcı güneş ışığının dışında her yer griye bürünmüştü.

Kuyunun dibindeki Victor hiç olmadığı kadar uyanıktı. Dışardaki kokuları almadığı için bundan etkilenmemişti. Son iki gündür etrafta hiçbir ses duymaması garibine gitmişti. Bir yandan hala yaşıyor olabildiği için seviniyor öte yandan ansızın birilerinin gelip onu oradan çıkaracağını ve öldürüp nehrin dibine atacaklarını düşünüp titremeye başlıyordu.

İkinci günün sonunda beklenen oldu. Londie topraklarının ve nehir sularının üzerinden süzülerek uzanan gölgeler şehri zifiri karanlığa bürüdü. Fısıltılar ve uğultular eşliğinde soğuk ağaçların karanlık gövdelerinden koyu ve tehditkar sesler yükseldi. Gül bahçelerindeki tüm güller kurudu. Batı yakasından doğu yakasına kadar her yer pelit iğneleriyle ve sararmış yapraklarla kaplandı. Gece ve gündüz yer değiştirdi. Kasveti karış karış toprağa karışmış Londie, hayatında ilk kez karlarla kaplı olarak ve nehrin buz tutmuş solgun yüzüne bakarak uyandı.

Yanındakilerle birlikte gözlerini açan Cross, kollarının ve bacaklarının karın altında sıkışmış olduğunu fark etti. Kendini dermansız ve düşler içinde hissediyordu. Tedirginlik, binlerce iğne gibi bedenine saplanıyor, nefes alışını zorlaştırıyordu.

Boşluk ve belirsizlik hissederek karın altından kalkmayı başardı. Birkaç kez sendeledi, düşecek gibi oldu sonra dengesini sağlamayı başararak etrafındakilere yardım etti. Bir süre sonra tüm Londie halkı uyandı. Herkes birbirine sorular sormaya başladığında dudaklarından dökülen ilk kelime hayatları boyunca söyledikleri tek sözmüşçesine tuhaflarına gitti. Sanki daha önce hiç konuşmamışlar gibi...

Bir süre şaşkın bakışların ardından itişerek ve bağrışarak kendilerini nehir kıyısında bulan köylüler yaşlı Bailey'nin telkinleriyle sakinleştiler. Cross konuşma yapmak üzere köprünün üzerine çıktı.

"Asil Londie halkı! Öncelikle herkesin sakin olmasını istiyorum. Hepimize anlamlandıramadığımız bir şeyler oldu ve olmaya da devam ediyor. Kaç gündür bu halde kaldığımızı ben de sizler gibi bilmiyorum. Gözlerimi açtığımda bedenimin karlar altında olduğunu fark ettim. Her ne olduysa bunu yapanın Ethel isimli cadı olduğuna hiç kuşku yok!"

Cross cümlesini tamamlar tamamlamaz köylülerin arasında sesler yükseldi. "Kahrolsun Ethel! Onu bulup yakacağız! Onu yılan dolu çuvala atıp nehrin dibine gömeceğiz! Bağırsaklarını delik deşik edip kalbini sıçanlara vereceğiz!" Köylüler bir süre daha böyle tezahüratlar yapmaya devam ettiler. Cross elini kaldırarak sakinleşmelerini istedi.

"Londie, gizemli ve amansız bir kaderin eşiğinde olabilir. Bunu en kısa sürede çözmemiz ve o cadıyı bulup yok etmemiz gerekiyor. Bu konuda tüm Londie halkının birbirine destek olmasını istiyorum. Bu topraklarda olanlar hiç kimsenin suçu değil! Yabancı bir denize atıldığımızda bize yol gösterene körü körüne güvenir ve bağlanırız. Çünkü bizden daha fazla şey bildiğine inanırız. Bunlar kimseyi kötü yapmaz, sakın içinizde kendini suçlayanlar olmasın. Birçoğumuzun eşleri öldü. Ruhları tıpkı yaşadıkları zamanki gibi yanımızda. Nefes alıyor, bizi duyuyor ve izliyorlar. Onlar için güçlü olmalıyız!"

Ardından eşi ölenlerden biri Cross'a seslendi.

"Peki ya doğan bebekler? Onlar ne olacaklar Cross söyler misin? Onlar birer yaratık gibiler. İnsan değiller!"

Herkes nefes dahi almamacasına sessizleşti. Cross ne diyeceğini bilemiyordu Doğumdan sonra bebeğini Dollis'in yanında gördüğünde ne olduğuna dair hiçbir fikri yoktu. İnsan değildi ancak tamamen insan olmadığı da söylenemezdi. Burnu tıpkı bir kuzgun gagası gibi kemerli ve sivri, parmakları ve tırnakları tıpkı bir kuzgunun pençeleri gibiydi. Cross aklından geçen düşüncelerle boğuşurken Bailey söze girdi.

"O cadı nasıl bir büyü yapmış olursa olsun onlar bizim çocuklarımız, onları eşlerimiz doğurdu. Onlara sahip çıkacağız hiçbir büyüye boyun eğmeyeceğiz! Cross'a ve kutsal topraklarımıza güvenin ve sakın ümidinizi kaybetmeyin. Londie bunun üstesinden gelecektir!"

Cross derin bir iç çekti.

"Bailey haklı dostlarım! Tarihte ilk kez Londie toprakları bir cadıyla tanıştı. Ölümler oldu. Bebeklerimize büyü yapıldı. Söz veriyorum! En kısa zamanda hep birlikte bunun üstesinden gelip yeniden eski huzurlu hayatlarımıza kavuşacağız! Londie'nin kutsanmış bereketli topraklarını kimse yerle bir edemez!"

Cross'la aynı yaşta olmasına rağmen Londie'liler ona yaşlı Bailey diyordu çünkü çocuk yaşında saçları beyazlamış ve bir daha eski koyu rengine dönmemişti. Bailey, Gunnar'ın oğullarından biriydi. Doğan bebeklerden biri de onun oğluydu. Eşi de tıpkı diğerleri gibi doğum sırasında öldü. Bailey elini Cross'un omzuna koydu, "Sen Rodmark'ın oğlusun bunu sakın unutma. Şimdi gidip o cadıyı bulalım ve gerekeni yapalım," dedi.

Londie, biraz sonra gece bulutlarının göğü örtmeye başlamasıyla birlikte karla kaplı soğuk bir geceye büründü.

Cross ve Bailey'nin de içinde bulunduğu bir grup, cadının kulübesine gitti. Kapı ardına kadar açıktı. İçeri ilk giren Cross oldu. Kulübenin neredeyse her yeri, zemin, ahşap raflar, kiler, iki uzun sedir... her şeyin, her şeyin üzeri siyah parlak kumaşlarla kaplıydı.

"En son burada İğne vardı. Onu çıkarttık ve kuyuya kapattık. Derhal onu tıktığımız kuyudan çıkartmalıyız. Hemen şimdi!" dedi Cross. Bunun üzerine iki kişi Victor'ı çıkartıp getirmek için süratle yok oldular.

Cross ve Bailey, ellerini pürüzsüz kumaşların üzerinde gezdirirken burunlarına tuhaf bir koku geldi. Parmakları kumaşlara değdikçe keskin koku etrafa yayılmaya başladı. Hemen geri çekildiler. Ancak olan olmuştu. Ethel'in Londie kadınları için özel dediği kumaşlar Chul ataları tarafından büyülenmişti. Cross ve Bailey, gittikçe sızlayan parmaklarına baktıklarında kızardığını ve şiştiklerini gördüler. Acı dayanılmaz hale geldiğinde tek çare dışarı çıkıp ellerini kara gömmek oldu. O sırada Victor iki büklüm, sarsak halde getirilip Cross'un önüne atıldı.

"Ethel kumaşlara ne yaptı söyle! Yoksa iş birlikçiliğinden dolayı sen de nehrin dibini boylayacaksın Victor hemen cevap ver!"

Bunu tehditkar ve öfkeli bir tonda söyleyen Bailey idi. Victor kendini karların üzerine attı, dizlerinin üstüne çöktü. Ellerini Cross'a uzattı ve yalvarmaya başladı.

"Size yemin ederim efendim yalvarırım bana inanın ben o cadının yaptığı hiçbir şeyi bilmiyordum. Bana kumaşları veriyor, istediği ölçülerde diktiriyordu hepsi bu. İnanın efendim ben hiçbir şey görmedim. Lütfen beni bağışlayın. Yalvarırım öldürmeyin beni."

Cross ve Bailey biraz da olsa acısı geçen ellerini karın altından çıkarttı. Şişlikler azalmış ama tamamen geçmemişti. Cross, Victor'ı bir kedi yavrusu gibi ensesinden tutarak içeri soktu.

"Kulübeyi karış karış arayın, ne bulursanız çıkartın. Her şey işimize yarayabilir. Köy halkına hemen bir duyuru yapın, kimler bu kumaşlardan dikilmiş elbise aldıysa toplayın ve hepsini yakın, hadi acele edin!"

Cross hırlar gibi bir ses çıkarttı. Victor'ın ellerini ve ayaklarını bağlayıp bir kenara itti. O sırada kulübenin her yeri didik didik aranmıştı. Bailey, "Kayda değer bir şey olduğunu sanmıyorum, kadın her ne yaptıysa delillerini çoktan yok etmiş," dedi. Victor, Ethel'i son gördüğünde siyah çömleğin içinde bir şeyler yapıyordu. Kadın her ne yapıyorsa Victor göz ucuyla bu hareketi yakalamış, sonra yakalanma korkusuyla işine geri dönmüştü.

"Çömlek! Siyah çömlek! Onun içine bakın efendim!" dedi Victor gayretli bir çıkışla.

Çömlek bulunarak Cross'a teslim edildi. Cross çömleğin kapağını kaldırmaya çalışıyor ancak çok güçlü bir şey ona engel oluyordu. Tüm gücüyle kapağı zorladı ancak nafileydi. Bailey ve diğerleri de denemesine rağmen kapak bir türlü açılmadı. Cross koşup bahçeden büyük bir taş aldı ve çömleğin üzerine attı. Ancak ne kapak ne de çömlek kırılmadı bile.

"Onun içinde bir şeyler sakladığına emindim," diye mırıldandı Victor. Sonra aklına kendisine yapılan dudak büyüsü geldi. Bahçedeki acı yonca yaprağından almalarını ve çömleğin üzerine bastırmalarını söyledi. Bir kişi gidip karlar altında birkaç yaprak buldu ve getirdi. Yapraklar bastırılarak çömleğin üzerine yerleştirildi. Bir süre bekledikten sonra Cross kapağı yeniden kaldırmayı denedi fakat hiçbir şey değişmemişti. Bailey kendileriyle dalga geçtiğini düşünerek Victor'ın yüzüne sert bir yumruk attı. Yumruğun acısıyla kendinden geçen Victor kısa bir süre baygın kaldı. Cross o sırada tekrar kapağı zorladı. Bu sefer kapak açıldı ve çömleğin içinden birkaç parça Chul tüyü kalıntısı çıktı.

Cross ve diğerleri çömleğin içinde duran beyaz tüy kalıntılarına bakakaldılar. Cross çömleği ters çevirdi ve içindekileri yere döktü. Bir an tereddüt etse de sonra derin bir nefes alıp yerdeki tüyleri parmaklarının arasına aldı.

"Bunlar kuzgun tüyleri," dedi. Sesi toy bir çocuğun ağlamaklı haline benziyordu.

"Bu nasıl olur. Kuzgun diye bir şey yok, onların hepsi efsane, hepsi Londie efsanesi. Sadece çocuklara anlatılan masallar. Bu imkansız!" dedi Bailey.

Cross sırtını, uğursuz kulübenin soğuk duvarına yasladı. Bir çocuk kadar savunmasız ve hassas görünüyordu. Elindeki tüylere baktı.

"Babam ölmeden önceki son gününde bize yine bir kuzgun efsanesi anlatmıştı. Sürekli bir gidip bir gelen hafızası ona oyunlar oynuyor diye düşünmüştük. Anlattıkları daha önceki hikayelere benzemiyordu. Sanki bize bir şeyler anlatmak istiyor da bunu açıkça söyleyemiyor gibiydi. Oysa biz hepimiz bunu onun hastalığına ve zayıf hafızasının oyunu olduğuna bağlamıştık," dedi Cross. Derin bir iç geçirdi ve devam etti.

"Son nefesini vermeden önce konuşabilmek için kendini nasıl zorladığını anımsıyorum. Ama konuşamadı, nefesi buna yetmedi. En küçük kardeşim Ilenda masalın sonunu duyamadığı için mızmızlanmış ve ağlamaya başlamıştı. Neler olup bittiğinden haberi yoktu. Babamın ölümünün üzerinden uzun yıllar geçti, bir gün Ilenda'ya, o gün babamın anlattığı masalı hatırlayıp hatırlamadığını sordum. Hafızasında tek bir kırıntı bile yoktu. Ilenda'nın çok küçük olmasından dolayı hatırlamadığını düşünüp aynı soruyu diğer kardeşlerime de sordum. Tuhaf bir biçimde hepsinin de cevabı Ilenda'nınkiyle aynı oldu. Kimse o güne dair tek bir cümle dahi hatırlamıyordu. Yaşı benden büyük olanlar bile!

O günü en ufak detaylarına kadar hatırlayan sadece bendim. Bu hem garip hem ürkütücüydü. Hiç kimseye neler olup bittiğini anlatmadım. Yıllarca kendi içimde sakladım. Bir gün bir şeyler olmasını bekliyormuş gibi. Babam Rodmark, gerçekleri bir masalın içine gizleyip, içimizdeki en zekiye öğütleyecek kadar akıllıydı. Şimdi bunu daha iyi anlıyorum. Anlattığı her şey gerçekti, hepsi yaşanmıştı. Babam ve diğer altı kişi tüm o anlatılan efsanelerin gerçek kahramanlarıydı. Chul sürülerine karşı direnen, mevsimler boyu onların hizmetinde çalışan, aileleri katledilirken seyirci kalan ve insanlığı yaşatmak için kendilerini tehlikeye atan…"

Cross içine çöken hüzünle birlikte soluklandı. Bailey kızıl sakallarını kaşırken bakışlarını Cross'a dikmişti.

"Mademki tüm o efsaneler gerçek; o halde Kuzgun'lar bizi buldular, cadıyı gönderdiler ve soyumuzu büyülediler! Şimdi ne yapacağız Cross söyler misin onlarla nasıl başa çıkacağız? Onlar Chul ataları. Onlar baş kehanetçiler. Tüm canlılardan daha zeki ve daha güçlüler."

Bailey içinde dalga dalga yayılan telaş çığlıklarını gizleyemiyordu. Çocukluğundan beri bir masal olarak dinlediği her şeyin gerçekte var olduğunu öğrenmişti. Kuzgunların gücünü ve neler yapabileceklerini çok iyi biliyordu. Kulübenin içinde bir o yana bir bu yana kaygılı adımlar atarken bir yandan da sesli düşünmeye çalışıyordu. Kulübenin içinde onlardan başka yalnızca Victor vardı. Duyduklarını karşısında dehşete kapılmış, havanın soğuğuna aldırmadan kan ter içinde kalmıştı. Victor, Ethel'in o gece kendisine gösterdiği kuzgunu hatırladı. O kuzgun, efsanelerde adı geçen atalardan biriydi kuşkusuz. Titreyerek düşüncelerini savuşturmaya çalışsa da artık çok geçti. Cross tam ayağa kalkmıştı ki bahçeden hızla kulübeye giren on yaşlarında Sgintra isimli bir çocuk nefes nefese yere çöktü. "Neler oluyor Sgintra neden bu haldesin?" diye sordu Cross.

Çocuk kesik kesik anlatmaya başladığında kulübedeki herkesin gözleri yuvalarından çıkacakmışçasına büyümüştü. Adamlarından birine Victor'ı ayaklarından bağlayarak çatının sivri kulelerinden birinde sallandırmasını söyledi Cross. Victor bunu duyar duymaz haykırarak yalvarmaya devam etti. Cross, Bailey ve diğerleri çocuğu da alıp oradan uzaklaştılar.

Çocuk bir felaket haberi getirmişti. Ethel'in kumaşlarından dikilme elbiseleri giyen kadınlar, kızarmış ve şişmiş vücutlarıyla inlemekteydiler. Londie'nin tüm şifacıları yardıma koştular ancak yaptıkları hiçbir ilaç işe yaramıyordu. Kumaşlar zehirliydi. Ethel'in neredeyse pazarda satılan bütün mallardan daha ucuza sattığı elbise ve pelerinleri köyün tüm kadınları ve genç kızları almış ve giymişdi. Bir alan bir daha alıyor, günlerce üzerinden çıkartmıyordu.

Birkaç saate kalmadı, tüm köyler felaket haberiyle çalkalanmaya başladı.

"Çok acı çekiyorlar efendim bir şeyler yapmamız gerek yoksa birkaç saate kalmaz tüm kadınlar dayanamaz ölürler!"

Kadınların acılı boğuk inlemeleri dayanılır gibi değildi. Neredeyse yüzleri bile ayırt edilemeyecek kadar şişmişti. Hiçbiri hareket edemiyor, karın üzerine uzanmış halde kıvranıyorlardı. Cross derinleşmiş bir hüzünle onları izlerken Dollis'in çiftlikteki yardımcısı yanına yaklaştı.

"Efendim belki sırası değil ama oğlunuz, yani bebek, hiç iyi değil. Tuhaf sesler çıkarttı ve…"

"Evet Tarinn devam et?" dedi Cross telaşla.

"Efendim o konuşuyor."

Cross bir adım geri gitti. Kadının ağzından çıkanları anlayamamışçasına dikkatle ona bakıyordu.

"Konuşuyor da ne demek?"

"Efendim siz gittikten sonra bir süre uyudu. Odaya girdiğimde onu yatakta oturur vaziyette buldum. Şey, korkmuştum ve benim gördüğümü görmeleri için diğerlerini çağırdım. Yeniden odaya girdiğimizde bebeği yerde emeklerken bulduk. Garip sesler çıkartıyordu, fısıltı gibi şeyler, bilemiyorum. Loose gidip kucağına aldı ve ne dediğini duymak için kulağına yaklaştırdı,"

Kadın anlatmaya devam ederken Bailey de yanlarına gelmişti.

"Bebek ne diyordu Tarinn, ne duydunuz söyle?" dedi Cross. Bailey ile birlikte kadına yaklaştılar.

"Efendim oğlunuz şey, yani bebek tükürük diyordu. Bizim tükürüğümüz diyordu. Loose onu yatağa yatırdı ve onunla konuştu. Bunun ne anlama geldiğini söylemesini istedi. Bebek hala fısıltıyla sayıklıyordu. Sonra bize yani odanın kapısında bekleyen hepimize döndü ve Tükürüğümüz onlara ilaç olacak, dedi efendim."

Bailey ve Cross birbirlerine baktılar.

"Bailey derhal evine gitmeni ve bebeğini alıp çiftliğe getirmeni istiyorum. Diğerlerine de haber ver, farklı doğan ne kadar bebek varsa hepsini getirin!" dedi Cross. Başka bir şey söylemeden atına binip çiftliğe doğru uzaklaştı. Bailey meydanda bekleşenlere acil bir çağrı yaptı. Köylüler bebeklerini almak için evlerine dağıldılar.

Bailey evine gittiğinde yardımcısının bebeği odaya kapadığını öğrendi. Aynı durum onlarda da yaşanmıştı. Bebekten ürken ev halkı çareyi odanın kapısını kilitlemekte bulmuşdu. Bailey oğlunu aldı ve atına binip çiftliğe doğru sürdü.

Kısa sürede köyde ne kadar farklı doğan bebek varsa çiftliğe getirilmişti. Cross, bebekleri oğlunun olduğu odaya aldırdı. Bir araya gelen on beş bebek görülmeye değerdi. Bebeklerin babaları şaşkınlıktan ağızları açık halde, birbirleriyle konuşan bebekleri izliyorlardı. İlk başlarda hepsi birden fısıltı halinde bir şeyler söylediler ancak hiçbirinin ne dediği anlaşılmıyordu. Bebekler fısıldaşırken yetişkin insanların mimikleri gibi yüz şekillerine bürünüyor, sanki önemli bir toplantı yapıyormuşçasına ciddi bir tavırla oturuyorlardı. Cross daha fazla seyirci kalamadı.

"Bebekler!" diye seslendi sonra bu kelimenin onlar için yetersiz olduğunu düşünerek yutkundu. Ardından devam etti. "Aranızda ne konuştuğunuzu ve ne olduğunuzu bilmek istiyoruz. İçinizden birinin bize olan biteni açık bir şekilde anlatması gerekiyor." Cross sözünü tamamlar tamamlamaz diğer babalar gibi endişeli bir bekleyişe geçti. Bebekler sessizce Cross'un konuşmasını dinlemiş, ardından aralarında kısa bir mırıldanma yaşamışlardı. Sonra aniden Cross'un oğlu konuşmaya karar verdi. Diğerlerini susturdu ve söze girdi.

"Size her şeyi anlatacağım," dedi. Bunun üzerine babalar birkaç adım geri durdular.

"Bir bebek nasıl bu şekilde konuşur, burada neler oluyor, bu da ne böyle…" Hepsinin gözleri fal taşı gibi açılmış bebeklere bakıyorlardı.

Bebek devam etti.

"Bizler yarı kuzgun yarı insan bebekleriz. Kuzgunun gücünü, insanın ise ruhunu aldık. Yardıma ihtiyacınız var. Dışarda kısa süre sonra ölecek yüzlerce insan var, bunu biliyoruz. O yardımı ancak biz size verebiliriz. Her birimizden alacağınız bir damla tükürük işinizi görür. Tükürüklerimizi hasta olanların dudaklarına sürün ve sonra nasıl iyileştiklerini görün. ."

Bebeğin sözünü bitirmesiyle birlikte odaya yayılan soğuk dalgaya rağmen babaların hepsinin alınlarından terler sızıyordu.

"Dediklerini yapmazsak bütün kadınlar ölecek Cross, bir an önce harekete geçelim," dedi Bailey Cross'un kolunu sıkıca kavrarken. Cross üzerindeki şoku atlattıktan sonra Bailey'e hak verdi ve her baba kendi bebeğinin ağzından bir parça tükürük aldı. Tükürükler bir şişeye kondu ve Londie meydanına ulaştırıldı. Bailey başta olmak üzere diğer erkeklerin de yardımlarıyla yerde kıvranan kadınların dudaklarına bebeklerin tükürükleri sürüldü. Son tükürük de sürülür sürülmez bir anda şişlikler indi ve kızarmış tenleri eski tazeliğini aldı. Kadınlar birkaç saniye önce kıvranarak can çekişirlerken şimdi ağrıları dinmiş ve ayaklanmışlardı. Eşleri, çocukları ve köylüler hayret dolu bakışlarla neler olduğunu sorunca Bailey olan biteni herkese anlattı. Bebeklerin kurtarıcı olduklarına karar veren Londie halkı sevinç tezahüratlarıyla çiftliğin yolunu tuttular.

Ertesi sabah kızıl güneş, Greenwich'in sisli tepelerinin ardında doğarken, nehrin buz tutmuş yüzeyinde keyifli çıtırtılar duyuluyordu.

Birkaç gündür Londie'yi kuşatan kar ve gece bulutları, o gün yakıcı güneşin etkisiyle birlikte uçup gitti. Erken uyanan Londie halkı sabah olduğunu gördüğünde sevinçle nehir kıyısına koştu. Nehrin buz tutmuş suyu eski ışıltılı halini aldı ve balıklar suyun üzerinde zıplayarak coştu.

Victor'a gelince…

O gün, kulelerden birinde asılı halde terk edilen Victor, Londie'deki karışıklıkların farkındaydı. Kimsenin gelip onu oradan kurtarmayacağını çok iyi biliyordu. Tek çaresi çatıdan atlamaktı. Uzun uğraşlar sonrasında ellerini çözmeyi başardı ve atladı. Buzlu çatının üzerinden kayarak yere ve yine kamburunun üzerine düştü. Çatlak kaburgalarına ve kamburunun acısına rağmen acı bir kahkaha attı. Topallayarak ve gizlenerek Londie topraklarını terk etti. O günden sonra çatıda onu bulamayanlar bir daha Londie'ye gelemeyeceğini çok iyi biliyorlardı. Kimse Victor'ın peşine düşmedi. Bir süre sonra da unutuldu ve kimse hatırlamadı.

∞

Bir Chullondie Dünyaya Bedeldir

Birkaç gül mevsiminin ardından nehir panayırları yeniden kuruldu. Şenlikler eskisinden daha neşeli geçmeye başladı. Elbette bunda Chullondie'lerin de payı büyüktü. Bebekler, normal insan süresinden evvel büyümüş, çoktan birer Londie'li olmuşlardı. İlk başlarda fiziksel görünümlerinden ötürü birçok kesim tarafından yadırganan Chullondie'ler zamanla-ki yeni doğduklarında hasta kadınları kurtardıkları için halk onlara minnet duyuyordu-oldukları gibi kabul edildiler.

Onlara Chullondie ismini verenler Cross ve Bailey oldu. Bir yanı Chul, diğer yanı insan ve aynı zamanda Londie'li oldukları için Chullondie ismini uygun buldular. Bunu halka sunduklarında, herkes büyük bir coşkuyla kabul etti ve böylelikle Chullondie ırkı kabullenilmiş oldu.

Chullondie'ler denilen bu on beş erkek çocuk, halk arasında yardımseverlikleri, merhametleri, bağlılıkları ve güçleri sayesinde tanınır hale geldiler ve sevildiler. Her iki yakada da kurulan pazar yerlerinde ve Londie halkının diğer işlerinde, yetenekleri ve güçleri sayesinde büyük kolaylıklar sağladılar.

Bir Chullondie havada uzun mesafe adımları atarak nehrin bir kıyısından ötekine geçebiliyor, havada asılı kalabiliyor, güçlü hissiyatları sayesinde önceden gelebilecek tehlikenin kokusunu alıp erken önlem alınmasını sağlayabiliyor, insanlar zihinlerini serbest bıraktıklarında düşüncelerini okuyup hile yapıp yapmadıklarını tespit ediyor, hastalıkları iyileştirebiliyordu. Londie topraklarını göğün ansızın indireceği yıldırımlardan ve afetlerden koruyabiliyor ve bunlar gibi sahip oldukları birçok yeteneği ve gücü Londie için kullanıyorlardı.

Aynı zamanda dört elementin gücüne de sahip olan bu on beş Chullondie, gelgit zamanı nehrin sularını kontrol altına alıp insanların zarar görmelerini de engelliyordu. Toprak, hava ve ateşten gelebilecek her zararı, her tehlikeyi önceden sezip, Londie halkına haber veriyor, onlar da gereken önlemleri alıyorlardı.

Ayrıca Chullondie'ler yaşam süresi olarak Chul ırkı ve insan ırkına göre çok daha uzun ömürlüydüler. Bir Chul'un ömrü insan ömrünün üç katıydı, insan ömrü ise yaklaşık iki yüz yıl kadardı. Oysa bir Chullondie bu süreyi dörde katlayacak kadar uzun ve sağlıklı yaşayabilecekti.

Bu on beş Chullondie kısa sürede büyüdüler ve birer genç delikanlı oldular. Cross oğluna Richmond ismini verirken Bailey ise Archway adını verdi. Richmond ve Archway'i ilk bakışta birbirlerinden ayıran şey kuşkusuz saçlarıydı. Richmond ensesine kadar inen dalgalı, parlak gri-beyaz saçlara sahipken Archway'in saçları ise düz ve omuzlarının altındaydı. El ve ayakları bir kuzgunun pençelerini andırsa da dikkatli bakıldığında bir insan eline benzediği de söylenebilirdi. Burunları, diğer Chullondie'ler gibi kuzgunun kemerli gagasına benziyor, ancak yandan bakıldığında neredeyse eğri bir insan burnu gibi duruyordu. Havalanmak istediklerinde koltuk altlarıyla omuzlarının bitiş yerinden birer kanat çıkıyor ve bu kanatlar kat kat beyaz tüylerle bezeli oluyordu. Onların ne olduklarını bilmeyen biri, kanatlarıyla yürürken görse sırtlarında beyaz kabarık bir pelerin var sanırdı.

İnsanlardan daha uzun boyluydular, daha beyaz tenliydiler ve saçları nehrin sularını kıskandıracak kadar parlaktı. İstedikleri zaman çok hızlı hareket edebiliyorlardı. Bu özelliklerini kullanarak Londie köylerinin gelişmesine de faydalı oldular. Köylerin bir kısmında zarar görmüş, yıpranmış kulübeleri tamir ettiler ve yeni yapıların oluşmasına katkıda bulundular. Chullondie'ler geldikten sonra Londie gelişti ve yenilendi. Cross'un getirdiği ceza sisteminden sonra biten hırsızlık ve hileli işlerden elini ayağını çekenler bile dürüst yaşamaya daha bir özen gösterir olmuşlardı. Herkes halinden memnundu.

Tüm Londie halkı bu on beş genç Chullondie için, kara büyünün beyaz melekleri diyordu.

Ethel cadısının büyüsünden ve Chul ırkının mevcudiyetinin anlaşılmasından sonra geçen bu süre zarfında Cross ve Londie halkı, toprakları için önlemler aldılar. Ethel'in ya da Chul'lardan birinin daha topraklarına gelmesi kaçınılmazdı. Elbet Chul ataları rahat durmayacak ve üzerlerine başka felaketler göndermeye çalışacaklardı. Chullondie'ler de herkes gibi bunların farkındaydı. Cross, Bailey ve tüm Londie halkı bu on beş gencin kaderlerini değiştireceklerine emindi. Ne olursa olsun Richmond, Archway ve diğerleri Londie halkının yanında olacaklardı.

Tabii Chul cephesinde işler böyle kusursuz yürümüyordu. Ethel görevini tamamladıktan sonra Chul bölgesine geri dönmüş, zaferlerini kutlamaları için müjdeli haberi getirmişti. Chul'lar zafer çığlıkları atarken kısa süre sonra başlarına gelecek felaketleri henüz göremiyorlardı. Munin ve diğer dört Chul atası, Hugine'in intikamını almış, aynı zamanda da insan ırkına kendi ırklarından canlılar bırakmışlardı. Ataların büyülerine göre, yeni ırk insan ırkına kin ve nefret dolu olarak doğacak, onlardan önce Londie topraklarının görüp görebileceği en büyük felaketleri ve acıyı yaşatacaklardı. Ataların hesabına göre Londie, Ragnarok'unu en kısa zamanda yaşamaya başlayacaktı.

Ancak durum hiç de düşündükleri şekilde gerçekleşmedi. Yeni ırk, iki ırkın özelliklerini almış olmasına ve kara büyünün etkisine rağmen kalpleri naif ve sevgi dolu olarak dünyaya geldi. Ethel'in doğum sırasında ruhlarına okuduğu büyülü sözler ruhlarını ele geçirememiş, onları insanlara düşman edememişti. Chul'lar henüz bunu bilmiyordu. Zafer çığlıklarının ardından bir zaman sonra keşiş için Londie topraklarına birini göndereceklerdi.

Chullondie'ler birer genç yetişkin olana dek Londie halkının kendilerini bildi bileli dinledikleri ve sonra gerçeğe dönüşen Kuzgun Efsanelerini ve yapılan büyüyü öğrenmediler. Kimse onlara olanlar hakkında konuşmadı. Cross, Bailey ve diğer Chullondie babaları, oğullarının birer yetişkin olacağı zamana dek beklemeyi uygun gördüler. Sonunda bir gün Cross o vaktin geldiğine karar verdi. Richmond'ı yanına çağırdı. Sıcak gün ışığı yüzlerine vururken gül bahçelerinde bir gezintiye çıktılar.

"Sevgili oğlum," diye söze başladı Cross, "bir gün bu konuşmayı yapacağım günün geleceğini biliyordum. Bu zamana kadar seninle bu konuda konuşmamış olmam, benim kendimi hazır hissetmediğimdendi."

101

"Biliyorum baba," dedi Richmond. Sesi sakin ve berraktı.

"Ne olduğumu ve nasıl dünyaya geldiğimi biliyorum. Bunun için kendini üzmene gerek yok. Bizler kendi ırkımız hakkında sizlerin de bildiği her şeye sahibiz. Daha fazlası da var; güçlerimizi ve yeteneklerimizi kimlerden aldığımızın da farkındayız,"

Cross, Chullondie'lerin düşünce okuyabildiklerini biliyordu. Anlatılan efsane ve büyü hikayelerinin ne kadar gerçek olduğunu bildiklerini de. Yine de kendi oğlu ile karşılıklı konuşmak için uzun zamandır kendini hazırlıyordu. Richmond'ın ne denli sakin ve anlayışlı bir çocuk olduğunun farkındaydı. Bu her konuda Cross'a istediğinden de fazla cesaret veriyordu.

Cross, bahçede yaptıkları bu özel gezintide, babasının ve arkadaşlarının Londie'ye geliş hikayelerini ve Chul'lar ile verdikleri yaşam mücadelelerini anlattı oğluna. Chul ırkının acımasız, hain saldırıları sonucu ilk atalarının nasıl öldüğünü, Londie'de dilden dile dolaşan Ethel cadısının annesine ve diğerlerine yaptığı büyüyü ve hatta Victor'ı bile…

Richmond aşina olduğu konuları babasının ağzından dinlerken hüzünlendi. İnsan ırkının yaşadıkları karşısında bedeni ve ruhunun bir yarısının o vahşilerden olduğunu hissettiğinde kahroldu. Babasının yanından ayrılır ayrılmaz hızla nehir kıyısına gitti. Nehrin kuzeyindeki kuleye vardı ve gece yıldızları göz kırpana dek orada tek başına oturdu.

∞

Sevgili Canary…

"Hayır anne bunu asla yapmayacağım, o adamla asla evlenmeyeceğim!"

"Canary, bu inadın ailemizi başkalarının gözünde küçük düşürmekten başka bir şeye yaramaz. Derhal aklını başına topla! Baban döndüğünde bu hırçın halini görmezse senin açından iyi olur. Yoksa neler olacağını bil…"

"Ona asla baba demedim demeyeceğim anlıyor musun o benim babam değil!" diye karşı çıktı Canary. "Benim babam öldü. Bir kahraman gibi kendini feda ederek…"

Canary, naif ve hassas kişiliğiyle bilinirdi. Hangi duyguya kapılacak olsa yüz ifadesinden anlaşılır, içten ve samimi gülücükleri yüzünden eksik olmazdı. Çevresinde güzelliği ve yardımseverliği ile bilinir, komşuları ve arkadaşları arasında takdir edilirdi. Hayatında ilk kez annesine bu denli sesini yükseltiyordu. Kadın, ilk kez kızının gözlerindeki kararlılığı görmüş ve endişelenmişti. Kadın, Canary'nin üvey babasıyla üç sene önce evlenmişti. Adam balıkçılık yapıyor iyi de kazanıyordu ancak her akşam evden çıkıyor, sabaha kadar içip eve kendini bilmez bir halde geliyordu. Tabii sabah olduğunda da hiçbir şey hatırlamıyordu. Adamın Canary'e karşı bir öfkesi yoktu. Ona bugüne kadar hiç sesini yükseltmemişti ancak öz kızı yerine de koymamıştı. Aralarında soğuk ve resmi bir ilişki vardı. Aslında böyle olması Canary'nin de işine geliyordu.

Canary babası öldüğünde on yedi yaşındaydı. Öldüğü günü çok net hatırlıyordu.

Doğduğundan beri neşeli ve sevecen bir aile de büyümüştü Canary. Babası Londie'de sevilen ve her kutlamaya davet edilen biriydi. Adam bir şairdi. Aslında bu onun esas mesleği değildi. Bunu çoğunlukla ek iş olarak yapardı. Nehir kutlamalarında, düğün ve panayırlarda mutlaka şiir okuması için çağırılır, insanlar da gönlünden ne koparsa adama takdim ederdi. Bu çoğu zaman eşi ve kızı için bir takı, bazen evi için işe yarar bir eşya, bazen de yiyecek olurdu. Adam severek, büyük bir keyifle yazdığı ve okuduğu şiirleri satmayı hoş bulmasa da Londie'liler mutlaka hakkını verirlerdi.

Canary'nin babasının asıl mesleği çömlekçilikti. Londie'nin en gözde çömlekçisiydi ve yaptığı her şey büyük bir beğeni görürdü. Şair olmasından ötürü, sanatçı kişiliğini yaptığı tüm işlere yansıtmayı başarırdı. Londie'nin en iyi sürahi ve fincanları onun ellerinden çıkmaktaydı.

Üç mevsim önceydi.

Londie nehri yine neşeli bir düğüne şahitlik ediyordu. Canary'nin babası köprünün üzerinde durmuş, içinden az sonra okuyacağı yeni şiirini tekrarlıyordu. Bir süre sonra düğün sahibinin anonsuyla birlikte saygın bir sessizlik oluştu. Canary, annesi ve tüm dostların gözleri köprünün üzerinde duran dik omuzlu, uzun saçlı şairin dudaklarından dökülecek kelimeleri beklemekteydi.

Düğün sahibi şiir anonsunu yaptı ve keyifle dinlemek için ailesinin yanına oturup arkasına yaslandı. İnsanlar bu yetenekli şairin yeni şiirini sabırsızlıkla beklemekteydiler.

Ve şair, gecenin naif ve samimi kokusunu içine doldurdu. Biliyordu ki bu geceki dolunay yeni şiiri için yükselmiş, tam başının üzerinden onu aydınlatmaktaydı. Gözlerini huşu içinde kapadı ve sessizliği yaran ilk dizeleri haykırmaya başladı.

Benim zavallı aşkım dudaklarının arasında nefes almayı bekleyen solmuş bir gül gibi...

Asil sevgilim, nehrin suları gibi ışıldayan, yıldızları kıskandıran duru güzelliğin aramıza girmesin...

Hastalıklı kalbim senin nefesinle yeniden hayat bulsun, sevgim ellerinde hoyratça savrulsun...

Beni yakıcı karanlıklara atan güzel sevgilim!

Çöz kalbini, çöz de gök gürültüsü sevgimin çığlıkları karşısında suskun kalsın...

Bu yüzük, bu yüzükle ispatladım sana kendimi

Hissettin göğsümün nasıl inip yükseldiğini

Ve bir ölüm çığlığı gibi azap dolu sözlerin, yakıcı karanlığa gömdü beni

Sabah güllerinin kokusunu kıskandıran sevgilim!

Kutsal düşleri görmek için artık çok geç

Ölümsüz ruhun beni azad edene dek hapsedildim

Gün ışığı soluyana dek...

Körelmiş yüreğin şimdi mutlu mu sevgilim?

Duru sular gibi bakan gözlerin şimdi bulanıklaştı mı?

Mutluysan bensiz, ben de sensiz...

Ne çare kalbim hapsedildi, cennete henüz izinsiz...

Adam şiirini henüz bitirmişti ki kalabalıktan ıslık ve tezahüratlarla dolup taşan bir alkış koptu. Tam o sırada, coşkulu gürültüyle birlikte nehrin karanlık sularında bir çocuk çığlığı duydu şair. Coşkuyla alkış tutan kalabalık olan bitenin farkında değildi. Adam köprüde bir o yana bir bu yana koşarken, babasının tuhaf hareketlerini ilk fark eden Canary oldu. Hızla köprüye koştu. Ardından annesi ve diğerleri de bir gariplik olduğunu fark edip köprüye koştular. Artık sesler kesilmiş kalabalıktan merak dolu fısıltılar yükselmeye başlamıştı. Çocuğun çığlığı yeniden duyuldu. O anda kalabalığın arkalarından koşan bir kadın görüldü. Kadın, "Oğlum, oğlum kayıp, yardım edin!" diye haykırıyordu.

Ve şair, hiç düşünmeden kendini nehrin sularına bıraktı.

Bir kısım kalabalık köprünün üzerinden, diğer geride kalanlar ise endişe dolu gözlerle kıyıdan nehri izlemekteydiler. Adamın arkasından birkaç kişi daha nehre atladı. Canary köprünün üzerinde ağlamaklı halde babasının çıkmasını bekliyordu. Adam birkaç kez suyun üzerine çıktı. Ardından tekrar nefes alıp suya daldı. Bir süre sonra nehre giren diğer grup elleri boş bir halde kıyıya çıktılar. Kaybolan çocuğun annesi hıçkırarak ağlıyor ancak elinden bir şey gelmiyordu. Canary bir süredir suyun üzerine çıkmayan babası için korkuyor, gözlerinden yaşlar süzülüyordu. Kalabalığın ümidi kestiği an küçük oğlan çocuğu nehrin sularında göründü. Çocuk suyun üzerinde gözleri kapalı halde kıyıya doğru uzanıyordu. Çocuğu görenler hemen nehre dalıp onu kıyıya çıkarttılar. Belli ki Canary'nin babası çocuğu kurtarmıştı. Fakat adam hala görünürde yoktu.

Ve şair bir daha hiç görünmedi.

Londie bu olay üstüne uzun süre yas tuttu. Her evde her dükkanda matem vardı. Canary ve annesi o günden sonra evlerindeki neşeyi bir daha hiç yaşayamadı. Gözleri hüzün ve elemle baktı. Cross ve Londie'liler Canary'nin babasını kahraman ilan etti ve onun anısına Londie nehri o günden sonra şairin adıyla anılmaya başlanarak Thames nehri adını aldı.

Birkaç gün önce Canary, üvey babasının borçları yüzünden istemediği biriyle evlenmesi konusunda annesi tarafından baskı altına alınmıştı. Annesine ve adama göre bu kaçınılmazdı yoksa evleri ellerinden gidecekti. Borçlu olduğu adam, kızıyla evlenmesi karşılığında tüm borçlarını sileceğini söylediğinde adam hiç düşünmeden kabul etti. Eve geldiğinde kadına durumu açıkladı-aslında sadece söyledi demek daha doğru olur-ve ona konuşma hakkı tanımadan konuyu orada kapattı. Kadın durumu kızına anlattığında hiç beklemediği bir tepkiyle karşılaştı. Adam kırklı yaşlarının sonlarındaydı, ağzı küfürlü oldukça kaba biriydi. Londie'de baltacılık imalatı yapıyordu. Sonradan zengin olmasından ötürü görgüsüzlüğü tüm

Londie'nin dilindeydi.

"Ben hiç ister miyim senin mutsuz olmanı ama başka çaremiz yok anlamıyor musun ya bu evlilik olacak ya da hepimiz evsiz kalacağız. Neyimiz var neyimiz yoksa elimizden gidecek. Bunu mu istiyorsun? Sokaklarda yaşamamızı mı Canary? Bu olursa Alfred beni boşar o zaman ne yaparız hiç düşünmüyor musun? Alfred'e bir minnet borcumuz var Canary, o olmasaydı…"

"Yeter anne her fırsatta bunu başıma kakmaktan vazgeç artık. O benim babam değil, unuttun mu benim babam, senin de kocan öldü. Alfred benim hiçbir şeyim değil. Kaldı ki ben yetişkin bir kızım, kendi kararlarımı kendim verebilirim."

Canary gözyaşlarını güçlükle tutuyordu. Odasına çıkmadan evvel merdivenin başında durup son bir kez annesine baktı. Kadının üzüntüsü her halinden belli oluyordu. Kızının yanına gitti ve ellerini yüzüne koydu.

"Canary, güzel kızım… Bu evlilik herkesi memnun edecek, istediğin her şeye sahip olacaksın bir de bu yönden düşün. Yoksa bu güzelliğin, bu ışıltın zamanla değerini bilmeyen bir adamın elinde solup gider. İkimiz kadın başımıza sokaklara düşersek sonumuz ne olur düşünsene, dilencilik mi yapmamı istiyorsun? Yoksa birkaç lokma yiyecek karşılığında arkadaşlarımın evlerini temizlememi mi?"

"Kendi hayatım üstünde hiç hakkım yok mu anne? Senin gibi sevgisiz bir hayat mı geçirmemi istiyorsun?"

Canary gözlerinden dökülen yaşlar eşliğinde koşarak evden çıktı, arka bahçedeki çardağa gidip soluklandı. Hayatını sevmediği bir adamın yanında geçirmektense ölmeyi tercih ederdi. Gözyaşları hıçkırıklara karışırken arkasında ona doğru yaklaşan bir çift adım hissetti. Döndüğünde, karşısında onunla evlenmeyi bekleyen adam duruyordu. Adamın iri cüssesine göre ince bir pelerini ve kısa küt saçları vardı. Bir omuzunda ok dolu bir kılıf diğer omuzunda henüz avlamış olduğu bir tavşan asılıydı. Adam Canary'ye yaklaştığında, Canary adamın içki kokan nefesini ve ağır ter kokusunu hissedip bir adım geri çekildi.

"Babanla konuştuğunu umuyorum Canary," dedi adam sırıtarak. Canary cevap vermedi sadece baktı.

"İkimizde birbirimize benziyoruz Canary, bunu yakında sen de anlayacaksın. Sana istediğin her şeyi verebilirim bunu biliyor olmalısın?"

Canary yine sessiz kalmayı tercih etmişti. Bu kez başını başka tarafa çevirdi. Sessizce akan gözyaşlarını tutmaya çalışırken içindeki öfke gittikçe büyüyordu.

"Birkaç gün sonra sana yepyeni bir hayat bahşedeceğim. Sende bana sağlıklı ve güçlü çocuklar vereceksin. Seninle geçireceğim her anı hayal etmekten bıktım artık..." adam Canary'ye daha fazla yaklaştı. Saçlarının kokusunu içine çekerken avını koklayan bir yırtıcı gibi görünüyordu.

"Seni bir an evvel kollarımda görmek istiyorum."

Ve adam Canary'yi öpmek için hamlesini yapmıştı ki kız ona kendinden beklenmeyecek sertlikte bir tokat attı. Adam çenesini tutarken olabilecek en hayvani güdüsüyle hırladı ve sapıkça bir kahkahaya boğuldu. Canary'nin sinirleri bozulmuştu. Tüm bedeni titriyordu. Adamı orada bırakıp koşarak bahçeden çıktı ve gözden kayboldu. Adam arkasından gülmeye devam ederken, "Düğünde görüşürüz Canary!" diye seslendi.

Canary hüzünlendiği zamanlarda nehir kıyısındaki kaleye gider, sırtını taş duvara yaslar ve nehri izlerdi. Böyle zamanlarda babasını düşünür, keşke o an yanında olabilse diye içinden yalvarırdı. Ama bu kez yalnız değildi. Richmond her zamanki gibi kulesine çıkmış nehri izliyordu. Koşarak gelen Canary'yi fark ettiğinde bir süre sessizce onu izledi. Kızın kederli hali gözünden kaçmamıştı. Richmond, Canary'yi ilk kez görüyordu. Uzaktan bile böylesine büyüleyici bir güzelliğin yakından nasıl olabileceğini geçirdi aklından. Usulca yerinden kalktı ve Canary'nin arkasına indi. Canary dönüp baktığında gelenin Richmond olduğunu çok iyi biliyordu. Londie'de Chullondie'leri tanımayan bilmeyen kimse yoktu. Ancak Canary de onu ilk kez yakından görecekti. Dilden dile anlatılan becerilerini ve kahramanlıklarını hayranlıkla dinlemişti. Tıpkı diğer Chullondie'lerin olduğu gibi.

Canary tekrar önündeki nehre döndü.

"Sence orada gerçekte ne var?" diye sordu Richmond'a. Richmond onun nereyi kastettiğini anlamıştı. Canary'nin yanına oturdu.

"Atalarımızın geldiği yerler, artık insanların yaşamadığı karanlık ve ıssız diyarlar" dedi kıza. Canary'nin büyüleyici güzelliğine daha yakından tanık olduktan sonra haklıymışım diye geçirdi içinden. Bir süre uzun uzun ona baktı.

"Görmek isterdim," dedi Canary, gözleri uzaklara dalmış, babasını düşünürken. "Babamın vardığı kıyıları görmek isterdim."

"Eminim huzurludur,"

"Ama az önce demiştin ki…"

Canary cümlesini bitirmesine fırsat vermeden Richmond cevap verdi.

"Evet, az önce karanlık ve ıssız demiştim ama baban bir kahramandı. Eminim kahramanlar için daha aydınlık ve huzurlu yerler vardır."

Canary ilk kez yakından gördüğü Richmond'a bakarken içini derin bir huzur dalgası sardı. Yakınlarda bir yerlerden bir okaliptüs ağacının şifalı kokusu yayılıyordu.

"Sence hayat bu kadar mı? Yani sadece yaşam ve ölüm mü var hayatta?" diye sordu Canary.

"Bence hayat sadece ölüm ve yaşamdan ibaret değil. Onlar hayatın gölgeleri sadece. Daha başka duygular da var, en az bunlar kadar derin ve güçlü. Belki de hepsinden güçlü,"

"Gerçekten böyle mi düşünüyorsun, başka ne olabilir ki daha güçlü?"

"Mesela aşk," dedi Richmond Canary'ye bakarken. "Aşk güçlü bir duygu. Bu duygu bizim içimize hapsedilmiş. Herkes onu serbest bırakacak kadar şanslı ve cesur değil ne yazık ki,"

"Kendinden çok emin konuşuyorsun. Şey, yani aşk konusunda…"

Richmond gülümsedi.

"Ne yazık ki tek emin olamadığım konu bu. Henüz aşkı tanımıyorum. Peki, sen neden bir zırha ihtiyaç duyuyorsun? Senin gibi güzel ve zarif bir hanımefendi neden bir zırha ihtiyaç duyar ki?

"Bir hanımefendi," dedi Canary sıkılarak. Bir ot sapını eline aldı ve kökündeki fazlalıkları ayıklarken devam etti.

"Hanımefendi olduğum için sevinmeli miyim yoksa bir erkek olarak doğmadığım için üzülmeli mi bilemiyorum,"

Canary cümlesini tamamlamak üzereyken Stina koşarak nefes nefese yanına geldi.

"Ah, Tanrıya şükür buradasın! Baban, yani Alfred sanırım evde olay çıkarmış. Annenin sana ihtiyacı olabilir, gitsek iyi olacak!" Sonra nefesini yutup Richmond'a baktı ve onu mahcup bir halde selamladı. Richmond ayağa kalkıp aynı şekilde kızı selamladı.

"Gitmem gerek. Ben yakında evlenecek bir hanımefendiyim, nişanlı sayılırım annemi üzmemem gerek," dedi Canary.

"Nişanlı?" dedi Richmond bunu vurgulayarak söylemişti.

"Evet," dedi Canary. Bir adım atacakken Richmond devam etti.

"Peki, nasıl biri?"

"Bilmiyorum. Yine de bana göre biri olmadığı kesin,"

"Tuhaf," dedi Richmond. Kızın ne düşündüğünü anlaması zorlaşıyordu.

"Neden tuhaf olsun ki, aşkı senin gibi tarif eden birine göre fazla karamsarsın. Hem sen beni boş ver. Ben, ben iyi olacağım. Her şey için teşekkür ederim,"

"Bir şey yapmadım ki," dedi Richmond Canary'nin karşısında durmuş ona gülümserken.

"Yine de teşekkürler, her şey için,"

"Hadi Canary acele etmemiz gerek!" diye zorladı Stina kolundan sürükleyerek. Canary giderken bir kez dönüp arkasına baktı. Baktığında Richmond çoktan gitmişti.

"Neler oluyor anne?" diye girdi Canary evden içeri. Kilden bir kabın içinde yanan mum ışığı cereyanda titreşti. Kafasından binlerce düşünce geçiyordu. Kadın gözyaşlarını silerek mutfağın kapısında belirdi.

"Sana söylemiştim Canary. Alfred hayır cevabını duyarsa kötü şeyler olur demiştim. Eğer bu evlilik olmazsa ikimizi de kapının önüne koyacağını ve tek kuruş yardım etmeyeceğini söyledi. Bunda ciddiydi Canary. Dinle kızım, bak, başka şansımız yok. O adamla iki gün sonra evlenmen şart yoksa…"

"İki gün mü? Bu da ne demek anne?" dedi Canary. Dengesini kaybetmemek için masanın kenarına tutundu. Kadın yüzünü ona yaklaştırdı ve kızı odanın karanlık köşesine çekti.

"Bu iş ciddi Canary anlıyor musun hayatımız söz konusu. Alfred bu işin fazla uzamaması gerektiğini söyledi. İki güne kadar tüm hazırlıkları bitirmemizi istiyor,"

Canary duyduklarına inanamayarak sinirli bir kahkaha attı. Günlerdir annesiyle yaptığı konuşmalar yeterince sinirlerini bozmuştu. Annesi kızın kollarını sıkıca kavradı.

"Bu bir oyun değil Canary, o adamla evleneceksin başka çaremiz yok. İkimizin de geleceği sallantıda. Alfred şaka yapmıyor. Bu düğün olmazsa Londie sokaklarında bir başımıza kalırız. Şimdi, aklını başına topla ve kendine gel!" Kadın sözünü bitirdiğinde Canary'nin kolunu gevşetti. Başını iki yana salladı ve ağır adımlarla mutfağın yolunu tuttu.

Canary tek kelime etmeden odasına çıktı. Kapısını kilitledi. Yatağına uzanıp bir süre açık pencereden gelen insan seslerini dinledi. Yan komşuları Bay Swallow arka bahçesinde odun kırıyordu. Baltası her indiğinde Canary, duyduğu sesle irkildi. O sırada penceresine kadar ulaşan söğüt ağacının ılık rüzgarda hışırdayan sesini duyunca rahatladı.

Canary, babasıyla birlikte alıp büyütmüştü o ağacı. O gün sabah erkenden annesini de alıp, dostlarıyla birlikte kayıkla nehirde gezintiye çıkmışlardı. Ardından yine hep beraber piknik yapmışlar sonra da geri dönerken pazara uğramışlardı. Canary salkım söğüt fidanını görünce tutturmuş, babası da hemen almıştı. Ertesi gün ailece söğütü dikmişlerdi. Babası karısına dönüp, "Ailemiz bu söğüt salkımları kadar bereketli ve çok olsun." demişti.

Canary, ağacı aldıkları günü ve babasının söylediklerini dün gibi hatırlıyordu.

Annesi akşam yemeği hazır olduğunda birkaç kez kapısına gelip seslense de Canary cevap vermedi. Bir süre sonra üvey babası geldi ve Canary'i sordu. Yanında kızıyla evlenmek isteyen baltacı da vardı. Annesi bir kez daha odasının kapısını vurduğunda endişeliydi. Sonunda kocasına söylemek zorunda kaldı. Kadının kocası yanındaki adamla birlikte Canary'nin odasına çıktı, kız yine ses vermeyince kapıyı kırdılar. İçeri girdiklerinde Canary odasında değildi.

"Gitmiş!" dedi annesi dehşete kapılarak.

Üvey babası açık pencereden dışarı bakarken öfkeden homurdanıyordu. Diğer adam ise hakkı olmadığı halde kaba saba sözlerle kızı yerin dibine sokuyordu. Alfred, kapının eşiğinde bekleyen karısını itti ve yere düşürdü. İki öfkeli adam gece yarısı Canary'i aramak için yollara düştüler.

Dolunayın yol göstericiliği eşliğinde babasını son gördüğü yerde, köprünün üzerinde buldu kendini. Gecenin serinliğinde üzerindeki incecik elbisesiyle titrerken bir yandan da sessizce ağlamaktaydı. Saklanacak yeri yoktu. Nereye gitse onu kolaylıkla bulabilirlerdi. Ya olan bitene boyun eğecek ya da...

Birden aklından geçen düşünce daha fazla titremesine neden oldu. Babası gibi kendini nehrin sularına bırakacak ve yaşamak için hiç çaba sarf etmeyecekti. Zaten bu evlilik olursa ölmüş olmayacak mıydı? Ha şimdi ha birkaç gün sonra ne fark ederdi. Sert bir esinti gözyaşlarını yalayıp geçip gitti. Canary babasının öldüğü o gece de dolunay olduğunu anımsadı. Sonra nehrin karanlık sularına eğildi, "Kutsal nehir babamı aldığı gibi beni de al," diye mırıldandı. Sesinde artık korku tınısı yoktu. Gözlerini kapadı ve kendini nehre bıraktı.

∞

Bir Chullondie'nin İlk Aşkı

Canary nehrin sularına doğru süzülürken aklında babasından başka hiçbir şey yoktu. Ne annesi ne geride bıraktıkları ne de ölümün gizemli kolları. Ancak tam da o sırada Richmond olan biteni görmüş, Canary'nin kendini sulara bırakmasıyla birlikte hemen harekete geçmişti. Canary'nin ince elbisesi suya değmeden önce Richmond onu belinden kavrayıp köprüye çıkarttı. Canary gözlerini açtığında kendini Richmond'ın kollarında buldu.

"Sen..." dedi ve devamını getiremeden yaşadığı strese dayanamayarak bayıldı. Richmond kızı daha sıkı kavradı. Canary tüm güzelliğiyle

111

kollarındaydı. Richmond, kendine gelmesi için onu çiftliğe götürmek için oradan uzaklaştı.

Richmond, Canary'i çiftlikteki konuk odalarından birine getirip yatırdı. Canary gözlerini açtığında Richmond'ı kendisini izler halde buldu.

"Seni nereye götüreceğimi bilemedim. O yüzden çiftliğe gelmenin daha uygun olacağını düşündüm," dedi bir çırpıda.

"Teşekkür ederim," dedi Canary kendine gelmeye çalışırken. "Sana zahmet verdim. Lütfen beni bağışla," Bunu söylerken bakışları Richmond'ın yüzünde değil, kendi ellerinin üzerinde geziyordu.

Richmond ise bu büyüleyici güzelliğin nasıl olurda kendini öldürmek isteyeceğini düşünüyor, kızın durumuna üzülüyordu.

"Kendini nasıl hissediyorsun?"

"Bilmiyorum. Yani, daha iyi olacağım. Umarım."

"Bak, dün gece olanlar hakkında…"

"Hayır, lütfen. Sen çok kibar ve çok yardımseversin. Bana yardım ettiğin için çok şanslıyım ama… ama bunun bir faydası olmayacak ben…" Canary cümlesini tamamlayamadan yine hıçkırıklara boğuldu. Richmond onu kendine çekti ve göğsüne yasladı. Richmond, kızın ne yaşadığını daha dün gece onu köprüden atlamak üzereyken gördüğünde anlamıştı. Zorla istemediği bir adamla evleneceği için evinden kaçtığını da.

Richmond da o güne dek hiç kimseye bu kadar yakın olmamıştı. Hiçbir kız onu Canary'nin etkilediği gibi etkilememiş, kalbini bu denli çarptırmamıştı. Canary de en az Richmond kadar bu duygulara yabancıydı. İçinde bir yerlerde hissettiği derin hüznün yanı sıra, kalbi anlayamadığı bir heyecanla bir daha hiç normal atamayacakmışçasına deli gibi çarpıyor, soluğunu kesiyordu. Bir süre sonra hıçkırıkları duruldu ve sessiz gözyaşları akıtır oldu. Kendini geri çektiğinde Richmond'ın ıslanan gömleğini fark etti. Başını kaldırıp yüzüne bakmaya cesaret edemiyordu. Sebebini sorsalar ne diyeceğini bilemezdi. Sanki Richmond'ın o gece karası siyah gözlerine bakarsa kalbinin neden böyle çarptığını anlayacak ve onu utandıracakmış gibi geldi.

İkisi de sessizdi. Sessizliklerinde çok şey gizliydi.

Duru bir aşk ikisinin de kalbini, aklını ve bedenlerini sarmak için harekete geçmişti. Şimdiden, onlarca kolu olan bir sarmaşık gibi Canary'nin kalbine sıkı bir düğüm atmıştı. O an yeryüzündeki en şanslı kadın kendisiymiş gibi hissetti. Kimsenin önünde durmaya cesaret edemediği o güçlü, iyi kalpli, yardımsever, kendinden emin,bakışları dolunayı bile kıskandıran kahramanın yanındaydı. Az önce onun göğsünde ağlamış, kalp çarpıntılarını duymuş ve titreyen bedenini fark etmemesi için kendini geri çekmişti.

Neler oluyordu böyle, zihnini ve kalbini ele geçiren bu duygu da neyin nesiydi? Aşk, aşk dedikleri şey bu muydu? Aşık olan herkes böyle mi titriyordu, böyle mi utanıyordu? Yoksa onunki aşktan da öte bir duygu muydu, daha güçlü, daha derin ve daha masum?

Canary o güzel başını kaldırıp kendisine baksa, mavi gözlerinin koyuluğunda kendini kaybedebilirdi. Alnını örten saçlarını eliyle düzeltse, sonra iki eliyle ipek gibi yüzünü avuçlarının arasına alsa...

Bir insan ve bir Chullondie... bu mümkün olabilir miydi? Yarı kuzgun bir adam, güzel bir insan kadın tarafından sevilebilir miydi?

"Gitmeliyim," dedi Canary. Bakışları hala ellerinin üzerindeydi. Richmond duygularının sarhoş edici dalgalarıyla savrulurken bunu hiç beklemiyordu. Canary'nin başını kaldırdı ve kendine çevirdi.

"Gitmen gerekmiyor. Seni üzen bu durumu halledebileceğimi düşünüyorum. Kimsenin sana zarar vermesine izin vermem. Bana güvenebilirsin,"

"Yapamam Richmond, seni de bu işe bulaştırıp..."

"Senin için her şeyi yapmaya hazırım," dedi Richmond. Sevgi dolu bakışlarında kararlılık vardı. Bu bakış, bu tavır, Canary'nin midesinden kalbine yükselen bir karıncalanma etkisi yarattı. Elinde olsa bir daha asla Richmond'ın yanından ayrılmazdı. Bir ömür onun şefkat dolu cesur kanatlarının altında kalır, hayatını ona adardı. Ama bu imkansızdı. Onu bulmaları an meselesiydi. Richmond'ı da bu işe karıştırıp üzmek istemiyordu. Ne yaparsa yapsın o adamla evlendirilecekti. Canary, yüreğinde delici bir sızı hissetti. Bu yüzüne de yansımıştı.

"Seni o eve yollayamam, istemediğin biriyle zorla evlenmene izin veremem," dedi Richmond. Canary bu ani itiraf üzerine bir an duraksadı. Sonra tüm Chullondie'lerin düşünce okuyabildiklerini hatırladı. Derin bir nefes aldı. Şimdi kendini biraz daha rahatlamış hissediyordu.

"Başından beri biliyor muydun?"

"Dün gece seni köprüde gördüğüm andan beri…"

"O halde neden ölmek istediğimi ve neden…"

"Evet, her şeyi. O kederli an aklından geçirdiğin her şeyi duydum. İşte bu yüzden seni o eve gönderemem. Bunu kendine yapmana izin veremem,"

"Sadece bu yüzden mi?" diye sordu Canary. Cümlesi biter bitmez dudaklarından dökülen kelimeleri nasıl bir araya getirdiğine hayret etti.

Richmond gülümsedi. Canary'nin kalp çarpıntısını kendi kalbinde hissediyor, aklından geçen her şeyi biliyor ve bu da çok hoşuna gidiyordu. Elini avucunun içinde aldı.

"Seni…" cümlesini tamamlayamadan odanın kapısı şiddetli bir yumrukla açıldı. Canary ürkerek sıçradı. Richmond ayağa kalktı. Kapı, Cross ve yanındakilerle birlikte ardına kadar açılmıştı.

"Canary!" dedi Cross'un yanındaki öfkeli adam. Bu Canary'nin üvey babasıydı. Yanında da evleneceği adam duruyordu. İkisinin de gözlerinden alev fışkırıyordu. Neredeyse Cross'a olan saygılarını kaybetseler kızı orada hırpalayacaklardı. Richmond adamların niyetlerini oracıkta anladı. Cross oğluna bakarken neden burada olduklarını sormaya hazırlanıyordu.

"Baba," dedi Richmond, Canary'nin yanında durarak.

"Bu adam kızını istemediği bir adamla zorla evlendirmeye kalkıyor. Üstelik kendi borçları yüzünden kızını ömür boyu mutsuz etmeyi umursamayarak!"

"Bu doğru mu Alfred?" diye sordu Cross yanında öfkeyle kızaran adama. Adamın cevabından önce baltacı bir adım öne çıktı. Gözleri Canary'nin üzerinde acımasızca dolaşıyordu. Canary bakışlarından irkilerek başını yana çevirdi.

"Bu kız benim nişanlım efendim. İki gün sonra düğünümüz var. Sanırım bir yanlış anlaşılma oldu ve beni yanlış anladı.. Biz kendi aramızda çözüp halledebiliriz. Onu bulup teslim ettiğiniz için minnettarız," dedi.

Canary'nin üvey babası bıyık altından sırıttı. Canary, boğazına oturan yumru ile bir süre yutkunamadı. Fark etmeden avuçlarına batırdığı tırnakları canını yakmıştı. Adam bir hamlede kızını kolundan tuttu ve yanına çekti. Sinsice kolunu acıtırken Cross ve oğluna minnettar olduklarını belirterek önlerinde eğilip hızla çiftlikten uzaklaştılar. Canary götürülürken arkasına bakmaya bile fırsat bulamadı. Adam kızı atına bindirdi ve homurdanarak oradan uzaklaştı. Canary bilinmeyene doğru giderken gözlerinden akan yaşlar çenesinden aşağı süzülüyordu. Aklında olan tek şey Richmond'dı. Artık ölse bile aklında sadece o kalacaktı.

"Baba, büyük bir hata yapıyorsunuz o adam..."

"Richmond hassasiyetini anlıyorum oğlum ancak o kızın babası, diğeri de nişanlısı. Aralarındaki tatsızlık bir aile konusu, bizim karışmamız doğru olmazdı."

Cross, oğlunun omzunu sıvazladı ve tebessüm ederek yanından ayrıldı. Richmond olan bitenin o kadar da masum olmadığını çok iyi biliyordu. Canary'yi o kaba saba adamın elinden kurtarmalıydı. Artık Canary olmadan yaşam kuru bir pelit iğnesi kadar gayesiz olacaktı.

Richmond düşünmek üzere çiftlikten ayrıldı.

∞

Büyük Londie Yangını

Richmond bir ağacın gövdesine yaslanmış düşünürken, nehrin suları hafifçe dalgalandı. Suyun üstünde bir gölge, karartı halinde adacığa doğru süzüldü. Ağaçların yaprakları hışırdarken Richmond gelen tehlikenin farkındaydı. Oturduğu yerden fırlayarak en yüksek ağacın tepesine çıkıp etrafı gözlemledi. Hiçbir yabancı koku almamıştı. Ancak bir şeyler onu huzursuz ediyordu. Emin olmak için Londie çatılarının üzerinde birkaç tur attıktan sonra içindeki duygusal boşlukla beraber çiftliğe geri döndü.

Düğüne bir gece kala Canary odasında gözyaşları içinde Richmond'ı düşünüyordu. Yanından ayrıldığından beri aklından bir dakika olsun çıkmamış, yiyip içmeden kesilmiş, hassas ve narin bedeni zayıf düşmüştü. Annesi kızının bu haline kahroluyor ancak elinden bir şey gelmiyordu. Ara sıra odasına gidip onu teselli edecek şeyler söylüyor fakat sonunda yine işe yaramadığını görüyordu. Canary hiçbir zaman zenginliğe ve lükse önem vermemişti. Seven ve iyilik dolu yüreği onu sımsıkı kuşatırken, onun maddi şeylerde gözü olmamıştı. Annesi ne anlatırsa anlatsın, zengin yaşam onu hiç ilgilendirmiyordu. Tek istediği Richmond'ı son bir kez görebilmekti. İçini kasıp kavuran duygu seli, Richmond'ın onun gibi hissetmemiş olabileceği yönündeydi. Yoksa şimdiye dek onu gelip alır ve asla bırakmazdı. Aklından yüzlerce soru geçiyordu. Sonunda yenik düştü ve onun kendisi gibi hissetmediğine karar verdi.

Ve ölüm... ölüm bile bu acıyı dindirecek kadar güçlü değildi onun gözünde. Yarın gece, düğün gecesi hayatına son verecekti. Hem de herkesin gözü önünde.

Canary o gece, ölüm gününe saatler kala derin bir uykuya daldı. Rüyasında Richmond'ı ve onunla birlikte geçireceği mutlu hayatını gördü. Çocuklarını gördü. Onlara sarıldı ve son kez kollarına alıyormuşçasına teker teker öptü.

Ertesi sabah Richmond huzursuz bir rüyadan uyandı. Canary'nin düğün günü olduğunu biliyordu. Babası ya da diğer insanların ne düşüneceğini umursamadan Canary'yi görmek için evlerine doğru yola çıktı.

Üvey babası ve nişanlı alt katta içkilerini devirirken arada bir homurtuyla geğiriyor, ellerindeki içki boynuzlarını tokuştururken içkilerini sağa sola savuruyorlardı. Nişanlı neden bu kadar bekletildiğini düşünerek söylenmeye başladı. O sırada elindeki içki boynuzu sallandı ve beyaz gömleğini lekeledi. Dökülen kan kırmızısı içki adamın yepyeni damatlığını batırdı. Adam bunu görür görmez öfkeden kıpkırmızı oldu. Boynunda ve alnında kabaran damarlar yüzünü coğrafi bir harita gibi ortadan ikiye bölmüştü. Alfred karısına seslendi ve sonra birkaç küfür savurdu.

Annesi Canary'yi giydirmiş, gözyaşları içinde ayakta durmakta zorlanan kızını teselli etmeye çalışıyordu. Aşağıdan gelen sesleri işitince toparlandı.

"Güçlü olmak zorundasın Canary, bugün senin düğün günün. İnan bana yarın hayatın daha güzel olacak. Herkesin sahip olmak için can attığı şeylere sahip olarak uyanacaksın. Şimdi toparlan ve babanı sinirlendirme. Biliyorsun o öfkelenince kötü şeyler oluyor." Kadın kızının yanağına sessiz bir öpücük kondurarak odadan çıktı.

Canary yığılır vaziyette kendini yatağın üzerine bırakırken penceresinde bir tıkırtı duydu. Kafasını kaldırıp baktığında Richmond açık pencereden içeri giriyordu. Canary ona bir şey olmasından endişe ederek aniden kalkmaya çalıştı. Fakat zayıf düşen bedeni buna dayanamamış, başı dönerek yeniden yatağa devrilmişti. Richmond onu kollarına aldı.

"Richmond neden kendini tehlikeye attın hemen uzaklaşmalısın seni görürlerse…"

"Kimin ne düşündüğü umurumda değil Canary, sana bunu yapmalarına izin veremem. Seni göz göre göre ateşe atamam,"

"Neden, neden bana bu kadar koruyucusun Richmond. Ben de diğer Londie'liler gibi sıradan bir insanım senin gözünde. Yardım ettiğin diğer insanlardan farkım nedir?" dedi Canary gözlerindeki umut ışığıyla Richmond'ın gözlerinin içine bakarken. Richmond kızı kaldırdı ve belinden kavrayarak dik tuttu.

"Sen hayatım boyunca gördüğüm en eşsiz güzelliksin Canary. Yüzün ve kalbin, atalarımı ve ölen herkesin ruhlarını kıskandıracak kadar masum. Artık sen olmadan eski Richmond olamam. Seni her iki ruhumda da hissediyorum Canary. Sen benim tamamlayıcımsın. Benim güzel olan nadide parçamsın. Seni seviyorum, seni çok seviyorum."

Canary, Richmond'ın dudaklarından dökülen kelimelerin her birini coşkuyla kalbine hapsetti. Onun için hayatından bile vazgeçmeyi düşündüğü adam şimdi karşısında ona aşkını fısıldıyordu. Kendini onun kollarına bıraktı ve Richmond'ın, daha önce kimsenin şahit olmadığı ruhuna teslim oldu. Sonra aniden yine o ölüm soğuğu sardı içini. O sırada kapı sert bir tekmeyle ardına kadar açıldı. Nişanlı ve üvey baba tam karşılarındaydı.

"Cross'un oğlu olman nişanlımı elimden alma hakkını sana vermez. Derhal kızı bırak!" dedi öfkeli nişanlı. Ardından üvey baba söze girdi.

"Biz seni adaletli ve güvenilir biri olarak bilirdik. İznim olmadan kızımı kaçırmaya mı çalışıyordun, hem de düğün gününde!" dedi içkili üvey baba.

Adam bunları söylerken sarhoşluğundan aldığı cesaretle alaycı bir tavırla söylemişti. Richmond hayatı boyunca kimseyi kırmamış, tek bir kişiye bile kötü davranmamıştı. O an orada bulunan herkes de bunu çok iyi biliyordu. Richmond koltuk altından çıkmaya çalışan kanatlarını geri itti.

"Evet, haklısın Alfred ben adaletli biriyim ve bununla da gurur duyarım. Şu an yaptığım şey de tam olarak bu. Adalet!"

"Nasıl adaletmiş bu, başkasının nişanlısını zorla elinden alarak mı!" diye haykırdı adam. Richmond'ın üzerine yürüyecek gibi bir hali vardı.

"Canary senin üvey kızın Alfred. Ona bir baba gibi davranmadığını herkes biliyor. Kendi borçların yüzünden kızını bu adama satmak istiyorsun. Onu ömrü boyunca mutsuz etmek pahasına buna göz yumuyorsun. Sırf kendi menfaatlerin için. Söyle şimdi adalet bunun neresinde!"

Canary'nin zayıf bedeni daha fazla dayanamadı ve elleri, tutunduğu pencere pervazından hissizce kayarak yere düştü. Richmond tek koluyla onu kaldırdı ve kucağına aldı. Bunun üzerine küplere binen sözde nişanlı kendinden geçmiş bir öfkeyle Richmond'ın üzerine yürüdü. Richmond kendisine saldırmak için gelen adamı tek ayak hamlesiyle kapının eşiğine fırlattı. Sert bir şekilde kapıya çarpan adamın ön dişlerinden biri kırıldı. Öfkeli adam burnundan soluyordu. Yerdeki kırılan dişini eline aldı. Bu sırada olan biteni gören ve Richmond'ın güçlerinin farkında olan üvey baba sendeleyerek duvara çarptı. Richmond sebebi ne olursa olsun bir insanın canını yaktığı için üzgündü.

Canary'nin annesi çığlık çığlığa haykırırken Richmond ve Canary açık pencereden dışarı süzüldü. Alfred, yerde kendine gelmeye çalışan adamı sertçe ensesinden tutarak ayağa kaldırdı. Adam, sarhoşluğunun da verdiği sersemlikle sarsakça ayakta durmaya çalışırken öfkeli üvey baba adamın yakasına yapıştı.

"Seni budala sarhoş! Richmond'ın neler yapabileceğini bilmezmiş gibi onun üzerine yürümek de neyin nesiydi! İkimizi de öldürebilirdi!"

"Merak etme Alfred o saf iyilik meleği kimseye zarar veremez. Görmedin mi dişim kırıldı diye ne kadar üzüldü. Canary'yi onun elinden alacağım. Bugün bu düğün olacak yoksa hepinizi gebertirim!" Hiddetli nişanlı burnundan soluyarak evden ayrıldı. Alfred ondan habersiz bir işe

118

kalkışmaması için peşinden gitti.

Richmond, Canary'yi kendini en iyi hissettiği yere, nehrin kuzeyindeki kuleye getirdi. Canary gözlerini açmaya başladığında Richmond eski gücünü toparlayabilmesi için ona pelit tohumu eziği hazırlamıştı. Canary, Richmond'ın dizlerine yasladığı başını yavaşça doğrulttu.

"Yanımdasın, beni bırakmadın,"

"Tabii ki bırakmadım, seni bir daha asla bırakmam. Hadi biraz şundan ye. Bu seni güçlendirecektir."

Canary, Richmond'ın pütürlü avuç içinden aldığı pelit eziğini ağzına attı. Hayatında ilk defa yediği bu şeyin tadı biraz acımsı biraz da ekşiydi. Yuttuktan sonra da naneli bir ferahlık vermişti içine. Richmond nehirden avuç içine aldığı bir miktar suyu getirip Canary'ye içirdi. Canary saniyeler içinde eski gücüne kavuşmuştu bile. Göz bebekleri yeniden ışıldıyor, yanakları pembeleşmeye başlıyordu. Richmond uzun uzun ve tatlı tatlı kızın gözlerine baktı.

"Şimdi ne yapacağız?" diye sordu Canary.

Richmond gözlerini nehre çevirdi. Canary yanına gidip kolunun altına girdi. Richmond kızın bu davranışı karşısında tüm hüzünlerini dağıttı ve yarı açılır yarı kapanır kanatlarıyla kıza sarıldı. Birlikte bir süre sessizce nehri izlediler.

Üvey baba ve nişanlı tüm Londie'yi Richmond'a karşı kışkırtmak için harekete geçmiş, ev ev dolaşıp yaptıklarını anlatmış, düğün günü nişanlısını çaldığı için yapmacık bir duygu sömürüsü ile insanların kafasını karıştırmışlardı. Kısa sürede olan biten Cross'un kulağına geldi. Cross, Archway ve diğer Chullondie'leri toplayıp durumu anlattı.

"Richmond'ın nerede olduğunu bildiğinizi biliyorum. Bana bunu derhal söylemelisiniz, aksi takdirde köylülerde başlayan bu dedikodular zamanla isyana dönüşebilir."

"Kimse Richmond'ın sebepsiz yere birini kaçırdığına inanmaz. İstedikleri kadar kışkırtmaya çalışsınlar başarılı olamayacaklar," dedi Charlbert. Diğerleri de ona hak verircesine başlarıyla onayladılar.

"Merak etmeyin efendim Richmond'ı bulup onunla konuşacağız. Eğer isterse kendisi gelip sizinle görüşecektir. Şimdi müsaadenizle bir an önce harekete geçmeliyiz." dedi Archway. Cross onaylar şekilde kafasını salladı ve tüm Chullondie'ler açık balkondan gökyüzüne süzüldüler. Cross'un içini tarifsiz bir endişe kaplamıştı. Richmond'a ne sebeple olursa olsun zarar gelmesi onu kahrediyordu. İşin iç yüzünü bir an önce anlamalı ve üvey babayla nişanlıyı yatıştırmalıydı.

Sarhoşluğundan eser kalmayan zoraki nişanlının içini intikam ateşi bürümüştü. Çok iyi biliyordu ki Richmond bir daha Canary'yi vermeyecekti. Önce gidip kıyıda düğün için kurulan yeri yerle bir etti. Süsleri parçaladı. Yemekleri nehre fırlattı. Eline geçen ne varsa her şeyi nehre ve kalabalığın üzerine savuruyordu. O sırada kulede bulunan Richmond olan bitenin farkındaydı. Canary ise derin bir uykuya dalmıştı.

Archway ve diğerleri nehre geldiklerinde adamın vahşice etrafa saldırdığını görüp yanına indiler. Archway adamı tek eliyle kaldırıp tuttu. Öfkeli nişanlı kollarıyla ve ayaklarıyla tekmeler atarak kurtulmaya çalışıyor ancak hiçbiri Archway'e isabet etmiyordu. Adam öfkesinden daha da kudurmuştu.

"Sakinleşeceğine söz verirsen seni bırakırım yoksa nehrin sularını boylarsın." dedi Archway.

Adam başka türlü kurtulamayacağını anlayınca kabul etti. Sakinleşir gibi yaptı ve Archway onu yere indirdi. Adam bir süre nefes alıp verişini kontrol etmeye çalıştı. Ardından kükreyerek onu izleyen herkese seslendi.

"Richmond bize ihanet etti! Londie'lilere yaptığı bu ihaneti çok ağır ödeyecek. Nişanlımı düğün günü elimden aldı. Onu kaçırdı ve sakladı. Artık o bir iyilik meleği değil! O, kara büyünün etkisine girdi. Artık o bir canavar!"

Adamın bu haykırışının üzerine derin bir sessizlik çöktü. Kimseden çıt çıkmıyordu. O sırada Richmond köprünün üzerinde belirdi. Archway onun gelişini daha önceden sezmişti.

Richmond'ın geldiğini fark eden köylüler aralarında fısıldaşmaya başladılar. Kimse inanmak istemiyor ancak olan biten karşısında ne düşüneceklerini de bilemiyorlardı. Herkes Richmond'ın ağzından çıkacak cümleleri beklemeye koyuldu. Archway ve diğer Chullondie'ler de tek adımla şimdi Richmond'ın arkasında duruyorlardı.

Richmond üzgündü. Gözleri kederli bakmakta, ruhu hayal kırıklığıyla çırpınmaktaydı.

"Ben, kimsenin canını yakmak istemedim. Bu olanlar benim suçum değil. Ben ve kardeşlerim hayatlarımızı Londie'nin bekası için adadık. Bunu hepinizin bildiğini sanıyorum. Ancak bugün burada olan şey daha önce hiç yaşanmadı. Genç bir hanım, üvey babası tarafından zorla bu adamla evlendirilmeye çalışılıyordu. Adaletiyle tanıdığınız Richmond, göz göre göre buna müsaade edemezdi!"

Nişanlı öfkeyle gerildi.

"Sen kim olduğunu sanıyorsun! O benim nişanlım onunla evlenmeme ne sen ne bir başkası karışabilir. Onu nerede saklıyorsan hemen getireceksin yoksa tüm Londie'yi yerle bir ederim!"

Archway, Richmond'ın yanına yaklaştı.

"Kardeşim, aklından ne geçtiğini biliyorum ama bu mesele burada kapanmazsa felaketlerle sonuçlanabilir. Sana güveniyorum."

"Richmond!" dedi arkalardan gelen bir atlı. Cross atından indi ve köprüye çıktı.

"Oğlum, sen bir Chullondie'sin. Asla bir başkasının olana göz dikmez asla yanlış yapmazsın!"

"Lütfen baba!" dedi Richmond. Daha önce babasına bu şekilde sert bir üslupla konuşmamıştı. Cross oğlunun gözlerindeki bu ifadeyi ilk kez görüyordu. Gözlerinde aşk vardı. Cross ellerini açarak kalabalığa seslendi.

"Richmond'ın adaletinden yana kuşkusu olan hemen şimdi konuşsun! Yoksa bu mesele burada kapanacak!"

Cross'un bu sözleri üzerine Richmond rahatlamıştı. Babası ona inanıyor, doğru olanı yaptığını biliyordu. İnsanlar bunun üzerine yaşasın kralımız, yaşasın Chullondie'ler diye tezahüratlar eşliğinde tempo tuttular. Alfred ve karısı sessizce kalabalıktan sıyrılıp evlerine doğru uzaklaştı. Zoraki nişanlı ise hala burnundan soluyordu. Richmond'a öfkeli bir bakış fırlattıktan sonra atına bindi ve peşinden gelen birkaç kafadar arkadaşı ile nehir kıyısından ayrıldı.

Richmond coşkulu kalabalığın tezahüratları eşliğinde gidip Canary'yi getirdi. Olan biteni anladıktan sonra sevinç gözyaşlarına boğulan Canary, Richmond'ın boynuna sarıldığında, Londie halkı ilk kez bir insanla Chulondie'nin aşkına şahitlik ediyordu. Cross, en kısa zamanda Londie'nin en büyük ve en görkemli düğününün yapılacağını duyurdu. Richmond, köprünün üzerinde, serin akşam rüzgarı saçlarını dalgalandırırken Canary'yi öptü. Canary, Chullondie'nin güçlü nefesini içinde hissettiğinde büyülenmiş gibiydi. Ayakları yerden kesildi. O an etraflarındaki kalabalık hatta Londie bile yoktu. Henüz hiçbir canlı yaratılmamıştı.

Gece yarısından sonra Londie halkı evlerinde derin ve huzurlu bir uyku çekerken doğu pazarında sinsi bir hareketlilik vardı. Zoraki nişanlı, birkaç serseri arkadaşını da yanına alıp pazar yerine gelmiş, hemen oracıkta sinsi bir plan yapmıştı. Eski nişanlı-eski sözde nişanlı demek daha yerinde olur-son birkaç saattir kafasının içinde beliren ve ona emirler yağdıran seslerden kurtulamamıştı. Zihninde duyduğu fısıltılar ona yapması gereken her şeyi bir bir anlatıyordu. Eski sözde nişanlı hain planı gerçekleştirirken diğerleri sessizce uzaklaştı.

Richmond, Archway ve aynı anda uyanan Chullondie'ler üzerlerine gelen felaketi sezmişlerdi. Richmond, Canary'nin yanından ayrılırken Archway dışarda onu bekliyordu.

"Doğu tarafı Richmond! Doğu tarafında yangın başladı!"

Doğu pazarında yangın başlamıştı. Tezgahlar ve depodaki tüm mallar alev almış, alevler saniyeler içinde pazarda ne var ne yoksa yutup yok etmişti. Pazarın arka kısmında bulunan ahşap kulübelerde yaşayan insanlar alevleri fark edince çığlık çığlığa evlerinden dışarı fırladılar. Chullondie'ler pazar yerine vardığında alevlerin sardığı ve hızla yayıldığı yerleri gördüler. Hepsi birden soğuk nefeslerini gördükleri her alev topuna üfledi ancak aniden çıkan rüzgarın etkisiyle yangın, çoktan civar köylere kadar ulaşmıştı.

Londie'nin dolambaçlı ve taş döşeli dar sokakları kalabalığın geçmesini daha da zorlaştırıyordu. Sokak boyu birçok nalbant dükkanı, ekmek fırını ve peynir dükkanları vardı. Köylüler ve dükkan sahiplerinin bir kısmı eşyalarını ve mallarını kurtarmaya çalışarak koşuşturmaya başladı.

Yangın, hızını kesmeyen rüzgar nedeniyle birkaç dakika içinde hızla yayıldı. Ahşap kulübeler anında küle döndü, yüzlerce insan evsiz kaldı. İtişerek nehre su almak için koşturan köylüler, kıyıya vardıklarında hiç beklemedikleri bir manzara ile karşı karşıya kaldılar. Yangın, Londie köprüsünü de yok etmek üzereydi. Köprüden geriye kalan biri bir uçta diğeri öbür uçta duran iki sıska bacaktı.

Yangın ertesi gün öğlen saatlerine kadar hızını kaybetmeden sürdü. Saatlerce nehirden su taşıyan ve birbirlerine yardım eden insanlar sonunda yangını söndürmeyi bırakıp kaçmaya başladılar. Çoğu Londieli ahır kapılarını açtı ve hayvanlarını saldı. Atlarına binip gidebilecekleri en uzak noktaya doğru uzaklaştılar. Birçok Londieli de yangından kurtulabilmek için kayıklara ve sallara doluşarak nehir boyunca kaçmaya çalıştı.

Akşamüzeri ancak dinmeye yüz tutan yangın bu sefer de güçlü bir ateş fırtınasına dönüştü. Hava akımıyla sağa sola, yukarı aşağı dağılan güçlü alev topları nehrin üzerinde bile etkisini gösteriyordu.

Richmond, Archway ve diğer Chullondie'ler neredeyse son on iki saattir nefesleri kesilene kadar yangını söndürmeye çalıştılar. Evlerinde mahsur kalanlara yardım ettiler, kadınlarla çocukları nehir kıyısına taşıdılar, tutuşan ahırlardaki hayvanları kurtardılar ve Greenwich tepelerine doğru uzaklaştırdılar.

Ancak başlayan hava değişimi, yağmur bulutlarının göğü kaplamasıyla birlikte Londieliler için umut ışığı olmuştu. Fakat yanıldıkları bir nokta vardı. Alev fırtınası dağılırken, yağmur bulutu sandıkları gri bulutlar yıldırım etkisi yarattı. Gök gürledi, şimşekler çaktı ve her yere yıldırımlar düşmeye başladı. Büyük yıldırım önce nehrin sularına düştü. Deprem etkisi yaratan yıldırım dev dalgalara neden oldu. O sırada kayık ve sandallarla nehirde ilerleyen onlarca insan dev dalgalar sayesinde alabora oldu ve nehrin sularına gömüldü.

Başta Richmond ve Archway olmak üzere birçok Londieli yardım için nehre daldı. Bir kısım çocuk ve yetişkini kurtarabildiler fakat geride kalanlar güçlü dalgalar sebebiyle büyük denize doğru kapılıp kayboldu.

Cross ve ailesi de yangın esnasında yardım edenler arasındaydı. Nehirden kovalarla su taşıdılar ve bir an bile tereddüt etmeden yangının orta yerinde kalanlara yardım ettiler. Büyük yangın dinip de yerini alev fırtınasına bıraktığında Cross bitkin ve çaresizdi. Yangının başladığı geceden beri Bailey'i hiç görmemişti. Kendini topladı ve atına binip alev fırtınasına rağmen Bailey'in evine doğru sürdü.

Cross eve birkaç yüz metre kala atının yularını çekti, Bailey'in evi yangında yerle bir olmuştu. Etrafta kimse görünmüyordu. İnsanlar alevlerin kendilerine isabet etmemesi için olabildiğince uzaklara kaçmışlardı. Birçoğu kaçmayı başarabilse de bir kısım aynı nehir faciasında olduğu gibi alev toplarıyla kavrulup yok olmuştu.

Cross gözleri dolarken ilerde hızla uzaklaşan birkaç atlı gördü, peşlerinden gitti.

"Kaçın efendim hemen uzaklaşın buradan, alev topları size isabet etmeden kaçıp kurtarın kendinizi!" dedi yanında ilerleyen köylülerden biri.

"Bailey'i arıyorum nerde olduğunu bileniniz var mı?" diye sordu Cross. O sırada başlarının üzerinden şiddetli bir alev rüzgarı esti. Cross'un kaçmasını söyleyen genç rüzgara kapıldı ve alev topunun içinde savrularak gözden kayboldu. Ondan sonra herkes bir tarafa dağıldı.

Cross, atı Farraige ile toz ve alev karışımı gibi görünen dev hortumun etkisiyle, bir duman halkasının içine girdi. Bir süre duman çemberinin içinde sanki başka bir hava soluyormuşçasına ağır çekimde sağa sola savruldu. Cross atının üzerinden düşmeden ileri geri savrulurken duman bulutlarından göz gözü görmüyordu. Savrulduğu yerde kasırga uğultusu gibi bir ses yükseldi. Çatırdamalar duydu. Bir şeyler yer değiştirdi ve kırıldı.

Cross gözlerini açtığında kendini suyun dibinde bir ağaç kütüğünün içinde buldu. Küçücük bir oyuktan gördüğü atı ise gözlerinin önünde akıntıyla beraber uzaklara doğru savrulmaktaydı.Sıkıştığı gövdenin içinde hareket etmeye çalıştı. Ağaç kütüğü o kadar dardı ki Cross'un geniş omuzları ve heybetli vücuduna hiç hareket imkanı vermiyordu. Sular oyuktan içeri yavaş yavaş sızmaktaydı. Bir süre sonra kütük suyla dolacak ve Cross da içinde boğulacaktı kuşkusuz. Kolları ve dirsekleriyle kütüğü her iki yandan da bastırıp zorlamaya çalıştı. Ağaç o kadar sağlamdı ki, içeri su dolmadan önce çürüyüp gevşemesi imkansızdı. Cross birkaç kez daha denedi, işe yaramayacağını anlayınca çaresiz bir bekleyişe geçti.

∞

Muhteşem Archway

Archway, doğu pazarının yakınlarında gezinirken arka tarafta yanmış kulübelerin birinde bir ses duyduğunu sandı. Korkuyla bastırılmış sessiz bir çığlıktı bu. Archway sesin geldiği tarafa doğru ilerlediğinde yanmış kulübenin arka tarafında yaralanmış genç bir hanım olduğunu gördü. Kız, henüz yirmili yaşların başındaydı. Elbisesinin bir kısmı alev almış sonra sönmüştü. Archway kızı yavaşça yerden kaldırdı. Kız onu görür görmez saatlerdir süren korku ve endişesine yenik düşerek bayıldı. Archway kanatlarıyla kızın üzerini örttü ve fırtınanın arasında kendine yer bularak uzaklaştı.

Chullondie'ler ve köylüler Greenwich tepelerinin ardında alev hortumlarının dinmesini beklediler. Ertesi gün şafak söktüğünde yüzlerce Londieli artık evsizdi. Pelit ormanları ve Cross'un gül bahçeleri yerle bir olmuştu. Felaketin Londie'ye ve Londie halkına etkileri çok ağır oldu.

Richmond ve Archway, tepelerin ardına sığınan insanlara baktılar. İçlerinden birçoğu ailesini veya çocuklarını kaybetmişti. Evsizdiler. Yıkım ağır olmuştu. Archway'in gözleri babasını ve kardeşlerini aradı ancak o kalabalıkta bulması şimdilik zor görünüyordu. Bir gün önce baygın halde getirdiği kız yavaş yavaş gözlerini açtı.

"İyi misin?" diye sordu Archway. Crystal başını kaldırdığında, Archway'in şefkat dolu gözleriyle ona bakarak gülümsediğini gördü.

"Bilmiyorum, sırtımda ve kollarımda sızılar var. Hareket ettirince canım yanıyor."

Archway dikkatle kızın kollarını inceledi, sonra onu yavaşça ters çevirerek bir kısmı yanmış olan elbisesinin arasından sırtına baktı.

"Sırtında ve kollarında yanıklar var. Alev topu sıyırmış olmalı. Fırtınanın etkisiyle içleri toprakla dolmuştu. Sert darbeler almışsın. Şimdi hareket etme, kendini bana bırak," dedi.

Kız derin bir nefes aldı ve kollarını iki yana açarak gözlerini kapadı. Archway o an kızın yüzüne ilk defa dikkat etmişti. Dar bir alnı, hafif çıkık bir çenesi, yanaklarında birkaç pembe çili ve minik sivri bir burnu vardı. Archway şifalı nefesini önce kızın kollarında, sonra tüm bedeninde gezdirmeye başladı. Kızı ters çevirdi. Sırtına üflerken, kızın beline kadar uzun olan kızıl saçlarının uç kısımlarının yanmış olduğunu gördü. Saçlarını avuçlarının arasına aldı ve üfleyerek ovuşturdu. Birkaç saniye sonra ellerini açtığında saç uçları eski haline dönmüştü. Kız gözlerini açarken az önceki sızılarının yok olduğunu hissetti. Uzandığı yerden doğrularak Archway'in boynuna sarıldı.

"Teşekkür ederim Archway. Bunu daha önce başkalarına yaptığını duymuştum ama bu kadar kolay olduğunu tahmin etmemiştim. Sen bir kahramansın tıpkı diğer Chullondie'ler gibi!" ve kız Archway'in beyaz yanaklarına bir öpücük kondurdu. Archway böyle bir şeyi hayatında ilk defa yaşıyordu. Bir kızın ona sarılması ve onu öpmesi…

İlk kez tattığı bu duygu utanmasına neden oldu. Dünden beri yaşadıklarını bir anlığına unutmuş, kendini bambaşka biri… sanki bir insan gibi hissetmişti.

"Teşekkür etmene gerek yok, bunu kime olsa yapardım," dedi. Sonra böyle sıradan bir cümle kurmuş olduğu için hayıflandı.

"Bu arada ben senin adını bilmiyorum. Sormakla büyük kabalık etmiş olmam umarım?"

"Crystal, adım Crystal. Annem batı pazarında nehir süsleri satardı. Artık…" Kız yangında kaybettiği annesini hatırlayınca gözleri doldu.

"Çok üzgünüm Crystal. Elimden gelen her şeyi yaptım ama…"

"Biliyorum, bu senin suçun değil. Topraklarımız büyük bir felaketle yerle bir oldu. Aynı şeyleri yeniden yaşamayacağımız bile garanti değil. Keşke ben de ailemle beraber…"

"Hayır! Böyle söyleme lütfen," dedi Archway. Gözlerinden yaşlar boşalan kızın çenesini nazikçe yukarı kaldırdı. Kızın bal rengi gözleri, gözyaşlarıyla beraber adeta ruhunu eziyordu.

"Her şey düzelecek anlıyor musun her şey eskisi gibi olacak. Londie toparlanacak, bizler eskisi gibi nehir kıyısında panayırlar düzenleyeceğiz. Bana söz ver Crystal, umutsuzluğa kapılmayacaksın?"

Crsytal, Archway'in siyah göz bebeklerine ilk kez bu kadar dikkatli bakıyordu. Archway onun kahramanıydı. Irkı ne olursa olsun o, kalbi sevgi dolu bir iyilik meleğiydi. Ve Crystal hıçkırıklara boğulurken kendini Archway'in kollarına bıraktı ve bir süre daha ağlamaya devam etti. O sırada

126

doğu pazarındaki peynir satıcılarından biri koşarak yanlarına geldi.

"Archway baban!" dedi. Nefes nefese kalmıştı.

"Onu gördün mü?"

Adam soluk soluğa dizlerinin üzerine çöktü.

"Çok üzgünüm Archway, Bailey'i az önce kaybettik. Biri onu hortumun tepelere doğru savurduğunu görmüş. Gittiğinde çoktan bir ölüymüş."

Archway hüzünlü gözlerinden yaşlar akan Crystal'ı nazikçe kaldırdı.

"Gitmem gerek." dedi. Sesi boğuk ve kederliydi.

Crsytal yaşlı gözlerle arkasından bakarken Archway babasının öldüğü tepeye doğru hızlandı.

Yaşlı Bailey bir insan gibi ölmüştü. Oğlu bir Chullondie olmasına rağmen ona yardım edememiş, ölürken yanında olamamıştı. Archway, babasını kollarına alırken bunları düşünerek acı bir kedere boğuldu.

∞

"Seni işe yaramaz Büyücü! Nasıl kafana göre hareket eder, ataların emirlerinin dışına çıkarsın sefil yaratık!" Diye gürledi Munin yaşlı bataklığın kenarında. Munin, Hugin öldüğünden beri ilk kez bu kadar öfkeli ve hiddetliydi. Ethel karşısında tir tir titrerken devam etti.

"Yaptığın büyü hiçbir halta yaramamış, tam tersine insan ırkına iyiliksever, iyi kalpli oğullar vermişsin! Söyle seni hain cadı kime hizmet ediyorsun, insan ırkıyla bağın nedir!"

Ethel ne diyeceğini bilemiyordu. Ne söylese işe yaramayacaktı.

"Be be ben dediğiniz her şeyi birebir yaptım Munin. Siyah çömlekte hazırladığım karışım aynen sizin söylediğiniz ölçülerde oldu. Nasıl böyle bir şey oldu anlamıyorum. Cadı doğduğum günden beri hiçbir büyüm ters sonuç vermemişti,"

Munin ve diğer atalar burunlarından soluyorlardı. Branwen söze girdi.

"İnsan ırkı sana ne vaat etti cadı Ethel? Onlar bizden daha güçlü ve kudretli değillerken seni nasıl kandırmış olabilirler! Yoksa aralarında başka bir cadının büyüsüne mi tutuldun?"

"Tabii ki hayır Branwen biri bana büyü yapamaz bu imkansız! Geri tepme büyüsü ömür boyu benimle olacak. Kimse buna cüret edemez!" Ethel söylediği son sözle sesini haddinden fazla yükseltmişti. Munin cadının bu cesaretine daha da öfkelendi.

"Yakılarak yok edileceksin Ethel! Hem de hemen!"

Munin'in Chul kargalarına verdiği işaret üzerine Ethel'in elleri ve ayakları bağlandı.

"Böyle anlaşmamıştık! Bana söz vermiştiniz, beni yok edemezsiniz! Bunu yapamazsınız!"

Ataların nefesi cadının üzerinde bir yılan gibi kıvrılırken Ethel'in karşı koyma büyüleri artık fayda etmiyordu. Öleceğini anlayan Ethel haykırarak bir şeyler anlatmaya çalıştı. Bataklığın üzerinde dev bir ateş onu bekliyordu. Kargalar kadını ateşe atmadan evvel Ethel'in son sözü *İğne* oldu, ardından ateşin içinde bataklığın diplerine doğru çığlıklar eşliğinde kayboldu.

Bu manzarayı izledikten sonra Baldric, gelen haberci Chul kargasından öğrendiği bilgiler doğrultusunda diğer atalara müjdeli bir haber vermek için kanatlarını dikleştirdi.

"Cross artık elimizde! Artık insan ırkı ölüme bir adım daha yakın. Londie ise yerle bir oldu. İstediğimizden de fazla insan öldü!" dedi kibirli gagasını kaldırarak.

"Bu daha başlangıç Baldric." dedi Munin. Henüz öfkesi dinmemişti. "En büyük kozumuz Richmond. Babası için ruhunu bize vermeyi ve ölene dek bize itaat etmeyi kabul edecektir. Bundan başka çaresi yok!"

Atalar, cadının neden ölmeden önce *İğne* dediğini anlayamadı ve pek üzerinde durmadılar. Ardından Londie üzerindeki yeni planlarını konuşmak üzere gizli yerlerine çekildiler.

∞

Henry Marlowe elinde sıkı sıkı tuttuğu kitapla beraber evine girerken, Londra'nın tarihinden bile eski olan kitapçı artık yerinde değildi.

Henry kitap kapağındaki kuzgun kabartmasını gördüğünde şaşırmıştı. Yıllardır yaptığı işten dolayı zaten torununa hep kuzgun masalları anlatmıştı. Çoğu efsane, çoğu masal, bazıları da Henry'nin yıllardır kendi yaşadıklarının ona göre masallaştırılmış haliydi.

Henry ve torunu birlikte bütün bir akşam puzzle yaptılar, kedilerin beden dilleriyle ilgili bir belgesel izlediler, ardından Henry'nin pişirdiği nefis somon ve İngiliz bezelyesinden oluşan bir akşam yemeği yediler ve uykuları gelene kadar puzzle yapmaya devam ettiler.

Saat epey ilerlemişti. Henry torunu yatırmak için odasına çıkardı ve kız gözlerini yumana dek kuzgun efsanesini okumaya devam etti.

Ertesi akşam ve onu takiben birkaç akşam daha kitabı her gece okumaya devam edecekti Henry. Kız, kitabı büyük bir ilgiyle ve heyecanla dinlerken uykusu eskisinden daha geç geliyor, neredeyse sonuna kadar okumasını istiyordu. Ancak kitap Henry'nin o gün dükkanda fark ettiğinden daha kalındı ve bitirmek için birkaç geceye daha ihtiyacı vardı.

Henry Marlowe o gece kitabı, kendisi de en az torunu kadar sonunu merak ederken bitirmeye karar verdi. Henry kitabın son sayfasına geldiğinde kız çoktan gözlerini yummuş, derin bir uykuya dalmıştı. Eğilip üzerini örttü ve yeniden koltuğuna yaslanıp son satırları okudu.

Hikaye umduğundan da tuhaftı. Kitabın sonunda bir de adres yazıyordu.

Blackheath Avenue, Greenwich, Newham

∞

Cross'u Kurtar!

Sesler bir baş ağrısı gibi ruhuna saplanıyor, sonra aniden kesiliyordu. Bazen de bulanık bir fırtına gibiydi. Karanlığı hatırlıyordu; kafasının içinde duyduğu uğultulardan önceki kopkoyu karanlığı...

Sonra çığlıklar yükseldi, alaycı kahkahalar gibi. Ardından karanlık aklına girdi, onu ele geçirdi. Nefesine süzüldü, soluğunu kesti. Hızlandı. Hızlandı ve söz dinlemeyen bir çocuk gibi sağa sola çarparak tüm bedenini sarstı. Acı çekiyordu. Kulakları uğulduyor, burun delikleri yanıyor, dişleri sızlıyordu.

Bu kahkahalar insanı çıldırtabilirdi. Zamanla arı vızıltısı gibi aklını tırmalamaya başladılar. Sesler uzun bir zaman-ama Cross ne zamandan beri o kütüğün içinde hapsolduğunu bilemiyordu-gözlerini açmasına engel oldu. Vızıltılar aniden durduğunda aklının ve bedeninin uyuşması da hafifliyordu.

129

Seslerin yarattığı titreşim tarifi imkansız bir huzursuzlukla her hücresini kemirir gibi yavaş yavaş eksiltiyordu.

Cross acıya dayanıklıydı. Güçlüydü, iradeliydi ve sabırlıydı. Tahammül sınırları diğer insanlara göre oldukça yüksekti. Ruhunda ördüğü duvarlar, bir kalkan gibi, gelen her tehlikeyi ve acıyı en aza indirgiyordu. Yine öyleydi ama bu sefer olan şey her ne ise duvarlarını usul usul, bundan zevk alıyormuşçasına yıkmaya başlamıştı.

Son sızı, burun deliklerinden boğazına indi ve ciğerlerini şişirdi.

Cross çocuk yaşlarında kardeşleriyle beraber nehir günleri ve panayır zamanı düzenlenen nehir yarışlarına katılırdı. İyi, çok iyi denecek bir yüzücüydü. Kendinden daha güçlü, iri cüsseli, uzun boylu kardeşlerini ve yüzücüleri bile her seferinde geçmeyi başarır, babasının ve Londie halkının beğenisini kazanırdı.

Bir mevsim, nehir günü kutlamalarında dörtlü gruplar halinde üç sıra yarışmacı Rodmark'tan gelecek işareti bekliyordu. Cross ilk sıranın başında, ağabeyi Arknel ise son sıranın ilk yarışmacısıydı. Arknel hırslıydı, tahammülsüz ve inatçıydı. Cross'a dönüp alaycı bir bakış fırlattı. Cross ise her zamanki gibi görmezlikten gelip babasının işaretini beklemeye koyuldu. Bu seferki yarış diğerlerinden daha önemliydi. Yarışın sonunda Londie'nin en iyi yüzücüsü seçilecek, bu kutsal ve önemli günde onur madalyasını kazanacaktı. Cross küçük yaşından beri bunun hayalini kurmuştu. Bir gün o madalyayı boynunda taşımak ve Londie'nin en iyi yüzücüsü olmak istiyordu.

Hatta bu hayalleri yüzünden başta Arknel olmak üzere birçok kardeşinin de alaycı şakalarına maruz kalmış, bacaklarının kısalığı yüzünden bunu sadece rüyalarında görebileceğini söyleyip günlerce, haftalarca kalbini kırmışlardı.

Ve Rodmark'ın işaretiyle birlikte yarış başladı. Dörder kişilik üç grup aynı anda nehrin sularına daldı.

Nehir kıyısında toplanan kalabalık, berrak nehir sularının derinliklerinde yüzen tüm yarışmacıları rahatlıkla izleyebiliyordu. Bir ara Arknel Cross'un önüne geçti. Cross şimdi tam önünde ilerleyen ağabeyini geçmeye çalışıyordu. Sonra aniden Arknel bacağını tutarak tökezlemeye başladı. Cross tam onu geçmişken ağabeyinin halini görüp geri döndü. Neredeyse bitişe kolaylıkla varacakken, ağabeyini o halde orada öylece bırakamadı. Arknel'in bacağına şiddetli bir kramp girmişti, tek başına yüzmesi imkansızdı. Cross onu kavradı ve sudan çıkardı. Belinden sürükleyerek kıyıda yardım için bekleyenlerin ellerine bıraktı. Yarışı kazanamamışlardı fakat Cross o gün kardeşliğin her şeyden daha değerli ve önemli olduğunu kanıtlamıştı. Başta Rodmark olmak üzere tüm Londie o gün Cross'un gelecekte nasıl bir yüreğe sahip olacağını çok iyi anlamıştı. Madalyayı kazanamamıştı ama halkın ve kardeşlerinin sevgisini ikiye katlamıştı. Arknel o olaydan sonra bir daha Cross'la dalga geçmedi ve kalbini kırmadı.

Cross gözleri kapalı, karanlıkla savaşırken bunları düşündü.

Savaşçı nefesi burnunu sızlatırken arada bir gül esintileri geliyordu yüzüne. Evindeydi. Gül bahçesinde eşi ve çocuklarıyla birlikteydi. Sonra aniden Richmond çıka geldi. Huzurlu bir tebessüm yayıldı beyaz yüzüne. Dollis koşarak sarıldı oğluna. Richmond'ın gözleri yalnız babasının üzerindeydi.

"Oğlum!" diye haykırdı arkasından güçlü bir ses.

Cross arkasını dönüp sesin geldiği yere baktı. Babası Rodmark, kucağında güllerle dimdik karşısındaydı. Cross'un içi katıksız bir sevinçle dolup taştı. Karısına ve çocuklarına döndüğünde hiçbiri artık orada değildi. Cross'un yüzü kederli ay ışığı gibi süzüldü. Rodmark hala onu bekliyordu. Cross babasının uzattığı gülü alırken gülün dev dikeni parmağına battı. Parmağından bir damla kan toprağa düştü, düşmesiyle birlikte tüm bahçeyi kırmızıya boyadı.

∞

Londie'nin yaralarını sarması için epey vakti gerekecekti. Richmond, Bailey'nin ölüm haberini duyar duymaz Archway'in yanına gitmişti. Yanında Canary de vardı. Richmond, kardeşini ilk kez ağlarken görüyordu. İçinde tarifsiz bir acı ve burukluk hissetti. Archway'in duygularını kendi ruhuna katıyor hafifletmeye çalışıyordu. Archway bunun farkındaydı.

"Sence Londie yine eskisi gibi olacak mı Richmond?" dedi Canary.

Richmond, Greenwich tepesinde kollarını göğsünde kavuşturmuş, aşağıda kızıl gri, dumanı üstünde Londie'ye bakıyordu. Eskiden evlerin ve neşeli insanların olduğu sokaklarda şimdi dumandan başka bir şey görünmüyordu. Londie, kül ve is karışımı dev bir yara gibiydi. Yangın durmuş, ara ara bazı yerlerde küçük bir odun ateşi olarak kalmıştı. Aşağıda görünen Londie adeta parçalanmış zihinlerin bölük pörçük, eskide kalan anıları gibiydi.

Richmond önce ses vermedi. Gözünün önünde yanıp küle dönen toprakların üzerinden çıkan dumanlara takılmıştı. Dumanlar bazı yerlerde olması gerektiği gibi, ancak bir kısım yerde halka halka dağılıyordu. Bu, Richmond'ın kulede hissettiği fakat kokusunu alamadığı şeyle ilgili olabilirdi. Gözlerini kapadı, uzaklardan süzülen halkaları hissetmeye çalıştı. Aniden Canary'nin koluna dokunmasıyla kendine geldi.

"Gidip babamı bulsam iyi olacak. Burada Chullondie'lerin yakınında kalmanı istiyorum sakın bir yere ayrılma Canary," Canary sessizce başıyla onayladı. Richmond uzakta dalgalanan duman halkalarına doğru gözden kayboldu.

Bu yangın Canary'nin de ailesini kaybetmesine neden olmuştu. Eve vardığında kendini içkiye veren Alfred, karısının yangın çığlıklarına kulak asmamış masanın üzerinde sızmıştı. Karısı, komşuların yardımıyla dışarı taşınırken, Alfred aniden çatının üzerine kapaklanmasıyla birlikte oracıkta ölmüş sonra da tüm evi saran alevlerle birlikte yanmıştı. Ölümü feci olmuştu. Karısı ise kayıklarla kurtulmaya çalışanların arasındaydı. Büyük denize doğru kapılıp gidenlerle birlikte yok olmuştu.

Canary henüz hiçbirinin farkında değildi.

Eski nişanlı ise kafadar birkaç arkadaşıyla birlikte atına atlamış, zaferini kutlamak üzere kendini içkiyle ödüllendirmişti. Ancak kısa sürede rüzgarın etkisiyle bir anda yayılan yangın etraflarını sardı. Birkaçı kaçıp kurtuldu. Sarhoş eski nişanlı atına binip tepelere doğru kaçmaya başladı. Kendini bir gölge gibi takip eden alevler onu sapa bir yolda kıstırdı. Kurtulmak için atını sağa sola savurdu, sonra başı dönerek dengesini kaybetti, atından düşerek kendini uçurumun dibinde buldu. Atı alevlerin arasından sıyrıldı ve kaçıp uzaklaştı.

Richmond sokağın başında, küle dönmüş bir evin kalıntılarının üzerinden atladı. Etrafı kolaçan etmek için ağır adımlarla dumanlı sokakta keşfe çıkmıştı. Yanmış ve içindeki her şey un ufak olmuş bir peynir dükkanının kapısında gri pelerinli bir kadın göründü. Kadın telaşlıydı. Belli ki dükkanında kurtarılabilecek bir şey kalıp kalmadığını kontrole gelmişti. Kadın Richmond'ı fark etmedi, hızlı adımlarla dükkandan çıktı ve gözden kayboldu.

Richmond bir süre daha sokak aralarında gezindikten sonra yanmış bir kulübenin önünde durdu. Duman halkaları son gördüğünde olduğu gibi teker teker göğe yükselmekteydi. Richmond, kül yığınına dönmüş kulübenin etrafında gezinirken halkalardan biri gelip boynundan aşağı geçti. Sonra yavaşça dalgalandı ve süzülerek tüm bedenini kavrayarak toprağa karıştı. Richmond kokuyu almıştı. Kendisine hiç de yabancı değildi bu koku. Yanık, kül, duman kokusu değil kendi kokusuydu bu. Sanki küllerin arasından kendi kokusunu alıyordu. Sonra gökten başına salına salına inen bir tüy fark etti. Beyaz tüyü aldı ve gözlerini dört açtı.

Chul ataları.

∞

Sıcak ve titrek bir el Canary'nin omuzlarına dokundu.

"Bayan Nenet!" dedi Canary. Yüzlü yaşlarının sonuna gelmiş olan zayıf kaburgalı kadın, kemikli bir yüze sahipti. Onu tanıyanlar kendi diktiği şapkasını uyurken bile başından hiç çıkartmadığına yemin edebilirlerdi. Canary, yaşlı kadını kolundan tuttu ve sarsmamaya özen göstererek oturmasını sağladı. Sonra kendi de kadının yanına oturdu.

"Sizi gördüğüme sevindim. " dedi Canary.

Kadın uzaklara bakarken derin bir iç çekti. Gözleri her ne görüyorsa oraya sabitlenmişti. Canary kadının bir sıkıntısı olduğunu düşündü.

"İyisiniz değil mi Bayan Nenet?"

Kadın, Canary'e bakmadan konuşmaya başladı.

"Zarif ve hassas Canary… yakında fevkalade bir şey yaşanacak ancak bu bir talihsizlik değil. Londie topraklarının bugüne dek hiç yaşamadığı bir olay hepsi bu,"

Kadın boşluğa bakar gibi sürdürdüğü konuşmasını aniden kesti. Canary kadının ne demek istediğini anlamamıştı. Bayan Nenet çevresinde sevilen ve hoş görülen biriydi. O güne kadar kimse onun bu şekilde konuştuğuna şahit olmamıştı. Bazı günler sabah erkenden kovasını alıp nehre gittiğini ve taş topladığını görenler olurdu. Soranlara tek kelime dahi etmezdi. Kovalarla taşıdığı taşları nereye götürdüğünü de...

Bunun dışında kadının hiçbir anormal tarafı yoktu. Canary kadının topladığı taşları biriktirip biriktirmediğini düşündü.

"Bayan Nenet ne demek istediğinizi anlayamıyorum. Bundan daha büyük bir felaket düşünemiyorum,"

"Felaket demedim çocuk beni iyi dinlemiyorsun. Evet önceleri belki felaket olarak adlandırılacak ancak sonra herkes bunun için şükredecek. Yetenekler ya da... hımm bir şey evet bir şeye verilen yetenekler ortaya çıkacak," ve kadın soluğunu yutup bir süre nefessiz bekledi. Ardından tuttuğu nefesini avucuna aldığı bir parça toprağa üfledi. Kadının avucundan yere saçılan topraklar bir araya geldi. Kendi etraflarında döndüler, çalkalandılar ve dağıldılar. Kadın parmağını toprağa uzattı ardından birkaç dize bir şeyler mırıldandı. Sanki eski dilde bir şarkı mırıldanır gibi. Canary'e sorsalar o mutlaka böyle söylerdi. Sonra kadın sustu.

"Şimdi dinlenmem gerek Canary, kendine dikkat et ve duman halkalarından uzak dur." Yavaşça oturduğu yerden kendinden hiç beklenmeyen bir atiklikle kalktı. Canary arkasından bakarken kadın, tepelerin ardında gözden kayboldu. Canary yıllardır tanıdığı bu kadının ne demek istediğini anlayamamış ancak söylediği her şeyi aklında tutmuştu. Richmond geldiğinde ona bundan bahsetmeyi düşündü.

Richmond, hiçbir yere kıpırdamadan Archway ve diğerlerini çoktan çağırmıştı bile. Elindeki tüyü göstererek devam etti.

"Chul ataları buradaymış. Bu yangın onların hain saldırılarından biri. Yakında başka bir felaketle daha karşılaşmadan evvel acil önlem almalıyız,"

"Chul bölgesine gidip atalarla konuşmayı öneriyorum. Her birimizin bir yarısı onlardan ve onlar bunu çok iyi biliyor. İnsan ırkının ve Londie'nin kurtuluşu için onlarla bir uzlaşmaya varabiliriz," dedi Acton. Ardından Archway söze girdi.

"Daha önceleri olduğu gibi mi? Yo hayır onlarla anlaşma yapmak imkansız. İnsanları onlara köle olmaya zorlamış oluruz,"

"Archway haklı kardeşlerim," dedi Richmond. "İlk insan ırkına yaptıklarını hepimiz biliyoruz, aralarındaki anlaşmayı da. Kimseyi tehlikeye atamayız. Tehlikeye girecek birileri varsa o da biziz,"

Richmond cümlesini tamamladığında arkasında tüten duman birden şekle girmeye başladı. Richmond'ın gördüğü dev halkalardan biri süzülüp tam ortalarına indi. Halkanın içi berraklaşmaya başladı. . Ardından Richmond'ı hüzne boğan şey göründü.

"Bu babam!" dedi Richmond çembere doğru atılırken. Archway onu kolundan tutup geri çekti.

"Babamı almışlar!"

Cross, okyanusun dibinde bir kütüğün içinde hareketsizce duruyordu. Gözleri kapalıydı. Chullondie'ler kütüğün içine dolan suyu fark ettiler. Archway, Richmond'ı sıkı sıkı tutuyordu.

"Bunu bize yapamazlar!" dedi içlerinden biri. Sonra halkanın içindeki görüntü bulanıklaştı ve bir süre sonra duman çemberiyle beraber yok oldu.

"Bırak beni Archway bunu tek başıma halletmeliyim. Babamı onların elinden kurtarmalıyım!"

"Seni tek başına bırakamayız Richmond göz göre göre seni tehlikenin içine atamayız. Ne yapacaksak hep beraber yapacağız!"

"Evet Richmond, ne olacaksa hepimize olacak. Babanı onların elinden kurtaracağız!"

"Biz Chullondie'yiz! Chul atalarından da güçlüyüz! En önemlisi hepsinden daha iyi bir kalbimiz var Richmond. Bunu başaracağız!"

"Şimdi beni iyi dinleyin hepimiz suyun gücünü kullanabiliyoruz ancak içimizden biri bu konuda en iyisi. Biz önce bunu hangimizin daha iyi yapabildiğini bulalım.. Ardından düşüncelerimizi birleştirip suyun yol göstericiliğini de kullanıp Cross'un yerini tespit edebiliriz," dedi Archway.

"Pekala Archway haklı, suyun yol göstericiliği sayesinde düşünceler kenetlenir ve güçler birleşir. Bunun için hemen nehir kıyısına gitmemiz gerekiyor." dedi Richmond. Bunun üzerine tüm Chullondie'ler nehre doğru süzüldüler.

"Önce sen," dedi Archway, Camden'ı işaret ederek. Camden diğerlerini arkasında bırakarak kıyıya yaklaştı. Yumruklarını birbirine birleştirdi ve kollarını, dirsekler birbirine paralel gelecek biçimde iki yana açtı. Ayağının altındaki toprak hareketlendi küçük bir hortum oluşturdu ve Camden'nı ayak bileklerinden sardı. Ardından gök gürültüsü başladı. Rüzgar gelip Camden'nın boynunu bir atkı gibi sardı. Ardından şimşek çaktı ve ince cılız bir yıldırım suya düştü. Su hareketlendi. Camden'nın ayak bileklerini ve boynunu saran toprak ve hava hortumları şiddetlendi. Camden hareketsizce dimdik duruyordu. Yüzünde ve göz kapaklarında hiçbir kıpırdama yoktu.

Greenwich tepelerindeki kalabalık gök gürültüsü ve nehre düşen yıldırımın ardından endişe içinde gözlerini kıyıdaki Chullondie'lere dikmişlerdi. Kimse, neler olup bittiğini anlayamıyor, sessizce olan biteni izliyordu.

Toprak ve hava şiddetini arttırırken suda herhangi bir dalgalanma olmadı. Camden gözlerini açtı ve ilk defa dünyaya bakıyormuşçasına gözlerini kırpıştırdı.

"O sen değilsin Camden," dedi Richmond elini omzuna koyarken. Camden diğerlerinin yanına döndü. Epey güç sarf etmişti, dinlenmesi için yalnız kalması gerekiyordu. Ardından Archway Shepherd'ın gelmesini istedi. Ve en son Richmond ile ikisi kalana dek her Chullondie aynı şeyi tekrarladı. Hiçbiri aradıkları güç değildi. Şimdi geride ikisinden başka kimse kalmamıştı.

Archway, Richmond'ın yapmasını istedi.

"Sen olduğunu hissedebiliyorum kardeşim hadi bitir şu işi!"

Richmond suya yaklaştığında Canary nefes nefese kalbini tutuyordu.

Richmond uzaklarda görünmesi imkansız olan Canary'e baktı.

Richmond gözlerini kapatır kapatmaz suya şiddetli bir yıldırım düştü. Tepelerden izleyenler çığlık atarak irkildiler. Yıldırım güçlü bir deprem etkisi yaratmıştı. Chullondie'lerden başka herkes dengesini kaybedip birbirine tutunmaya çalıştı. Richmond rüzgarı getirdi, ardından toprağı etrafına sardı.

Ve su…

Yıldırımın etkisi geçtikten sonra da nehir suyu dalgalanmaya devam etti. Yükseldi, alçaldı. Uzaklardan görünen ıssız deniz köpüklendi. Ortasına, sonra arkasına, çok uzaklarına yıldırımlar düştü. Richmond'ın omuzlarına kadar yükselen toz hortumu kesildi. Rüzgar durdu. Şimdi yalnız su coşuyordu.

Gökten küçük beyaz bir bulut suyun üzerine indi, içine girdi gözden kayboldu. Richmond gözlerini açtı. Bulut, etrafında dalgalanan su çemberiyle beraber yeniden yüzeye çıktı. Kıyıya vardı ve Richmond'ın önünde durdu.

Chullondie'ler Richmond'ın yanına geldiler. Kollarını birbirlerinin omuzuna koydular. Londie halkından geriye kalanlar olan biteni soluksuz izlemekteydiler. Chullondie'ler düşüncelerini yoğunlaştırdı. Sonra bir şeyler oluyor ya da olacakmış gibi ani bir sessizlik oldu. Ne bir canlı sesi ne bir kıpırdanma ne suyun sesi ne de bir nefes...

Hayat durdu.

Chul ırkı panik olup dört bir tarafa savruldu. Bataklık çatırdayarak kabuk tutmaya ve kurumaya başladı. Chul bitkisinin köklerinde kırılmalar oldu. Chul atalarının kanatlarından birer parça tüy düştü. Atalar neler olup bittiğini anlayamadan dünya karardı.

Su halkası sadece Chullondie'lerin zihinlerinde duyabilecekleri bir dilde konuşuyordu. Cross'un nerede olduğunu kulaklarına fısıldadı. Richmond'a yaklaştı, yaydığı göz kamaştırıcı ışıkla, tenini bir yıldız gibi parlattı. Richmond suya dokundu, *"tam sim no!"* diye seslendi, cümlesini bitirir bitirmez de gözden kayboldu. Richmond'ın aniden kaybolması üzerine tepelerin ardındaki kalabalıktan hayret nidaları yükseldi. Canary, etrafta gördüğü ilk ata bindi ve nehre doğru sürdü.

∞

"Richmond!" diye bağırıyordu Canary bir yandan atını kıyıya sürerken. Archway yaklaşan Canary'yi sakinleştirmek için yanına gidip onu atından indirdi.

"Ne oldu ona söyle Archway, o iyi mi?"

Archway boğazını temizledi. Olabildiğince normal ve sıradan görünmeye özen gösteriyordu.

"O iyi, merak edilecek bir durum yok. Cross... Chul ırkı tarafından esir alınmış. Denizin dibinde herhangi bir yerinde olabilir,"

Archway devam ederken Canary sendeleyip az kalsın düşecekti. Archway onu kolundan tuttu.

"Chul ırkı mı ama bu nasıl olur, onlar..."

"Bu uzun bir hikaye Canary, eminim Richmond her şeyi sana kendisi anlatmak isteyecektir. Her şey düzelecek lütfen endişe etme. Birazdan babası ve Richmond yeniden yanımızda olacaklar."

Canary gözyaşları yanaklarından süzülürken konuşmakta zorluk çekiyordu.

Archway bir süre ağlayarak yere kapanan Canary'nin başında bekledi. Canary bir müddet sonra sakinleşti ancak endişeli bekleyiş hala sürüyordu.

Sungrafi...melonda...eksinnutt...tam sim no...suo...naudiz, suo suo...

Richmond okyanusun dibinde ilerlerken yanında ona eşlik eden su Feetjie'leri vardı. Önlerinden, sağlarından ve sollarından yüzen binlerce çeşit deniz canlısı Richmond'ın kulağına fısıldıyordu. Tıpkı su Feetjie leri gibi...

Suo, suo, engkanto... feino... melonda...maori...patuparia...

Bu fısıltılar Richmond'ın doğru yönde olduğunu söylüyor, Feetjie'lerin yol göstericiliği sayesinde de hızla ilerleyebiliyordu. Richmond okyanusun dibini ilk kez görüyordu. Doğum sırasında cadı Ethel'in haykırdığı cümleler geldi aklına, *denizin dibindeki koyu bataklığın altında yatan kötülük bile henüz uyanmamışken...*

Hatırlar hatırlamaz Feetjie'ler onun ne anımsadığını duydular. Zihnine girdiler. Hep bir ağızdan narin ve yumuşak sesleriyle mırıldandılar.

Denizlerin dibinde bir bataklık vardır, büyük gün geldiğinde su siyaha dönüşür. Bataklığın kapıları ardına kadar açılır. Önce dördün dördüncüsü uyanır, ağzını açar, suların içindeki bütün canlıları yutar. Sonra dördün üçüncüsü uyanır, ağzını açar yeryüzündeki bütün suyu yutar. Ardından dünya koca bir kara parçasına dönüşür.

Kuru, çatlak ve bereketsiz.

Dördün ikincisi uyanır sonra, sürünür ve yerin altına sızar. Dişi toprağın nefesini alır ve onu bilinmeyen karanlığa hapseder. Ardından dördün birincisi uyanır. Bu öyle bir kötülüktür ki gözünü açtığında dünya kararır. Parmaklarını Ay'ın üzerine koyar, sonra Ay'ı savurur. Ardından yıldızları tek tek yerlerinden koparır. Güneş koyu bir taş parçası gibi asılı kalır gökte...

Boynuzlarını iki yana sallar, sallamasıyla birlikte dünya alevler içinde yanar. Yaşayan ne varsa ateşte kavrularak yok olur. Dördün birincisi görevini tamamlayınca diğerlerinin yanına döner. Yeni bir dünya kurmak için karanlık olana doğru yol alırlar.

Zarif ve narin Feetjie'ler hoş sesleriyle anlatırken, Richmond bunu bir masalmış gibi dinledi. Kim bilir belki de o an üzerinden geçtiği yer tam da o bataklığın olduğu yerdi. Richmond karşısına çıkan bir yunusa tutunarak yoluna devam etti.

∞

"Efendim Chullondie'ler güçlerini birleştirecekler, hepsi nehir kıyısında toplanmış ne yapmamızı buyurursunuz?"

"Demek artık oluyor," dedi Munin gözlerini eski bataklığa doğru çevirirken.

"Olası bir saldırı için hepimiz hazırız efendim!"

"Yo yo telaşa gerek yok. Zavallı Richmond babası için gereken ne ise onu yapacaktır. Hiçbir Chullondie bizim kadar yetenekli olamaz. Ne de olsa bedenlerinin ve ruhlarının bir kısmı işe yaramaz insan hücresiyle dolu. Her ne yapmaya çalışıyorlarsa başarısızlıkla sonuçlanınca Richmond kendi ayağıyla gelip yalvararak babasını bağışlamamızı dileyecek ve tabii ardından da diğerleri. Böylelikle onları kendimize bağlayacağız. Ait oldukları yere, kendi topraklarına!"

Munin avucunda kıpırdayan solucanlara baktı ve gagasını daldırarak teker teker içine çekti.

Ancak Branwen'ın aniden yere inmesiyle bir felaket haberi getirdiğini anlayan Munin avucunda kalan solucanları sıktı ve yere fırlattı.

"Munin acil bir durumla karşı karşıyayız, Richmond babasını bulmak için suyun gücünü kullandı. Onu bulması an meselesi!"

139

"Bir Chullondie o kadar güçlü olamaz hayır, hayır bir yanlışlık olmalı Branwen!"

Munin kanatlarını açıp kapatırken odanın etrafında dönüp duruyordu.

"Diğerlerine de haber verdim az sonra burada olurlar. Hemen bir şeyler yapmamız lazım Munin anlıyor musun bu bizim son kozumuz artık zaman daraldı!"

"Biliyorum biliyorum, önce sakinleşmem gerek. Durup düşünmeliyim hafızamı zorlamalıyım. Dişi topraktan yardım isteyeceğiz Branwen başka çaremiz yok,"

Diğer Chul ataları da geldiğinde Munin hiç olmadığı kadar telaşlıydı.

"Bir Chullondie suyun gücünü kullanabiliyorsa bu sandığımızdan daha tehlikeliler anlamına geliyor. Belki de bizden bile üstünler? Belki onların karşısında biz bir hiçizdir!"

"Kendine gel Munin bunun mümkün olamayacağını biliyorsun, yarı insan yarı Chul olan bir canlı atalardan daha güçlü olamaz. Suyun gücünü nasıl kullandıklarını bilmiyorum ama onları ve tüm Londie'yi nasıl yok edebileceğimizi çok iyi biliyorum!" dedi Baldric.

Chul ataları Baldric'in etrafını sararken Munin, sisli gözlerle geriden geriye dinlemekteydi.

∞

Cross'un ne dayanacak gücü ne de nefesi kalmıştı. Su, çene hizasına kadar yükselmiş, su yılanları delikten içeri süzülmüş ve Cross'un vücudunu baştan aşağı sarmışlardı. Cross bu zehirli su yılanlarını çok iyi bilirdi. Önce avlarıyla oynar, heveslerini alınca boyunlarından sokarlardı. Zehirli bir su yılanının zehri yaklaşık iki dakika içinde bir canlıyı öldürmeye yeterdi. Cross hala kütüğün içine sızan ve bir sarmaşık gibi kendisini sarmaya başlayan yılanları izledi. Artık biliyordu, oradan kurtulması imkansızdı. Richmond ya da bir başka Chullondie'nin onu oradan kurtarması olanaksızdı. Birazdan su yılanları sıkılıp teker teker boynundan içeri zehirlerini akıtacak, ardından aldıkları hastalıklı hazla beraber kıvrılarak okyanusun dibinde gözden kaybolacaklardı.

Cross Londie'yi, ailesini ve Richmond'ı düşündü. Gözlerini kapadı ve kendini karanlığın büyüsüne hazırladı.

Çok geçmeden su yılanları teker teker birer halat gibi bağlandıkları yerden ayrılıp Cross'un boynuna ilerledi. Yılanlar boynunun etrafını kalın bir sicim gibi sardılar. İçlerinden birisi-büyük ihtimalle lider olan-başını olabildiğince geriye attı. Zehir zemberek gözleri iyice kısılmış, ince yüzü gerildikçe gerilmişti. Cross her şeyin farkındaydı. Hemen şimdi kendisini sokacağını çok iyi biliyordu.

Ve düşündüğü oldu.

Zehirli su yılanı aldığı hazzın coşkusuyla sivri dişlerini Cross'un boynuna sapladı. Cross'un göğsü sertçe yükseldi ve indi. O sırada, tam o sırada diğer yılanlar henüz ısırmaya vakit bulamamışken aniden kütükten geçen bir sarsıntı hissedildi. Sarsıntı ikincisinde daha da şiddetliydi. Kütük ters yattı ve yılanlar geldikleri delikten dışarı kaçmaya başladı. Cross, ateş gibi yakan zehrin boynundan tüm vücuduna yayıldığını hissedebiliyordu. Çırpınmaya çalıştığında kütük sert bir basınçla boydan boya yarıldı. Richmond babasını kucağına aldığında Cross çoktan bayılmıştı.

Richmond kütüğün içinden çıkan zehirli su yılanlarını fark etmişti. Cross'un boynundaki ısırığı da...

Onu götürecek kadar zamanı olmadığını biliyordu. Şimdi hemen bir şeyler yapmazsa birazdan son nefesini verecekti. Dipten yüzeye doğru süzülerek onu dışarı çıkardı. Suyun üstüne çıkar çıkmaz yağmur bulutları bütün göğü sardılar. Sonra şiddetli bir yağmur başladı. Yağmur önceleri, sanki sonsuza kadar yağacakmış gibi huşu içinde gökten denize boşalıyordu. Feetjie'ler Richmond'ın etrafını sardılar. Kimsenin bilmediği bir dilde ama şimdi daha da güçlü bir tonda mırıldanmaya başladılar. Richmond babasını kollarının üzerine yatırdı. Cross'un başı hariç vücudunun geri kalanı suyun içindeydi. Bu haliyle soluk bir hayalete benziyordu. Teni gitgide soluyor ve soğuyordu. Richmond karıncalanan zihnini boşaltmaya çalıştı. Şifalı soğuk nefesini babasının boynundaki ısırıktan içeri üfledi. Bekledi. Değişen bir şey olmadı. Feetjie'ler seslerini daha da yükselttiler. Bulundukları yer fokurdamaya başladı. Richmond bir kez daha üfledi ardından ellerini boynunda ve alnında gezdirdi. Hayır, değişen tek bir şey bile olmuyordu. Cross hala bir ölü gibi solgun vaziyette yatıyordu. Richmond ellerinde tuttuğu babasını kaybetme düşüncesiyle irkildi.

"Hayır baba hayır, şimdi değil, henüz değil, lütfen aç gözlerini…"

Richmond'ın gözlerinden süzülen birer damla yaş deniz suyuna karıştı, karışmasıyla birlikte deniz mürekkep gibi koyulaştı. Denizde tuhaf girdaplar ve şekilsiz, eğik dalgalanmalar oluştu. Dipteki kumlar, girdabında etkisiyle denizin içinde bir kum fırtınası yarattı.

Su, yeryüzündeki en sihirli kudretti. Rüzgardan alabildiği tüm enerjiyi kendi saf gücüne kattığında, muazzam bir güce sahip oldu. Rüzgar suya değdiğinde kudretini arttırdı. Yaşayan tüm canlıların kaderini biçimlendirdi. Su, dünyanın merkeziydi. Dünyanın derinliklerine sadece o hükmedebiliyordu. Rüzgar artık sadece onun emrindeydi. Rüzgar, dünyanın son günü, kendini gösterecek ateşi söndürmek için hazırdı.

Sonra öfkeli şimşekler çakmaya başladı. Her biri bir ağacın dalları gibi şekilleniyor, sonra bulutların arasına çekiliyordu. Son yıldırımla birlikte denizin koyu derinliklerinden gelen tok ve tehditkar gürleme duyulduğunda dev bir dalga Richmond'ı hiç beklemediği bir anda içine alıp ikisini birden savurdu. Tüm bunlar yalnızca birkaç saniye sürdü.

Kara bulutların arasından güneş ışığı sızıyordu. Girdap ve yağmur dinmişti.

Canary ve Chulondie'ler nehir kıyısındaki sabırsız bekleyişlerini sürdürüyorlardı. Canary geçen onca saatten sonra hayal kırıklığıyla yutkundu. Oturduğu kayadan kalktı, suya doğru yürüdü. Londie'de zaman durmuş gibiydi. Tepelerin ardında bekleşen kalabalık, bir an evvel Richmond'ı görebilmek için yanıp tutuşuyordu. Belirsizlik ve tedirginlik herkesi huzursuz bir endişeye sürüklemişti. Greenwich tepelerinde soluksuz bir sessizlik hakimdi.

Önce nehrin kuzeyindeki adacık hareketlendi. Rüzgar yoktu ama ağaçlar deli gibi dalgalanmaya başladı. Neredeyse yere kadar yatıyor sonra yeniden kalkıp sallanıyorlardı. Tüm gözler bu üçgen adacığa çevrildi. Canary ellerini çenesinde birleştirdi. Archway şimdi suya daha yakındı.

"Hissediyorum… Richmond iyi, o iyi!"

Canary sevinç gözyaşları içinde yerinde duramıyordu. Archway kendini nehrin sularına bıraktı. Biraz sonra Richmond ile beraber köprünün arkasında göründüler. Bekleşen kalabalık derin bir nefes aldı. Herkes kül olan evlerini unutmuş, sevinç naraları atıyordu. Archway, Richmond'dan önce kıyıya çıkıp ona yardım etti. Richmond babasını kumların üzerine yatırdı. Cross hala kendine gelmemişti. Fakat bu sefer yüzündeki solgunluk, yerini canlanmaya yüz tutan bir pembeliğe bırakıyordu. Richmond bunu fark edince bitkinlik ve huzurla kendini geriye bıraktı. Canary koşarak Richmond'ın boynuna sarıldı.

"Seni kaybedeceğimi düşünmek beni çok korkuttu Richmond,"

Richmond, Canary'nin içini eriten her zamanki gülümsemesiyle onun ellerini dudaklarına götürdü ve avuç içine ıslak bir öpücük kondurdu.

"Buradayım sevgilim, seni asla bırakmayacağıma söz vermiştim unuttun mu?"

Richmond gözlerini Canary'den alarak babasına çevirdi. Cross kesik kesik öksürürken kendine gelmeye başlamıştı. Gözlerini açtığında ilk gördüğü kişi Richmond idi.

"Baba," dedi Richmond. Yüzünde yavaş yavaş silinen kederin izleri duruyordu.

"Sana hayatımı borçluyum evlat, sen olmasaydın…"

"Kendini yorma baba dinlenmeye ihtiyacın var."

Cross ayağa kalkar kalkmaz karşısında şükreden kalabalığı ve dumanı üzerinde tüten Londie'yi gördü.

"Yangın…" dedi hatırlamaya çalışarak. Hafızasında belli belirsiz parçalar vardı.

"En son alev topları vardı her yerde."

"Her şeyi anlatacağım baba," dedi Richmond. Sonra Acton'ın yaptığı keşifte az zarar görmüş evlerden birine doğru yola çıktılar.

Cross, iki gün boyunca deliksiz uyudu ve hiçbir ses duymadı. Richmond ve Canary bir dakika bile onu yalnız bırakmadılar. Bu iki gün zarfında tüm Chullondie'ler üç kez toplandı. Londie için yapılması gerekenleri ve evsiz kalanların durumlarını konuştular. Richmond, Canary'yi babasıyla bırakırken ara sıra diğerlerine yardım için tüm gün sabaha kadar dışarda kalıyordu.

Birkaç gün içinde Chullondie'ler ve Londieliler birçok evi yeniden tamir etmeyi başardılar. Evleri tamamen yananlar için yeni kulübeler yapıldı. Bahçeler yenilendi. Toprak eski bereketine kavuşturuldu. Köprü yeniden yapıldı. Bu sefer daha geniş ve daha güçlü olmuştu.

Londie korkunç günler yaşamış, birçoğu ailesini ve sevdiklerini kaybetmişti. Kesin olan bir şey vardı ki; Chullondie'ler olmasa Londie bu hızla ve gayretle yeniden toparlanamazdı. İnsanların çoğu, üzerlerindeki yıkıcı gerilimi atamamış, bazıları en ufak kokudan ya da sesten ürker hale gelmişti. Ateş yakılırken bile eskisinden daha fazla önlem alınır olmuştu. Pazar yerlerinde ve belirli köşelerde gece gözcüleri vardı. Gözcüler nöbetleşerek sabaha kadar Londie'nin güvende kalmasını sağlıyorlardı. Bunlara Chullondie'ler de dahildi. On beş Chullondie ayrı yerlerde gökyüzünde gözcülük yapmaya başlamıştı.

Richmond, Cross toparlandıktan sonra kendini tamamen Londie'ye adadı. Herkesten daha fazla iş yetiştiriyor, bazen bütün gücünü sarf edip akşamüzeri bitkin halde kolunu kaldıramayacak hale geliyordu. Richmond'ın yeniden inşa ettiği evler, diğerlerinin tam dört katıydı. Bir süre sonra evsiz kimse kalmadı. Pazar yerleri yeniden kuruldu, çiftçilik yine eski bereketine kavuştu. Londie halkı ise eskisine göre daha tedbirli ancak daha normale dönmüş durumdaydı. Aylar geçti ve yangından sonra ilk düğün telaşı başladı. Richmond ve Canary'nin muhteşem düğünü…

∞

Henry, ertesi gün güneşli havaya aldanarak torununu Greenwich Park'a götürdü. Henry ne zaman bu parka gelse içi başka hiçbir yerde hissetmediği bir dinginlikle dolardı. Parktaki uzun yürüyüşün ardından adımlarını Kraliyet Gözlemevi'ne çevirdiğinde bunu neden yaptığını düşündü.

Henry kitabın son sayfasında yazan adresin Kraliyet Gözlemevi'ne ait olduğunu çok iyi biliyordu. Ömründe defalarca gitmiş, onlarca resim çekmişti. Şimdi ise merakına yenik düşerek bilmediği bir sebepten ötürü ayakları onu yeniden oraya götürüyordu.

Henry giriş ücretini ödedi ve torunuyla beraber kapıdan içeri girdi.

Henry elini sıkı sıkı tuttuğu torunu ile birlikte Kraliyet Gözlemevi'ne girdiğinde içerde ne kadar az kişi olduğunu fark etti. Londra yaz kış turist ağırlamaktan çekinmezdi ne de olsa. Gözlemevi astronomi, saat, navigasyon gibi çalışmaların sergilendiği bir müze olarak kullanılıyor, yetişkinler kadar çocukların da epey ilgisini çekiyordu. Henry torununu girişin bir kat aşağısında bulunan çeşitli saatlerin, pusulaların ve müzeye ait hediyelik eşyaların satıldığı salona götürmeye karar verdi.

Kız neşeyle saatlerin arasında gezinirken Henry'nin aklı hala kitaptaydı. Neden kitabın sonunda Gözlemevi'nin adresi yazıyordu? Kitap, kuzgun efsanesi ile ilgiliyken neden burası adres gösterilmişti? Henry yol boyunca düşündüğü bu sorularla yeniden boğuşuyordu.

Salonun bir kısmında, rasathane tarihi ile ilgili kitapların bulunduğu bölüm dikkatini çekti. İçinden bir ses okuduğu o kitabı rafların arasında bulacağını söylüyordu. Sonra bu düşünce Henry'e saçma geldi ve raflara uzaktan bir göz gezdirip torununun onu sürüklediği tarafa doğru ilerledi.

Henry salondan çıkarken torunu için Kraliyet Rasathanesi imzalı bir defter, birkaç kalem ve üzerinde yıldızların ve ayın olduğu şirin bir masa saati aldı. Salonun çıkışındaki kasada ödeme yaptılar ve diğer salonlara geçmek için oradan ayrıldılar.

Henry ve torunu bir süre daha gezdikten sonra rasathanenin alt katındaki kafeteryadan birer sandviç ve meyveli gazoz alıp bahçeye çıktılar. Torunu rasathanenin hemen altındaki, burası yerin oldukça altında görünürdü, saklı bahçeye inmek isteyince adımlarını bahçenin girişindeki dik merdivenlere çevirdiler.

Bahçe bu mevsimde pek kullanışlı olmazdı ancak hava yağmurlu, yerler ise ıslak değildi. Bahçenin girişindeki banklardan birine oturup sandviçlerini yediler. Henry yemeğini yerken bir yandan da kızın rasathane ile ilgili sorduğu soruları yanıtlamakla meşguldü.

Henry, torunu yıldızlar hakkında okulda öğrendiklerini anlatırken, gözü bahçenin karşı tarafında duran kuru bir gül ağacına takıldı. Dallarından birinde siyah bir kumaş parçası sallanıyordu. O sırada ağaçların arasında boğuk bir uğultu duyuldu. Henry bu uğultunun bir kuzgundan geldiğini çok iyi biliyordu. Kuzgun bir süre üzerlerinde uçtuktan sonra yeniden uğultular çıkararak uzaklaştı ve gözden kayboldu.

Henry aniden çıkan rüzgardan dolayı eve dönmelerinin daha iyi olacağını düşündü. Bahçeden çıkarken dönüp baktığı gül ağacının dalındaki kumaş hala dalgalanıyordu.

Henry ilerleyen birkaç gün boyunca dalda uçuşan kumaş parçasını düşündü. Ve bir akşam iş çıkışı, saklı bahçeye gitmeye karar verdi.

Henry müzenin kapanmasına on beş dakika kala bahçenin girişinde, yüzünü ıslatan yağmuru hissederken neden bu saatte buraya geldiğini düşünüyordu.

Bastıramadığı güçlü bir merak, içinde günlerdir kıvranıyordu. Hem yıllardır yaptığı mesleğinden hem gizemli kitap yüzünden o an o saatte oradaydı Henry.

Islak merdivenlerden inerken, tarihin sırlı topraklarına adım attığından habersizdi.

Henry az sonra elindeki ıslak kumaş parçasıyla birlikte kurumuş gül ağacının yanında duruyordu. Henry kumaşı inceledi. Günlerdir kafasının içinde boşuna bir dünya yarattığını düşünüp kendi kendine hayıflanırken gül ağacının dibinde, toprağın altında bir parıltı belirdi. Henry eğildi ve çamurlu toprağı eşeledi.

Henry eşeledikçe gördüğü parıltı toprağın daha da diplerine iniyordu. Henry Marlow sessiz bahçede başının üzerinde gezinen bir kuzgunun uğultusuyla irkildi. Dönüp baktığında iri siyah kuzgun, gül ağacının üzerinde asılı halde duruyordu. Henry bunun imkansız olabileceğini düşündü. Kuzgun ona bakarken bir şeyler anlatmak ister gibiydi. O sırada Henry'nin ayaklarının altındaki toprak sarsıldı. Bu öyle bir sarsıntıydı ki eğer o sırada bahçede başkaları olsa mutlaka hissederdi ancak Henry o an tek başınaydı.

Henry dengesini kaybetti ve sırt üstü devrildi. Kuzgun sakin gözlerle Henry'i izliyordu. Sarsıntı bir süre sonra durdu. Henry düştüğü yerden doğrulduğunda gül ağacının altında ufak bir kutu duruyordu.

Henry uzandı ve kutuyu aldı.

Henry Marlowe metrodaki insanların meraklı bakışlarına aldırmadan, bir an evvel evine gitmek için sabırsızlanıyordu. Saklı bahçede düştüğünde toprak ıslaktı ve montu çamurlanmıştı.

Henry, Notting Hill istasyonunda indiğinde o güne dek metronun merdivenlerini hiç bu kadar hızlı çıkmadığını düşündü. Cadde boyu yürürken nefes nefese kalmıştı ancak bu onu durduramadı. Montunun içine gizlediği kutuyu açmak ve içinde neler olduğunu öğrenmek için müthiş bir merak duyuyordu.

Bahçe kapısını açtı ve tekrar kapatmaya gerek duymadan eve ilerledi. Henry anahtarlarını çıkardığında çamurlu elleri soğuktan değil heyecandan titriyordu.

Henry Marlowe kapıyı kapadı ve tek adım dahi atmadan kapının arkasında durup kutuyu montunun içinden çıkardı. Bu, avuç içine sığabilecek kadar küçük, ahşap bir kutuydu. Bir pelit ağacından yapılmıştı ve kenarında çivili bir kulpu vardı.

Henry kulpu kaldırdı.

Kutunun içinde, rulo yapılmış ve bir iple bağlanmış eski bir parşömen duruyordu. Henry ipi çözüp parşömeni açtığında hayatında hiç görmediği bir tür alfabeyle karşılaştı. Yazılar o kadar küçüktü ki Henry odasına çıkıp büyütecini almak zorunda kaldı.

146

Büyüteci kağıdın üzerine doğru tuttu.

Bir kuzgun yedi tepe

Her biri ayrı yerde

Onu uyandırma

Kuzgun olur en yüce

∞

Düğün ve…

Canary, hayatı boyunca aşık olduğu adamla evleneceği günü hayal etmişti. Tüm Londie'nin huzurunda sevdiği adamın elini tutup ona bir öpücük konduracağı günü…

Uzun, gür saçları nehir kıyısında uçuşurken, Londie'de yaşayan kim varsa düğününde yanında olup mutluluğuna şahit olacaktı. Evleneceği adam onu kollarına alıp herkesin gözü önünde aşk yemini edecekti.

Düğün akşam başlayacak, bir sonraki sabaha kadar yiyerek, içerek, eğlenerek ve dans ederek coşku içinde devam edecekti. Nehir kıyısı ve köprü baştan başa rengarenk kumaşlarla ve rüzgarda sallanan çıngıraklarla süslenecek; en lezzetli yemekler onun düğünü için pişirilip hazırlanacaktı. İnsanlar o kadar çok eğlenecek o kadar fazla yiyip içeceklerdi ki, Londie tarihinde Canary'nin düğünü için şiirler yazılacaktı.

Canary, saçları yapılırken bunları düşündü. Hayali az sonra gerçek olacaktı. Üstelik Londie'nin en cesur en fedakar ve en güçlü erkeğiyle evlenmek üzereydi. Onun için bundan daha fazla mutlu olacağı bir an olamazdı.

"Kıpırdama Canary kurdeleyi bağlayamıyorum," dedi Stina. "Rahat durur musun biraz!"

Canary yaramaz bir çocuk gibi olduğu yerde duramıyor, içi içine sığmıyordu.

"Bir gelin gibi kibar ve hanım hanımcık olman gerek Canary, üstelik saçının istediğin gibi olmasını istiyorsan rahat dur!"

147

"Duramıyorum Stina, benim yerimde sen olsan eminim senin saçların da zor yetişirdi,"

Stina'nın geniş, pembe yüzüne yayılan gülümsemesi, yanaklarının iki yanındaki gamzelerini belirginleşti. Gözleri, yakın zamana kadar kurduğu düğün hayalleriyle parladı.

"Ah, evet bunu hayal bile edemiyorum," Canary'nin saçıyla uğraşmayı bıraktı ve bir anlığına hayallere daldı.

"Bir Chullondie ile evlenmek ah ne büyük şans ne büyük mutluluk. Bir kız başka ne ister ki!" dedi Canary'nin yatağına uzanırken. Ardından diğer iki kız da gelip yanına uzandı. Canary ayakta öylece bekliyordu.

Kızlardan biri devam etti.

"Düşünsenize eskiden olsa bir Chullondie ile evlenmeyi kim isterdi ki!" Diğeri bir iç geçirdi.

"Onlar Londie'nin kahramanları. Biliyor musunuz sanırım ben Acton'a karşı bir şeyler hissediyorum. Yani bilemiyorum ama…" bunun üzerinde Canary de kızların ayak ucuna oturdu. Herkesin ilgisi bir anda aşkını itiraf etmeye hazırlanan kıza yönelmişti.

"Nasıl yani, sen şimdi Acton'a aşık mısın?" dedi Canary bir çırpıda.

"Bilmiyorum eğer aşk buysa sanırım evet,"

Kızlar bir anda ayaklandılar. Yakında bir düğün daha olacağı aralarında kıkırdamalarına sebep oldu.

"Dalga geçmeyi kesin!" dedi kız sinirlenmiş gibi yaparak. "Belli mi olur belki bugün Acton beni fark eder ve…" dönüp Canary'nin ellerini tuttu. "…ve seninki gibi bir aşkla evlenirim neden olmasın?"

"Ah Fritha bunu ne kadar isterim bir bilsen," Canary arkadaşına sarılırken diğer kızlar sabırsızlanarak huysuzlaşmaya başladılar.

"Tamam yeter bu kadar, biraz daha oyalanırsak gelin uykudan yeni uyanmış saçıyla çıkmak zorunda kalacak!"

Canary tekrar yerini aldı ve kızlar yeniden saçlarını yapmak için gülüşerek taramaya devam ettiler.

Richmond cephesinde de durum farklı değildi. Cross az önce oğlunun yanına gelip, düğününün onun için ne anlam taşıdığına dair samimi bir konuşma yapmıştı.

"Senin adına çok mutluyum oğlum. Canary harika bir eş olacak. İkiniz Londie için yeni bir başlangıç olacaksınız." Demişti ve ardından oğluna sarılıp odasından ayrılmıştı.

Şimdi Richmond'ın yanında Archway vardı.

"Bir insan ve bir Chullondie ha?" dedi Archway. Bunu söylerken Richmond'ın adına muazzam bir övünç hissediyordu.

"Bir insan ve bir Chullondie…" dedi Richmond uzaklara bakarken. "Sence çocuğumuz nasıl olur?" diye sordu. Sorarken yüzündeki muzip bakış Archway'in gözünden kaçmamıştı.

"Hımm bir düşünelim…sanırım bizden daha güçlü olur,"

"Neden böyle düşündün?" diye sordu Richmond omuzunun üzerinden Archway'e bakarken.

"Öyle hissediyorum, sen hissetmiyor musun?"

"Evet biraz ama…"

"Bizlerin anne babası insandı Richmond ama şimdi durum farklı. Doğacak çocuğun annesi insan, babası ise bir Chullondie. Sence de daha güçlü ve daha yetenekli olmaz mı? Hem bakarsın yakında çoğalacak olan yeni ırk bizlerden daha iyi birer Chullondie olur, kahramanlıkta bile bizi geçerler," Archway sözünü bitirir bitirmez Richmond hissettiği şeyin doğru olup olmadığını sordu. Archway gülerek cevap verdi.

"Eh, sanırım benim de evlenme vaktim geldi. Yakında, çok yakında bir sürpriz yapabilirim,"

"Şanslı kızı merak ediyorum kardeşim, umarım bugün düğüne gelecektir?"

"Geleceğini umuyorum." dedi Archway ardından geç kalacaklarını söyleyerek konuyu geçiştirdi ve Richmond'ın bunu anlaması üzerine omzuna sert bir yumruk attı. Dışarda bekleyen diğer kardeşleriyle birlikte düğün alanına gitmek için hareket ettiler.

Canary, annesini yangında kaybetmişti. Şimdi bu mutlu gününde ailesinden bir tek kişi bile yoktu. Canary sessiz bir kederle iç geçirdi o sırada kapısı vuruldu. Gelen Bayan Nenet idi.

"Ah tatlım harika görünüyorsun!" dedi yaşlı kadın kemikli ellerini iki yana kaldırıp.

"Çok güzel olmuşsun Canary, bir peri gibisin. Richmond seninle evleneceği için çok şanslı,"

"Teşekkür ederim Bayan Nenet, çok zarifsiniz,"

Yaşlı kadın Canary'yi ellerinden tuttu ve birlikte yatağın ucuna oturdular. Gözlerinden anlaşıldığı kadarıyla söylemesi gereken bir şeyler vardı.

Canary, karşısında bir türlü konuşamayan kadının işini kolaylaştırmak istedi.

"Neyiniz var Bayan Nenet, pek iyi görünmüyorsunuz?"

Yaşlı kadın derin bir iç geçirdi.

"Canary, yangından sonraki gün sana tepede söylediklerimi hatırlıyor musun çocuğum?"

Canary gözlerini duvara dikerek anımsamaya çalıştı.

"Hani şu felaket olmayan ama ona benzer bir şeyle ilgiliydi?"

"Evet, ona benzer bir şey…" kadının gözleri pencereden uzaklara kaydı. Sonra başını iki yana sallayıp devam etti. Söyleyeceklerini bir an evvel söyleyip gitmek istiyor gibi bir hali vardı.

"Richmond'a gece yarısından evvel ne hissettiğini sor Canary. Eğer gözlerinde yalan sezersen bil ki fırtına kopmak üzeredir. Şayet kalbin onun doğru olduğuna inandıysa durma, sabaha kadar dans et kızım."

Canary, kadının ne demek istediğini anlayamadı. Yaşlı kadın apar topar kalktı ve Canary'ye bir çırpıda iyi dileklerini sunarak odadan çıktı.

"Bayan Nenet ben ne demek istediğinizi anlayamadım lütfen açıklar mısınız, neden Richmond bana yalan söylesin ki, bildiğiniz bir şey mi var? Bayan Nenet!"

Canary arkasından seslense de kadın duymak istemedi. Canary

merdivenlerden inerken, bahçeye çıkan yaşlı kadın çoktan gözden kaybolmuştu. O sırada evin kapısında Stina belirdi.

"İşte beklenen an!" dedi Canary'nin pelerinini giydirirken. "Hadi bakalım düğüne gidiyoruz!"

∞

"Bayanlar, baylar, sevgili Londieliler! Yaklaşın lütfen, evet biraz daha, evet işte böyle...

Bugün burada, daha önceki düğünlerin ötesinde çok daha gurur verici bir tören için toplanmış bulunuyoruz. Topraklarımızın koruyucuları, Londie'nin kahramanları Chullondie'lerden, yüce kralımız Cross'un oğlu Rihmond, Londieli bir ins..."

Adam tam insan diyecekken bunun saçma olduğunu düşündü ve kıvrak bir hamleyle lafı çevirdi.

"...saygıdeğer bir hanımla evlenmeyi seçerek biz Londielileri onurlandırmış ve mutlu etmiştir. Düğün merasiminden önce sevgili, yüce Cross sizlere bir konuşma yapmak ister!"

Adam sırtını Londie Kulesi'ne vermiş, yüzü nehre dönük, birkaç basamakla çıkılan, ahşap platformun üzerinde Cross'u selamladı. Cross alkışlar ve tezahüratlar eşliğinde sahneye alındı. Herkes, yüzünde gülücükler açarken sevgiyle onu selamlıyordu. Cross her ne kadar kral yakıştırmasını kabul etmese de...

Hafifçe öksürdü ve boğazını temizledi. Ardından karşısında bekleşen Londie halkını selamladı.

"Bugün burada olmanızdan ve oğlumu bağrınıza basmanızdan ötürü sizlere minnettarım. Siz sevgili ve asil Londieliler, sizlerin kalbindeki iyilik ve asillik yüzyıllar boyu soyumuzun taşıyacağı paha biçilmez bir hazine olarak kalacak. Bir Londieli asla kötü olamaz, geçmişte bazı kimseler bozgunculuk ve hainlik yapsa da her şeyin geçmişte kaldığına ben, kendi adıma gönülden inanıyorum dostlarım. Onların da pişmanlık duyarak ve sizleri örnek alarak, doğruyu ve dürüstlüğü seçtiğine eminim."

Asil Londieliler! Kutsal nehrimiz ve bereketli topraklarımız ağır bir felaket atlattı. Chullondie'lerin yardımlarıyla hep birlikte bunun üstesinden

151

gelmeyi başardık. Dimdik ayaktayız. Huzurlu evlerimizde, bereketli bahçelerimizde eskisinden de rahat yaşamaktayız. Ben huzurlarınızda, gece gündüz tüm güç ve becerilerini kullanarak bizlere yardım eden-o sırada kalabalığın arkasında yan yana duran on beş Chullondie'yi göstererek-bu on beş gence minnetlerimi sunuyorum. Hepimiz hayatlarımızı ve topraklarımızı onlara borçluyuz!"

Cross'un sözünü tamamlamasıyla birlikte coşkulu bir alkış tufanı koptu. Herkes dönmüş, bu on beş gence tezahürat ve alkış eşliğinde teşekkürlerini sunuyorlardı. Hala utangaçlıklarından hiçbir şey kaybetmemiş genç Chullondie'ler ne yapacaklarını bilemediler. İnsanların önünde saygıyla eğilip onları selamlamakla yetindiler. Cross ellerini havaya kaldırdı ve konuşmasına devam etti.

"Sevgili oğlum Richmond bugün sizlerin huzurunda kutsal aşk yeminini etmek üzere aramızda... Canary ve Richmond'ın evliliği eminim ki bütün Londie'ye örnek olacak ve parmakla gösterilecek. Herkese sabaha kadar iyi eğlenceler diliyorum dostlarım, yiyin için ve eğlenin!"

Tekrar alkışlar eşliğinde Cross ailesinin olduğu tarafa geçti ve yerini aldı.

Düğün töreni başlamak üzereydi.

Richmond, Cross'un işareti üzerine, yakası ve kenarları siyah deriyle kaplanmış ve altın sarısı, yuvarlak zımbalarla sıralanmış beyaz pelerininin içinde kalabalığın arasından sıyrıldı. Sağında solunda iki tarafı da meşalelerle ve kumaşlarla süslenmiş köprüye doğru ilerledi.

Canary arkadaşlarının yardımıyla, çiçeklerle süslenmiş ve mumlarla aydınlatılmış bir kayığa bindirildi. Kayığa binerken kalbinin sesini herkesin duyabileceğini düşünüyordu. Kayık hareket ettiğinde Canary ayakta durmuş, Richmond'a doğru ağır ağır yaklaşmaktaydı. Ay ışığının altında uçuşan beyaz elbisesinin ve tül pelerininin içinde bir peri kızını andırıyordu. Köprüye yaklaştıkça Richmond'ın yüzünü daha iyi seçiyor, gece göğünün altında, yeni giysiler içinde adeta bir ay gibi parladığını düşünüyordu. Richmond'ı hiç kimse daha önce o kadar göz kamaştırıcı görmemişti. Ne Cross ne de Chullondie'ler...

Archway kollarını göğsünde kavuşturmuş Richmond'a bakarken, en samimi duygularıyla gülümsedi ve kafasını salladı.

Richmond, köprünün üzerinde Canary'ye bakarken dalgalı saçları, beyaz pelerinin arkasından omuzlarına doğru dökülüyordu. Ellerini önünde birleştirmiş, hayatının aşkını göreceği o ana odaklanmıştı.

Canary tek başına kayığının içinde köprüye yaklaştığında Richmond, büyülenmiş halde müstakbel eşini izliyordu. Güzelliği herkesin dilinde olan Canary bugün her zamankinden daha alımlıydı. Canary'nin kalp atışlarını, heyecanını ve mide kasılmalarını kendi bedeninde hissediyor, kendi heyecanıyla beraber onunkileri de taşıyordu şimdi. Richmond pelerininin içinde dimdik, asil bir Chullondie gibi ellerini uzattı, eğildi ve Canary'yi kendi yanına aldı. Canary köprüye ilk adımını attığında ılık bir rüzgar başının üzerinden esip geçti. Rüzgarda dalgalanan saçlarının kokusu Richmond'ın başını döndürdü.

Canary bir adım daha attığında nehrin suları bir başka aydınlandı. Işıltılar, kıyının gerisinde duranların bile gözlerini kamaştırıyordu. Herkes soluğunu tutmuş heyecanla bu merasimi izlemekteydi. Richmond konuşmasına başlamadan önce bir süre Canary'nin gözlerine baktı. Canary ise soluğunu tutmuş Richmond'ın dudaklarından dökülecek sözleri beklemekteydi.

Ve Richmond Canary'nin önünde saygıyla eğildi.

"Sevgilim…" Dudaklarından dökülen bu kelimeyi anlayan yalnızca Canary idi. Richmond'ın ona sahip olacağı duygusu, onun ruhunu keşfedecek olması midesini alev alev yakıyordu. Masum yüzündeki tebessüm daha da belirginleşti.

Richmond onu kendine doğru çekti. Ellerini onunkilerin içinde birleştirdi ve önünde diz çöktü.

"Benimle evlenmeyi kabul ederek, beni hem bu dünyanın hem kendi dünyamın en şanslı erkeği yaptın," Aslında bu konuşmayı daha önce düşünüp planlamamıştı. Hayatındaki her şey gibi o özel anın da doğal olmasını istemişti. O sırada Canary'nin deli gibi atan kalp çarpıntılarını hissederken gözlerinin içine baktı.

"Seni hayatım boyunca ve sen gittikten sonra bile-ki chullondie'lerin ömürlerini kastederek- sevmeye devam edeceğime bir Chullondie olarak sevgili babamın ve tüm Londie'nin önünde yemin ediyorum. İki kalbim de senin için atacak, ruhumun her ikisi de senin için nefes alacak. Şifalı soğuk

153

nefesim senin nefesinle karışıp, senin sıcaklığını saracak. Keskin gözlerim senin için görecek. Kollarımı her açtığımda kanatlarım senin için açılacak. Kendimi senin huzurunda, senin eşsiz güzelliğin ve eşsiz kalbine açıyorum."

Ve Richmond ayağa kalkıp Canary'ye yaklaştı.

"Canary Wharf, senin ölüm kadar güçlü aşkını kalbime ve ruhuma mühürledim. Seni ebediyen sevip koruyacağıma söz veriyorum."

Canary'nin kontrolsüz nefesini nefesinde hisseden Richmond eşinin dudaklarına eşsiz bir öpücük kondurdu. Canary, Richmond'ın dudaklarını hissettiğinde artık bildiği dünyada değildi. Duyuları keskinleşmiş, aklı kaderine, ruhu ve kalbi Richmond'a odaklanmıştı. Göğün bilinmeyen yerlerinde huzur içindeydi. Bulutların arasından geçti, açılmamış kapıları açtı ve ardındakileri gördü. Denizlere daldı, her kum tanesini her canlıyı teker teker fark etti. Suyun gücünü, fırtınaların sesini, toprağın inancını, ateşin sıcaklığını...

Ve Richmond usulca geri çekildi. Canary gözlerini açmak, gittiği yerden dönmek istemiyordu. Birkaç saniyelik bir sessizlik oldu. Sanki dünyada ne kadar nefes alan canlı varsa soluksuz kalmıştı. İnsanlar, elleri kalplerinde ağızları açık öylece bakakaldılar.

Ve Canary gözlerini açtı. Yüzündeki huzur sesine de yansımıştı.

"Benim ruhum sende, senin gözlerinde... seninkiler de benim gözlerimde. Kalplerimiz birbirimiz için atsın, birbirimiz için huzur bulsun. Aşkımız tek olsun, benim ruhum seninkine karışsın seninle bir olsun. Seni seviyor ve senin karın olmaktan dolayı gurur duyuyorum. Hayatım boyunca sana ve aşkına sadık kalacağıma kutsal nehir ve Londie halkı huzurunda yemin ederim."

Şaşkın bakışlar aniden alkış ve ıslıklar arasında coşkulu seslere dönüştü. Artık evliydiler. Bir Chullondie ve bir insanın ilk düğünüydü bu. Aşklarının büyüsüne kapılırken ikisi de çok mutluydu. Bir süre köprünün loş ışıkları altında birbirlerine sarıldılar. İki ırk bir bütün olmuştu. Koparılamaz ve durdurulamaz bir bütün.

Yemin töreninin ardından insanlar yemekler ve keyifli müzikler eşliğinde eğlenmeye başladılar. Çeşit çeşit yemekler ve içecekler o güne özel hazırlanmış, her biri zengin malzemelerle süslenmişti. Arpların büyülü sesleri eşliğinde dağıtılan yemekler daha sonra yerini coşkulu danslara bıraktı.

Yanlarına gelip ilk tebrik eden Chullondie'ler oldu. Hepsi de Canary'ye sarılıp samimi ve içten dileklerini tekrarladılar.

Gece yarısına yakın Richmond ve Canary dans etmekten yorulmuş halde oturup dinlenmeye karar verdiler. Canary başını kaldırıp büyüyen ve belirginleşen dolunaya bakıp duraksadı. Bayan Nenet ona *gece yarısından sonra Ay yeryüzüne daha yakınken*, demişti. Canary önce bu düşünceyi başından atmak istedi ancak ne kadar savuşturmaya çalışsa da yaşlı kadının sözleri bir türlü kafasının içinden çıkmıyordu. Richmond fark edip sordu.

"Neyin var sevgilim solgun görünüyorsun?

"Richmond..."

"Aynı şeyi ben de sana sormak istiyordum. Kendini nasıl hissediyorsun bir terslik ya da onun gibi şeyler işte... farklı olan bir şey hissediyor musun?"

Canary'nin bu sorusunu yadırgayan Richmond kendini zorlasa da Canary'nin aklına girmeyi başaramadı. O an sadece keyif almak ve kutlamalara devam etmek istiyordu.

"Ne olabilir ki şuraya bir baksana! Herkes hayatından çok memnun, en çok da ben!" dedi ve Canary'i öptü.

Ay ışığı tam önünde süzülürken, Canary boş ve anlamsız konuşmasına devam etmek istemedi. İkram edilen tatlı çöreklerden aldı ve keyifle yemeye başladı.

Çapraz ahşap kıvrımlı köprünün sağında ve solunda yanan meşaleler nehir boyunca dalgalanmaktaydı. Müzik sesleri Greenwich tepelerine kadar yankılanıyor, insanların bir kısmı yemek yiyor, bir kısmı da neşe içinde dans ediyordu. Cross, Richmond, Canary ve Chullondie'lerin birlikte sohbet ettiklerini görünce yanlarına yaklaştı. Onu ilk fark eden Archway olmuştu. Başıyla selamlayarak yerini ona bıraktı.

"Herkesin eğleniyor olması çok güzel," dedi Cross. Ardından Archway'in omzunu sıvazladı.

"Babanın da yanımızda olmasını en az senin kadar isterdim. O benim en yakın dostumdu. Kardeşimdi."

"Böyle düşünmenizden ötürü size minnettarım efendim. Ruhunun bizi hissediyor olmasını dilemekten başka çarem yok."

Kederli havayı dağıtmak için Acton bardağını kaldırdı.

"Richmond ve Canary'ye!"

"Richmond ve Canary'ye!

"Chullondie'lere!" dedi ardından Cross. Bunun üzerine coşkulu tezahüratlar her taraftan yükselmeye başladı.

Danslar ve eğlenceler böylece sabahın ilk ışıklarına kadar sürdü. Şafak vakti insanlar mutluluk sarhoşu olarak, sızlayan ayakları eşliğinde şarkılar mırıldanarak evlerine döndüler. Nehir, sönmek üzere olan fener ışıkları ve parıldayan süsleriyle bir başınaydı.

∞

Siyah Palto'dan Önce

Canary kan ter içinde bir kabusun tam ortasında deli gibi sıçrayarak uyandı.

"Sadece bir kabustu sevgilim artık geçti, geçti…"

Canary, Richmond'ın göğsünde, kalbi bir kuş gibi atarken hala rüyanın etkisindeydi. Yeniden uyumayı denese de artık imkansız görünüyordu. Bir süre sonra yataktan çıktı ve evliliklerinin ilk gününde lezzetli bir kahvaltı hazırlamak için mutfağın yolunu tuttu. Richmond gözlerini leziz kokular eşliğinde açtığında neredeyse öğleden sonra olmuştu. Kokuyu takip ederek mutfağa girdi ve sessiz adımlarıyla Canary'nin arkasından sarılarak onu korkuttu.

"Günaydın eşsiz güzellik!"

"Ah, Richmond beni korkuttun. Bir daha böyle sessiz yaklaşma," dedi Canary. Kıkırdayarak ona bir öpücük verdi.

"Kokulara bakılırsa hayatımda yediğim en leziz kahvaltıyı edeceğiz gibi görünüyor. Bakayım tadı nasılmış, hımm…"

"Çek ellerini Richmond, kahvaltı hazır olana kadar beklemelisin. Her şeyin kusursuz olmasını istiyorum,"

"Kusursuz olan tek şey sensin bunu biliyor muydun?"

"Umarım az sonra yediğinde de aynı şeyleri düşünürsün."

Richmond geri geri giderken "Kesinlikle öyle olacak hissediyorum." dedi. Canary gülümsedi, başını salladı ve işine geri döndü.

Ne olduysa işte tam o sırada oldu. Sinsi felaket etraflarını sararken, Chullondie'ler dahil hiç kimsenin haberi olmadı.

Canary mutfağın penceresinden bakarken, az önceki yakıcı güneşin kaybolduğunu, yerini yağmur bulutlarına bıraktığını fark etti.

"Sanırım kahvaltıyı içerde etmemiz gerekecek,"

Richmond havayı kontrol etmek için dışarı çıkmak üzereydi.

"Yağmur başlayacak tatlım, tabakları içeri alsam iyi olur!" diye seslendi Canary'ye ve bahçeye çıktı.

Kapıdan çıkar çıkmaz havanın nasıl bir anda bu kadar soğumuş olabileceğini düşündü. Bu tuhafına gitti ancak hislerinde herhangi bir kıpırdanma yoktu.

"Her şey normal görünüyor," diye fısıldadı. Canary'nin hazırladığı tabakları ve yiyecekleri almak için bahçenin yan tarafında, pembe japon kiraz ağacının altındaki masaya doğru yürüdü.

Garip bir şeyin ilk belirtisini hisseden Abingdon sokağının çarpık duvarında temizlenen siyah bir kediydi. Beyaz bir tüy, kedinin burnunun ucundan aşağı süzüldü. Kedi kuyruğunu dikerek acı bir tıslamayla birlikte duvardan atladı ve gözden kayboldu.

Londie'nin yarısından fazlası, birkaç saat önceki düğünün yorgunluğunu atamamış, hala uykudaydı. Uyananların çoğu da kendine gelememiş, düğünün sarhoşluğuyla miskin miskin evlerindeydiler. Richmond, masadaki tabağa uzanırken bir fısıltı duyduğunu sandı. Canary olabileceğini düşünüp arkasına baktı ancak kimseyi göremeyince öyle zannetmiş olabileceğini düşündü. Sonra fısıltı yeniden ortaya çıktı. Bu sefer ilkinden daha güçlüydü fakat ne denildiği anlaşılmıyordu. Richmond elindekileri yeniden masaya

157

bıraktı. Fısıltılı bir esinti kulağını yalayıp açık kapıdan içeri süzülürken beraberinde kapının her iki tarafında yanan meşaleleri de söndürmüştü.

Rüzgarın getirdiği fısıltılar şimdi evin her yerindeydi. Richmond eve girdi. Kapıyı kapadı. Canary henüz neler olduğunun farkında değildi. O an Richmond bunları sadece kendisinin duyabildiğini anladı.

Fısıltılar gittikçe uğultulara dönüşmeye başlamıştı. Richmond'ın kulaklarını tırmalayan sesler evin duvarlarına çarpıyor sonra da kafasının içinde dönüyordu. Aralarında bazılarının anlaşılabilir olduğunu fark ettiğinde kulak kabarttı.

Huuugginnne… şimdi…karardı…ve saçıldı…beş Chul…

Fısıltılar adeta etrafında dans ediyor. bazen boğuk bir uğultu bazen tiz fısıldaşmalar duyuluyordu Sesler bildiği her iki dünyaya da ait değilmiş gibiydi. Duyduğu sözlerin hiçbirine bir anlam veremedi Richmond. Ardından sesler evden çıktı ve bahçede gezindikten sonra, silik bir sis bulutu gibi tepeden aşağı dağıldı. Richmond hemen Chullondie'leri uyarması gerektiğini biliyordu. Kapıdan çıktığında çıplak ayakları toprağa değdi, toprak az önceki halinden daha soğuktu. Birkaç saniye içinde hava, toprağı buzlandıracak kadar soğuk olmamasına rağmen toprak kalın bir buz tabakasına dönüştü. Bahçesinde ya da evinin penceresinden dışarıya bakan hiç kimse Londie semalarında ve çatıların üzerinde uçuşan beyaz tüyleri fark etmedi. Ta ki tüyler süzülerek yere düşene ve her yeri bembeyaz bir örtüye bürüyene dek.

İnsanlar beyaz örtüyü fark ettiklerinde ağızları açık halde gökte sessizce süzülen Chul sürülerine bakakaldılar. Çoğu onları parmaklarıyla gösteriyordu. Hiçbir Londieli daha önce hayatında bir Chul görmemişti, onları yalnızca anlatılan efsanelerde dinlemiş ve bazen de rüyalarında görmüşlerdi. Richmond sinsi bir saldırının olacağını anlamıştı.

Beyaz tüylerle kaplanmış buğulu nehrin üzerinde iki karaltı belirdi. Bunlar tuhaf görünümlü iki adamdı ya da öyle görünüyorlardı. Adamlardan biri çok uzun diğeri daha normaldi. Adamlardan ikisi de yüzlerini safran rengi bir örtüyle baştan aşağı kapatmış, sadece göz kısımlarını açıkta bırakmışlardı. Örtünün altından anlaşıldığı kadarıyla yüzlerinin tam ortasında iri ve kavisli burunları olduğu anlaşılıyordu. İkisinin de kat kat kumaşlardan yapılma, uçları kırpık kırpık kesilmiş eski ve yıpranmış görünen burgonya rengi pelerinleri vardı. Pelerinleri çok uzundu. Daha önce kimsenin görmediği türde parlak kumaşlardan yapılmıştı. İkisinin de tırnakları siyah ve uzundu. Adamlardan biri garip bir hareketle yukarı yükseldi. Şimdi yerden birkaç metre yüksekte, boşlukta sabit halde ellerini birbirinin üzerine koymuş öylece duruyordu. Sonra aynı şekilde diğer adam da havada asılı kaldı. Biri köprünün doğu tarafına diğeri batı tarafına geçti. Uzaktan görenler onların tuhaf görünümlü köprü bekçileri olduğunu düşünebilirlerdi. Adamlar hiç kıpırdamadan bir süre öylece beklemeye devam ettiler.

Aşağıda bunlar yaşanırken, Greenwich tepesinin sırtı aniden geceye büründü. Londie'nin geri kalanında gündüz yaşanırken, tepenin ardında gece görünmekteydi. Tepenin yamacında bir çalılıkta gecenin karanlığı büyük, gölge gibi hareket eden bir şeyin etkisiyle kıpırdandı. Şekil, ağaçlığın zifiri karanlığında bile heybetini fark ettiriyordu. Karartı başını-ya da öyle gibi göründü-kaldırdı ve göğü kokladı. Umduğunu bulduğunda boğazından boğuk bir hırıltı çıkardı. Olduğu yerden hızla geri gitti, sonra aynı hızla toprağın içine daldı ve gözden kayboldu.

Dev şekil toprağın altından çıktığında, nehir kıyısında göründü. Köprünün bekçileri gölgeyi karşıladı. Gölge, etrafı saran sisin içine girdi, biraz sonra sisten daha beyaz beş gölge belirdi. Bunlar Chul atalarının ta kendisiydi. Nehrin üzerindeki sis çemberinin içinde yan yana dizilmiş beklerken, hiç olmadıkları kadar kurnaz hissediyorlardı. Londie semalarında uçuşan Chul sürüleri, atalarının olduğu tarafa geldiler. Bütün Chul ırkı, Thames nehrinin üzerinde çember oluşturmuş, az sonra olacaklara hazırlanırken, bunu görüp şahit olanlar hayatları boyunca bu kadar kalabalık ve tuhaf görünen kuş sürüleri görmediklerini fısıldadılar.

Chul ataları son anlaşmadan sonra, Chul bitkisinin köklerinin yeniden hayat bulmasının dışında, dişi topraktan bir yardım alamamışlardı. Oysa şimdi durum farklıydı. Artık Chullondie denilen bir ırk vardı ve güçlerini dişi toprağın dışında bir yerlerden almışlardı.

Chul ataları insan ırkını yok edecek, Chullondie'leri kendi ırklarına katacak ve güçlerini birleştireceklerdi. Bunun karşılığında dişi topraktan yardım istediler. Chullondie'leri kendi saflarına geçirdikten sonra,

159

karşılığında onların gücüne de sahip olmak istedi dişi toprak. Dişi toprak tüm güçlerini kullanacak ve Chullondie'lerin güçlerini geçici bir süre engelleyebilecekti. Toprak, karşılığında Chullondie kanının kendi üzerine akıtılmasını buyurdu. Her birinden bir damla kanı emecek, her tabakasında barındırdığı ve son gün için hazır tuttuğu ruhlarını bu güçlerle besleyecek sonunda da kendisini erişilmez kılacaktı.

Chul ataları bunu kabul ettiler.

Ancak bu dişi toprağa söylenmiş bir yalandı. Kendi aralarında kararlaştırdıkları bu hainliğe göre, Chullondie'lerin gücüyle zaten dişi toprağı kendi boyunduruklarına alabileceklerdi. Böylelikle dişi toprakla yapılmış hiçbir anlaşma geçerli olmayacaktı. Yeryüzünün ve yeraltının tek hakimi Chul ırkı olacaktı. Bu hain planın başını çeken Munin, öfkesinden ve hırsından yerinde duramıyor, kanatlarını kabarttıkça kabartıyordu.

Richmond ayağının altındaki buz tabakasına basarken aynı anda nehir tarafındaki yoğun sisi ve delici sessizliği fark etti. Nehirde bir şeyler oluyor ve o bir türlü hareket edemiyordu.

Canary son ana kadar hiçbir şeyin farkında değildi.

"Richmond bahçede misin?" diye seslendi kapıdan çıkarken. Ayağını eşikten atmasıyla geri çekmesi bir oldu.

"Richmond neler oluyor bu da ne böyle!"

"Canary, sana daha önce bahsettiğim şu gizli tünellere hatırlıyorsun değil mi? Hemen çık ve oraya git!"

"Hayır, seni bırakamam. Ben de seninle gelmek istiyorum Richmond!"

"Hayır Canary sana orada ihtiyacı olanlar olacak. Sessiz ol, insanları uyandır ve onları sığınağa gitmeleri için ikna et. Hadi acele et, merak etme yakında yanında olacağım."

Canary istemese de gitmek zorunda olduğunu biliyordu. Richmond'ı dinledi ve hızlı adımlarla evin arka tarafına geçip dışarı çıktı. Londielilerin, olan biteni görenlerinin dışında birçoğu hala evlerindeydi. Görenler ise korku ve endişe içinde evlerine girmekle yetiniyorlardı. Erkekler neler olup bittiğini anlamak için dışarı çıkarken, kadınların evde kalmalarını tembihliyorlardı.

Canary pencerelerinden endişe içinde kocalarını izleyen kadınları gördü. Her evin kapısını çalmaya ve onları sığınaklara gitmeleri için uyarmaya başladı. Çoğu evde kalıp kocasını beklemek istiyor, bazıları da Canary ile tünele gidiyordu. Yakında kopacak fırtınanın ilk esintileri Canary'nin saçlarını savurmaya başlamıştı bile. Önlerinde engebeli bir yol vardı.

Archway, Richmond gibi olacakları hissetmiş, diğerlerine haber vermeye çalışmış ancak bir türlü bahçesinin ötesine gidememişti. Buzlar çatlamaya başladı ve yerdeki çatlaklardan yeşil dumanlar yükseldi. Acımsı koku kısa sürede her yeri kapladı. Dışarda kalanlar nefes almakta zorluk çekiyordu. Tek zorlanmayanlar Chullondie'lerdi. Richmond tüm gücünü zorluyor, kanatlarını çıkartmaya çalışıyor ancak her seferinde hüsrana uğruyordu.

"Birazdan üzerimize hücum edecek ve herkesi öldürecekler! Lütfen açıl, hadi lütfen açıl!" diye söyleniyordu. Richmond nefesiyle ayağının altındaki buzları eritmeye çalıştı. Çabalıyor ancak o her gayret ettiğinde nefesi kesiliyor, işe yaramıyordu.

Nefesi eskisi kadar güçlü değildi.

Köprünün başında bekleyen adamlar kollarını iki yana açıp sertçe birbirine vurdu. Vurmanın etkisiyle yerde kıpırdanmalar oldu. Adamlar her vurduğunda yer kabuğu biraz daha çatlıyordu. Sonuncu vuruşun şiddetiyle birlikte yer iyice yarıldı. İçinden zümrüt gibi parlayan yeşil dumanlar göğe yükselmeye başladı. O sırada Munin işaretini verdi. Chul sürüleri çığlıklar atarak-ki çoğu zaman bunu bir kahkaha gibi yapıyorlardı-Londie'nin üzerine hücum ettiler. O sırada dışarda olanlar, gazın etkisiyle yerde baygın halde yatmaktaydı. Chul kargaları önce bunların icabına baktı. Bir kısmı evlerin bacalarından içeri süzüldü. Kimisi de kapılara yüklenerek içeri girdi. Evlerindeki insanları pençelerinin arasına alıp dışarı fırlattılar. Bazıları sivri tırnaklarını bir çengel gibi kalplerine takıp onları sokaklara ya da tepelerin ardına attılar. İnsanlar çığlık çığlığa kaçmaya çalışırken, yarıklara düşmemek için çaba sarf ediyor, bir yandan da gazdan ötürü hızlı hareket edemiyorlardı.

Chul sürüleri kadınları ve çocukları nehir kıyısına götürüyor, leşlerini Chul atalarının önüne atıyorlardı. Bu, daha önceki insan ırkının yaşadığı katliamlardan daha ağır oldu. Kulakları sağır eden acı dolu, yürek burkan feryatlar arasında yardım dileyen insanlar, Chullondie'lerin nerede olduklarını soruyor, haykırarak onlardan yardım dileniyorlardı. İnsanlar perişan halde, tüm göğü kaplayan beyaz karga ve kuzgun sürüleri altında çığlık çığlığa kaçışıyorlardı. Richmond duyduğu sesler karşısında ilk kez bu denli öfkeleniyor ama bir türlü hareket edemiyordu. Çırpınan kalabalığın arasında Chul ataları karga ve kuzgun sürülerine seslendiler. Atalarının emriyle bir araya toplanan Chul ırkı sessizliğe gömüldü.

Richmond, Chul atalarının daha başka neler yapacağını düşünüyor, bu sessizliğin bir geri çekilme olmadığını biliyordu.

Richmond tüm bedeni kaskatı olmuş halde nefesini içinde tuttu. Ruhundaki acı ve öfke her hücresinde geziniyordu. Son bir hamleyle nefesini ayaklarına doğru üfledi. Ayaklarının altındaki buz çözüldü. Archway ve diğer Chullondie'lerin aniden kanatları açıldı.. Dişi toprağın geçici engeli kalkmıştı. Fakat Chul ataları bunun farkında değildi. Richmond göğe yükselirken, sağ tarafında Archway ve diğerleri göründü. On beş öfkeli Chullondie aynı anda nehrin kıyısına indi. Köprünün üzerinde bekleyen beş Chul atası, onların gelmesini bekliyordu.

"İşte buradasınız!" dedi Munin, kibirle gagasını kaldırarak, "Olmanız gereken yerde!"

Richmond öfkeyle yükseldi, Munin'le göz göze gelebilecek bir noktada tam karşısında durdu.

"Bizim olmamız gereken yer tam da burası!" dedi Richmond Londie topraklarını işaret ederek, "Sizin olmanız gereken yer karanlık ve kanla örtülmüş zehirli topraklar! Sürünü de al ve topraklarımızı hemen terk et!"

"Duydunuz mu?" dedi Munin alaycı bir tavırla atalara dönerek. Richmond, Chul atasının bu umursamaz tavrından dolayı gittikçe kaskatı kesiliyordu. Archway ve diğer Chullondie'ler Richmond'ın tek bir işaretini bekliyorlardı.

"Bizden olan bir çocuk bize baş kaldırıyor. Hayır, hayır bu sizlerin gerçek ruhu değil Richmond. Siz bize aitsiniz, bizim kanımızdansınız. Bak dinle! Sana ve arkadaşlarına bir teklifimiz var..."

Munin cümlesini tamamlayamadan Richmond lafını kesti.

"Bizim sizinle yapılacak bir anlaşmamız yok! Öldürdüğünüz tüm insanların bedelini ağır ödeyeceksiniz! Bu iş bugün burada bitecek!"

"Sakin ol evlat, bizim gücümüzü küçümsediğini seziyorum? Böyle bir hataya düşmemeni öneririm. Anlaşmaya varmadığınız takdirde sizler de dahil bu topraklarda hiçbir canlı kalmayacak. Ama şayet ait olduğunuz yere, Chul topraklarına dönüp, biz ataların emrine girmeyi kabul ederseniz o zaman Londie topraklarına dokunmayız. Seçim sizin Richmond. Ya bu insanların hayatı ya da o aniden gelen soğuk ölüm?"

Archway, Richmond'ın nefesini hissediyor, az sonra harekete geçeceğini biliyordu. Boşlukta sallanırken herkesi hazır olması için uyardı. Bu öyle bir direnişti ki Richmond ve diğerleri Londie için hayatını vermeye hazırdı. Richmond ellerini yana bıraktı, parmaklarını araladı, kollarını ve kanatlarını geriye attı. Artık bakıyor ama hiçbir şey görmüyor, hiçbir ses duymuyordu. Algılarını kapattı. Sadece o ana, o özel ana odaklandı. Ne yaptığını anlayan Chullondie'ler aynı şekilde konsantre oldular. Nehrin üzerindeki sis tabakası bir anda dağıldı. Sularda bir kıpırdanma oldu. Aşağıda, suyun derinliklerinde Feetjie'ler Chullondie'ler için hazır bekliyorlardı.

O an, bozuk bir musluktan sızan su gibi zihnine ve aklına yayılan gücü ve baskıyı hissetti.

"Tam sim no!"

Bunun üzerine suda dalgalanmalar başladı. Londie'nin geri kalanı da tıpkı Greenwich tepelerinde olduğu gibi zifiri karanlığa büründü. Ay ve yıldızlar gökte belirginleştiği halde ayın ışığı tuhaf bir şekilde hiçbir yeri aydınlatmıyordu. Londie katıksız bir karanlığa gömülmüştü.

Richmond'ın bedeni ayın her haliyle uyum içindeydi. Ay şekil değiştirdikçe Richmond onun yerini alıyordu. Munin ve atalar Richmond'ın bu halini görünce homurdanmaya başladılar. Munin tuhaf ama güçlü bir şeyler olacağını fark etmişti yine de kendinden emin durmaya çalışarak kendini öne attı.

"Boşuna uğraşma Richmond, bizim ve toprağın gücüne asla yetişemezsiniz. Bütün gücünü harcasan da artık elinden hiçbir şey gelmez!"

Munin konuşuyor ancak Richmond ve diğerleri onu duymuyordu. Chul ataları işaretini vermek üzereyken gökte çivit rengi bir şimşek çaktı. Yağmur bulutlarına benzeyen ama daha koyu bulut dağları tüm göğü kapladı.

Richmond, ışığın ve karanlığın o ince çizgide denge bulduğu yerdeydi şimdi.

Ne olduysa o anda oldu.

Atalardan biri kanadına düşen bir damlayı fark etti ardından Munin ve tüm Chul sürüleri...

Karanlık bulutlardan gelen iri damlalar bildikleri yağmur damlası değildi. Gökten katran yağıyordu. Yağlı, yoğun kıvamlı ve kötü kokan damlalardı bunlar. Katran damlaları üzerlerine değer değmez yayılıyordu. Bir süre sonra Chul ataları ve sürülerden hiçbiri kanadını oynatamaz hale geldi. Boğuk çığlıklar atan Chul'lar birkaç dakika içinde katrana bulanmış halde oldukları yerde kaskatı kesildiler.

Karga ve kuzgun sürüleri artık beyaz değildi. Katran hepsini siyaha bürümüştü. Katran sadece bedenlerini ele geçirmemiş, aksine ruhlarını da etkisi altına almıştı. Katranın içindeki bileşenler, Chul ırkının bütün kimyasını altüst etti.

Bulut kümeleri yavaşça üzerlerine çöktü. Hepsini içine alıp savurdu. Chul ırkı sürüler halinde nehrin sularına gömüldüler.

Feetjie'lerin, kulaklarına fısıldadıkları sözler önce katrana sonra ruhlarına işledi. İşleri bittiğinde dev dalgalardan biri onları yeniden göğe fırlattı. Ve nehir, suyuna karışan katran sayesinde bir daha eskisi gibi berraklaşamadı. O günden sonra Thames Nehri yüzyıllar boyu bulanık bir nehir olarak kalacaktı.

Siyah Chul ırkı gökyüzünde süzülürken şaşkın gözlerle etrafına bakıyordu. Chul ataları, sanki birer karga gibi iki büklüm olmuş, emir bekleyen köleler gibiydiler. Artık beşinde de atalıktan eser kalmamıştı.

İlk gözünü açan Archway oldu. Kendini toparlayıp hemen Richmond'ın yanına gitti. Richmond iyi görünmüyordu.

"Richmond, her şey bitti kardeşim! Aç gözlerini!"

Richmond ağır ağır gözlerini açtığında yüzü solgun, gücü tükenmişti. Tam karşılarında gökte yan yana dizilmiş Chul ırkına baktı. Londie'de hala gece yaşanıyordu. Nehrin dalgaları duruldu. Feetjie'ler bulanık suya dalıp uzaklaştılar. Londieliler ise korkmuş halde perişan durumdaydı.

164

Diğer Chullondie'lerin de nefesleriyle beraber Richmond bir süre sonra gözlerini yeniden açabildi. Kesik kesik nefes alıyor ve hala çok bitkin görünüyordu.

"İyi misin kardeşim?"

Richmond belki hayır, belki de bilmiyorum anlamında başını iki yana salladı. Acton, hareket edip kendini yormamasını söyledi. O sırada gökyüzündeki gece bulutları yer değiştirdi. Londie yine olması gerektiği gibi gündüze büründü. Chul ırkı şimdi gündüz gözüyle çok daha tuhaf görünüyordu. Güneş ışığında katranın rengi iyice parlamıştı. Eskiden beyaz olan karga ve kuzgunlar artık ırkları tükenene kadar katran karası renginde kalacaklardı. Bu, suyla gücünü birleştiren rüzgarın kararıydı. Ne toprak ne de başka güçlere sahip olan canlılar-Chullondie'ler hariç-artık hiçbir şeye güç yetirmeye kadir değillerdi. Richmond tüm gücünü harcarken işte bunu hissetmişti.

Ve bunu hisseden sadece o olmuştu. Bunu ölene kadar gururla, bir sır gibi kendi ruhunda sakladı ve yalnızca ölürken, son nefesini verirken kendi oğluna söyleyebildi.

∞

Siyah Palto'dan Sonra

Efsaneye göre Chullondie'ler Chul atalarını dize getirmişti. Chul ırkı kendilerinden daha üstün olan gücü kabullendiler. Tek güç, onlara son bir eski yeteneği kullanma hakkı verdi. Beş eski Chul atası aralarında toplandı ve Chullondie'lerin huzurunda Londie halkına bir armağan vermek istedi. Bu öyle bir armağan olacaktı ki, insan ırkı hayatı boyunca şanslı ve mutlu yaşayabilecekti. Böylelikle geçmişte yaşananlar için özür borçlarını yerine getireceklerdi.

Bu bir Palto idi. Özel dikilmiş, *siyah bir palto...*

Bu paltoya sahip olan kişi hayatı boyunca şans ve mutluluk içinde yaşamını sürdürecekti. Bunun için Chul ırkı, varlıklarından bu yana kendilerinde olan özel güçlerini kullanarak siyah bir kumaş ürettiler.

İnsan ırkı geçmişte yaşananları hiçbir zaman affetmedi. İnsan var oldukça karga ve kuzgun sürüleri, onların gözünde her zaman lanetli ve

165

uğursuz olarak kaldı. Ancak Palto anlaşmasına evet dedi insan ırkı. Chullondie'lerin gönüllü olmasıyla birlikte hemen üretime başlandı.

Londie el birliğiyle yeniden toparlandı. Cross son günlerine kadar, babasının emaneti olan toprakların ve halkının huzur ve birlik içinde yaşadığını gördü. Son nefesinde tıpkı babasının olduğu gibi onun oğulları da yanındaydı. Ve Cross, Londie topraklarını Richmond'a emanet etti.

Archway ve Crystal evlendi. Evliliklerinin ilk yıllarında bir oğulları oldu. Adını Toyy koydular. Onlardan bir sene sonra evlenen isim Acton oldu. Canary'nin yakın arkadaşlarından Fritha ile evlendi. Evliliklerinin ikinci ayında Fritha ilk çocuğuna hamileydi.

Richmond ve Canary'nin herkesten önce bir çocukları oldu. Bu oğlana Pie ismini verdiler.

Pie ve Toyy yeni ırkın ilk çocuklarıydı. Birlikte kardeşten daha yakın büyüdüler. Güçleri ve yetenekleri diğer Chullondie'lerden üstündü. Kalpleri ise en az onlarınki kadar yumuşak ve sevgi dolu…

∞

Henry Marlowe harflerin çok eski bir kabileye ait olabileceğini düşündü. Çamurları kurumuş olan montunu çıkarıp askıya asarken son bir saat içinde yaşadığı olayların dışında aklında hiçbir şey yoktu. Eski çağlara ait alfabeleri araştırmak için bilgisayarını açtı. Ahşap kutunun içinden çıkan parşömen belli ki çok eskilerden kalmaydı. Henry uzun saatler bilgisayarın başından kalkmadı. Sonunda yaşadıklarının yorgunluğuna yenik düşerek çalışma masasının başında uyuyakaldı.

Aşağıda dev dalgalar ağır çekimdeymiş gibi kayalıklara çarpıyordu. Şiddetli fırtınanın uğultusu yeri ve göğü birbirine karıştırırken, durmaksızın çakan şimşekler gökten nehre doğru zigzaglar çiziyordu. Henry o an kızla göz göze geldi. Kız, uçurumun kenarında dev dalgaların çalkalanışını izliyordu. Henry seslenmeye çalışsa da rüzgar her seferinde sesini dağıtıyordu.

Nehrin dev dalgaları neredeyse kıza ulaşmak üzereydi. Henry yanına koşmak, onu oradan uzaklaştırmak istediyse de ayakları toprağa gömülmüştü. Uğraştı ancak bir türlü saplandığı yerden çıkartamadı. Gücünün tükendiğini hissettiğinde çaresizlik içinde yere çöktü.

166

Fırtına gök gürültüsüyle karıştıkça tüm şehri yerle bir edecekmişçesine sarsıyordu. Henry çaresizlik içinde ellerini uzattı. Gözyaşları yağmurla karışmış ancak fırtına sayesinde rüzgara karıştırılıp yok edilmişti.

Henry o dev dalgayı gördü. Kızın tam üstündeydi. Dalga heybetlendi. Yükseldikçe yükseldi ve sonra en yüksekteyken durdu. Şimdi kızı yutma zamanıydı.

Dalga harekete geçti.

O sırada bir çift siyah dev kanat kızın üzerine kapandı. Dalga üzerine döküldüğünde kız artık orada değildi.

Henry derin bir nefes aldı. Dalga sakinleşerek kendini nehre bırakırken, her şey ağır çekimdeymiş gibi geriliyordu. Fırtına dindi. Gök lacivertten griye, sonra da maviye döndü. Güneş ve ay nehrin üzerinde yan yana durdu. Henry iki dev kanadın nehrin üzerine kapandığını gördüğünde nehir, sularıyla beraber siyaha büründü.

Dev kanat suların içinden yükselip Henry'nin tam önünde durdu. Bu dev bir kuzgundu. Kanatlarını açtı ve iki kanadı arasındaki kızı gösterdi. Kız, kuzgunun kanatları arasında mutluydu. Kuzgun torununu Henry'e uzattı.

Ve Henry uyandı.

Henry Marlowe o gece gördüğü rüyanın etkisinden günlerce kurtulamadı. Her gün işine gitti ve yıllardır yaptığı işinde ilk kez endişe duydu. Bir yandan Londra Kütüphanesi'nde araştırmalar yaparken aynı zamanda geceleri de fazla uyuyamıyor olan biteni düşünüp bağlantıları kurmaya çalışıyordu.

Derken Henry o hafta sonu yeniden kütüphaneye gitti.

Kütüphane görevlisi haftaya gelirse istediği kaynağı temin edeceklerini söylemişti. Henry kütüphane kartını gösterdi ve içeri girdi. Görevli onu aradığı kitabın olduğu bölüme doğru götürdü. Henry son iki gündür kabus dolu rüyalar görmekteydi. Neredeyse her sabah kalp çarpıntılarıyla uyanmaya başlamıştı. Henry on yıl evvel bir kalp ameliyatı geçirmişti ancak kendine iyi bakmış ve tüm riski atlatmıştı. Oysa şu sıralar hayatının en heyecanlı günlerini yaşıyor ve bu heyecan ona fazla yaramıyor gibi görünüyordu.

Henry görevlinin uzattığı kitabı aldı. Kütüphanenin arka tarafındaki bir masaya geçti ve kitabın kapağını açtı.

Henry, Rune alfabesini araştırmış, bununla ilgili kaynaklar bulmuştu.

Henry bulduğu parşömen kağıdı çıkarttı ve masanın üzerine koydu. Ardından ne kadar zaman geçtiğini bilmeden uzun saatler orada kaldı.

Henry Marlowe kütüphaneden çıkarken hayatında ilk kez yanılıyor olmayı diledi. Cebinden çıkarttığı kağıda yeniden baktı. Şimdi kendini bildi bileli yaşadığı bu şehir ona daha anlamlı ve gizemli görünüyordu. Henry aklını kemiren düşünce silsilesinden kurtulmak için kitabı aldığı Piccadilly'deki kitapçıya gitmeye karar verdi.

Henry Marlowe, Piccadilly istasyonunda indiğinde hava çoktan kararmıştı. Fakat saat kaç olursa olsun o kitapçıyla konuşmaya kararlıydı. Henry o gün girdiği sokağa yaklaştığında gözlerine inanamadı. Etrafına bakındı. Hayır, bir yanlışlık yoktu. O sokak, Henry'nin birkaç hafta önce geldiği kitapçının sokağıydı. Ancak değişen bir şey vardı.

Sokağın yerinde boylu boyunca soğuk ve kırmızı tuğlalı bir duvar duruyordu.

Henry temkinli adımlarla yaklaştı ve duvarın önünde durdu. Ona göre bu imkansızdı ancak son günlerde olan bitenler Henry'nin hayatında imkansızın olmadığını göstermişti. Henry eliyle duvarı yoklarken kaldırımdan geçenler bu yaşlı adamın ne yaptığını anlamaya çalışan gözlerle bakıyorlardı.

Henry vazgeçip arkasını döndüğünde tuhaf giysili kitapçı tam karşısında duruyordu.

Adam tüylü pelerininin altından büyükçe bir paket çıkardı ve Henry'e uzattı. Henry neler olduğunu soracaktı ki kafasını kaldırdığında adam çoktan yok olmuştu. Henry kaldırımın ortasında bir sağa bir sola bakınsa da artık adamdan iz yoktu.

Henry adamın verdiği paketi açtı. İçinden siyah bir palto çıktı. Paltonun yakasına iliştirilmiş bir de not vardı. Notta yazılanları okuduğunda Henry'nin yüzü soldu. Boğazı kurudu. Kağıdı hemen cebine koyup oradan uzaklaştı.

Henry Marlowe ertesi gün evden hiç çıkmadı. Perdeleri açmadı ve evde olduğuna dair en ufak bir belirti göstermedi. Bir sonraki gün işine giderken ilk kez metroyu kullanmadı. Evinin önünden bir taksiye bindi ve yol üzerinde bir postaneye uğradı. Ardından aceleyle taksiye binip uzaklaştı.

Henry Marlowe o akşamüzeri kulenin avlusunda yerde yatarken bulundu. Görevlilerden biri onu bulduğunda Henry'nin eldiveninin üzerinde kan izleri vardı.

Henry Marlowe bulunduğunda çoktan ölmüştü.

∞

VE HUGIN HIÇLIK KENTI'NIN KAPILARINI AÇAR

Bazı günahlar cehennem kuyruğunda beklerken bazıları dünyada yanmaya mahkumdur.

Hiçlik Kenti'nin karanlık saati, varoluşundan beri hapsolduğu topraklardan kurtulma vaktinin geldiğini gösteriyordu. Heybetli gölgesinin her bir parçası yeniden vücut bulmuşçasına kıvrılarak kendini çatlamış toprağa bıraktı. Kuru toprağın iri çatlakları arasından yukarı dünyaya sızmaya çalışan karanlık ruhlara çarptı. Her bir azaplı ruh adeta onunla birlikte yukarı çıkabilmek için yarışıyordu. Bunlardan biri son anda kanadına tutundu. Hugin onu tanıyordu. O, diğerlerinden farklıydı. Sıradan bir azaplı değildi. Arafta kalmıştı. O da tıpkı kendisi gibi intikam istiyordu. Hugin, ona bir söz verdi. Onun yerine intikamını alacaktı. Vücut bulmadan evvel yapacağı son iş artık belliydi. Kanadındaki ruh, esirliğine hapsolmuş ruhunu Hugin'e terk etti ve yeniden bu kez huzur bulmuşçasına geldiği çatlağa geri döndü.

Sisli ve korkutucu bir geceydi. Soğuğun hissiz zifiri dünyayı ele geçirmiş, kat kat gökyüzü ile üstünü örtmüştü. Köşede, kuytuda bekleyen sinsi düşünceler vardı; tam da sokağın başında, kırmızı telefon kulübesinin içinde. Önce biraz sarsıldı demir yığını, sonra ahize düşerek sallanmaya başladı. Aniden camları patladı gecenin sessizliğinde, ama kimse duymadı.

Fısıltı gibi, varla yok arası bir ses çıkarttı. Sonra sızlayan bir hışırdama ve ardından kırılan camdan çıkmaya çalışan bir cisim belirdi. Hugin, tırnaklarının arasında kalan inatçı balçığı temizledi ve önünde uzanan parkın demir korkuluklu ağır kapısından içeri girdi. Bastığı çimlerde çamurlu ayak izi kaldı. Ve Hugin soluduğu her yere paslı, küflü, eski ve bayat bir hava bıraktı.

Gece, şehrin üzerinde solumaya başladığında, göğü dumanımsı siyah halkalar sarmaktaydı.

O gece, azametli şehrin uzun, görkemli caddelerinde yürürken, ihtiras yüklenmiş uykulu ruhların soluk nefeslerine karışan, hassas ve alıngan fısıltıları duydu. Fısıltı rüzgârı, hafifçe nemli yüzüne dokundu. Hugin, yeni açılmış pers yeşili gözlerini nehrin üzerindeki mağrur köprüye dikti. Yalnızca

169

bir sokak lambasının cılız titreşimler yaydığı ve köşedeki kapaksız çöp kovasının olduğu sokakta, sıska bir hortum, çöpleri savurmaya başladı. Hugin, yeni alıştığı bacaklarına yüklendi ve karanlığın içinde gözden kayboldu.

◊

Kadın, kemikli ince parmaklarını çay fincanının etrafında gezdirirken gözleri aniden değişen gökyüzüne takıldı. Ara sıra bulutların ardından kendini gösteren aydınlık iyiden iyiye kaybolmuştu. Birkaç ay önce ülkenin güneyinde daha büyük bir evde yaşarken, kocasının ani ölümüyle birlikte tüm mal varlıkları borçlara gitmiş ve kız kardeşinin yıllardır kapalı tuttuğu Botley yakınlarındaki eve yerleşmişti. Ancak hemen her gün yağışlı ve gri hava içini daha fazla kederle dolduruyordu. Kahverengi tuğlalı evin verandasında oturduğunda görebildiği tek manzara alabildiğine uzanan bataklıktı.

Yağmur yağdığı geceler bataklığın renginin kızıla bazen de kahverengiye döndüğünü fark edip ürperirdi. İlk taşındığı haftalar daha kolay geçmişti. Sanki göremediği bir güç, gün geçtikçe o evdeki yaşamını daha da çekilmez hale getirmeyi planlıyordu. Her şey değişmeye başlamıştı. Yağmur yağdıktan sonraki toprak kokusu artık daha kesifti.

Bir tür pas ya da küflü bir şeyler gibi…

Nemli kaldırımlara bulaşan çamur izleri, yer yer su birikintilerine karışıp yağmurun rengini kızıla boyuyordu. Islandıkça bedeninden süzülen kirli su, yaralı birinden sızan kan damlalarını anımsatıyordu. Soğuk yağmur yüzünü kamçılarken, ona eşlik eden karanlıkla beraber eski tünelden içeri girdi. Burası yaklaşık bin yıl kadar önce yapılmış eski bir tüneldi. Son yıllarda yeni bir yapılanma çalışması için kullanıma kapatılmıştı. Bu yüzden çok uzun zamandır karanlık, paslı, rutubetli ve sessizdi. Tünelin ağır kokusu dayanılmazdı. Duvara yansıyan birkaç loş ışık titreşerek karanlığı daha da belirginleştiriyordu.

İlerde bir tabela vardı.

"KUZEY BATAKLIĞI İÇİN SOL TARAFTAKİ KAPIYI KULLANIN" yazıyordu, boyası neredeyse silinmiş tabelada. Hugin, karanlık yüzünü tabelanın gösterdiği yöne çevirdi. Çok vakit kaybetmeden yukarı dünyaya açılan kanalizasyon kapağının demir parmaklıklarından süzülerek kendini ait olduğu yerde, azaplı ruhun evinde buldu.

O gece yağmur erkenden dinmiş, yerini huysuz bir rüzgâra bırakmıştı. Yıllardır bakımsız bırakılmış evin çürümeye yüz tutmuş her penceresi ayrı ayrı sesler çıkarıyor, rüzgâr yön değiştirdikçe sesler de yer değiştiriyor fakat susmuyordu. Kadın, sadece ilaç aldığında derin ve huzurlu uyuyabiliyordu. Yoksa haftanın birkaç günü aklını kaçırabilirdi bu evde. Rüzgârın çıkardığı anlam yüklü çığlıklar, camlara vuran her yağmur damlasının gözyaşı gibi yalvaran süzülüşleri, bataklığın renkten renge girmesi ve tüm o duvarlarda hareket eden garip karanlık siluetler...

Soğukkanlı huysuz rüzgâr yüzüne çarparken, irkilen ruhuna dikenler saplanıyordu. Hissettiği acı, buruk bir hevese karışıp içindeki kasveti alevlendirdi. Siyahla karanlık birbirinden farklı mıydı yoksa onları birbirine düşman edenler, Azaplılar'ın intikam gecelerinde yolladıkları karabasanlar mıydı?

Her gün her gece karanlığın ona bir adım daha yaklaştığını, sıcak nefesinin küstahça bedeninde dolaşabildiğini hissetmek ağır gelmeye başlamıştı. Dozunu arttırdığı uyku ilaçları bir süre sonra etkisini yitirecekti. Bunu biliyordu çünkü ruhu uykuya değil karanlığa teslim olmak istiyordu. Göz kapaklarına direnemeyecek hale gelene dek bunları düşündü. Her uyku öncesi yaptığı gibi.

Aman Tanrım!

Kimse yok mu? Yardım edin lütfen! Burada bir... hayır, bu olamaz. Burada onlarca ceset var. Biri bana yardım etsin! Aman Tanrım her yerde kan var!

Kadın, tentesi açık verandada yağmurun altında ıslanırken, kızıl renkte kemiklerle dolmuş bahçeye bakıyordu. Kadının üzerine yağan her kanlı yağmur damlası, beyaz geceliğini berbat ediyordu. Kadın aniden sesin geldiği yöne döndü. Bahçe duvarının ardındaki kanalizasyon taşmış, içinde biriktirdiği ne kadar balçığa bulanmış kötü ruh varsa kadına doğru koşmaktaydı. Kadın güçlü bir çığlık attı. Üzerine gelmekte olan dumanımsı karanlık sağa sola savrularak saçlarının arasından geçip gitti. Kadın bu kapkaranlık ruhları bedeninden uzaklaştırmak için kollarını hızla sağa sola savuruyordu. Verandayı saran gölgeler ara sıra tıslıyor, huysuzlanarak boğulurcasına inliyorlardı. Kapkara gölgelerin kafatasları belirdi kadının göz bebeklerinde. Onlarca kafatası, hırçın gölgelerinin aksine çene kemikleri yere sarkana kadar kahkahaya boğuldular. Kadın, iliklerine işleyen korkunun durdurulamaz baskısını göğsünden söküp atamıyordu. Kafatasları aniden kadının ayak bileklerine hücum ettiler. Kimi çıplak ayaklarının bir kısmını kemirirken kimi de ayak parmaklarını koparmakla meşguldü. Kadının çığlıkları boş arazide yankılanıp bataklığın durgun balçığında titreşime neden oldu.

Neredeyse diz kapaklarına kadar kemiren kızıl kafataslarının iştahına ket vururcasına bir haykırış yükseldi. Hepsi birden görünmeyen bir güç tarafından zorla sürüklenircesine kanalizasyona doğru itilip gözden kayboldu. Kadın dayanılmaz acıya yenik düşerek bayıldı.

Sıçrayarak uyandı. Terden sırılsıklam olan geceliği sırtına yapışmış üşümesine neden oluyordu. Gözleri karanlığa alışana kadar bir süre nerede olduğunu anlamaya çalıştı. Kalbi çok hızlı çarpıyordu. Hemen her gece gördüğü bu kâbuslar zamanla tüm gününü endişe, uykusuzluk ve titreme nöbetleriyle geçirmesine neden olmaktaydı. Sürekli soğuk terler döküyor, kalp atışı ya çok hızlanıyor ya da olması gerekenden daha yavaş atıyordu.

Hizmetçi her akşam komodininin üzerine bir sürahi su bırakırdı. Gözleri suyu aradı. Sonra hizmetçinin geçen gün aniden işi bıraktığını hatırladı. Mutfağa inip biraz su içse hiç fena olmayacaktı. Gördüğü kâbus dilini damağını kurutmuş, terlemekten tüm vücudu su kaybetmişti.

Ayağını yere basar basmaz, bileğine kadar suya gömüldü.

Bozuk pencerelerden birinden su girmiş olmalı, diye düşündü. Ancak su daha soğuk olmalıydı, oysaki bu sıvı ılık ve akışkandı. Ayaklarını sürüyerek başucundaki abajurun düğmesine bastı. Yanmıyordu. Hem su içmek hem de mum aramak için mutfağa inmekten başka çaresi yoktu. Adımlarını merdivene çevirdi. Koridora çıktığında yerlerin kuru olduğunu fark etti. Eskilikten boyası çıkmış ahşap tırabzanlara tutunarak temkinli adımlarla merdivenlerden indi.

Çekmecelerden birinde bulduğu mumu yaktı. Mum, dar ve uzun olan mutfağın bir kısmını loşlukta bırakırken geride kalan karanlık kısmının ise sonsuzluğa giden bir tünel gibi görünmesine neden oluyordu.

Oradaydı. Mutfak tezgâhında duran gri-siyah kahve makinasının yanındaki ekmek sepetinin içinde. Karanlık gövdesi esnercesine iki yana açıldı. Ağır ağır gerinerek ekmek sepetinin içinden çıktı.

Kadın sendeledi. Dengesini kaybederek arkasındaki dolaba çarptı. Elleriyle yüzünü kapatırken parmaklarıyla göz kapaklarına bastırıyordu. Saçlarının arasından alnına süzülen ter damlaları soğuktu. Gözlerini açtığında ekmek sepetinin olması gerektiği gibi görüneceğini umuyordu.

Bir an, hiç beklenmedik bir cesaretle kollarını iki yana savurdu.

"Beni rahat bırak! Artık dayanamıyorum buna bir son ver, çık git hayatımdan!"

Gözlerini açar açmaz bakışları ekmek sepetine dikkat kesilmişti. Sepetin içinde geçen aydan kalma küften morarmış birkaç dilim ekmek vardı.

Birkaç yudum su içtikten sonra mutfak penceresini açtı ve derin bir nefes aldı. Serin bir rüzgâr içeri girip yanan mumu söndürdü. Ardından mutfak dolaplarını teker teker açıp içinde ne kadar tabak varsa yere fırlatmaya başladı. Kadın geri geri giderken ayaklarının yeniden bileklerine kadar ılık sıvıyla okşandığını hissediyordu. Sıvı, hızla yükselerek diz kapaklarına değen geceliğinin ucuna kadar geldi. Koyu renkteydi. Ilıktı ve zift kokuyordu. Rüzgâr, saçlarının arasında dolaşmaya başladı. Bir anda güçlenip onu yere savurdu. Kadın şimdi ılık sıvının içinde debeleniyordu.

Rüzgâr onu porselenlerin olduğu vitrine savurdu. Sırtı dolaba çarpınca kapağı çatladı. Sırtında ne kadar kemik varsa çatırdadığını duyabiliyordu. Ve heybetli rüzgar, acıdan inleyen kadının karşısına geçti. Kadın artık onu görebiliyordu. Hugin, büründüğü azaplı ruhun karanlık silüetiydi. Kadının göz bebekleri dehşetle büyüdü. Hugin, kadının yıllar önce yasak bir ilişkiden peydahladığı ve doğar doğmaz göle atarak boğulmasına seyirci kaldığı bebeğiydi.

Bebeğinin yüzünü dün gibi hatırlıyordu. Hugin'in heybetli bedenine hiç de uymayan bir bebek yüzü vardı. Değişken mimikleri o gece nehirde boğulurken nasıl can verdiğini gösterircesine yavaş yavaş yer değiştirmeye başladı. Ve kadın daha fazla dayanamayarak oracıkta kalp krizi geçirip öldü.

Gözleri açık kalmıştı. Gözbebeklerindeki dehşet hâlâ son anki gibi canlı duruyordu. Hugin, kadını arka bahçedeki kanalizasyondan içeri fırlatırken laneti hala kadının üzerinde dolaşıyordu.

Düşünebilseydi, öldüğü için kurtulduğunu sanabilirdi. Ama o, arada kalanlardan oldu. Ne cehennemde ne de dünyadaydı. İkisi arasında çatlamış bir toprak parçasının karanlık uçurumlarından birinde yeniden dirildi. Kana bulanmış geceliği ve gözlerindeki korkuyla…

İlk günahın bedeli dünyada ödenmediğinde ve cehennem onu kabul etmediğinde, toprağın soğuk yüzü suyun gücüyle birleşip paslı bataklıklar meydana getirdi. Azaplılar, Hiçlik Kenti'nin çatlamış toprakları arasında sıkışıp kaldılar. Sadece Hüsran Günü geldiğinde sırası gelenler bedel ödemek için yeniden diriltildi.

Kadını kendine getiren ilk şey, Hiçlik Kenti'nde sefil hayatlar yaşayan azaplı ruhların canhıraş feryatlarıydı. Önünde sonsuza uzanırcasına sarımtırak irinle kaplı dev bir bataklık yolu vardı. Kendi varoluşlarından beri devinimsizlik içinde Hiçlik Kenti'nin kokuşmuş çukurlarında nefes alan dev asalaklar yerlerinden fırlayıp üzerine doğru gelmeye başladılar. Her bir dev asalak kendi sert kabuğunu kırdı ve içinden iri bitler çıkararak ilerlemeye devam etti.

Kadına ilk ulaşan iri bitlerdi. Önce saç tellerini ucundan köküne kadar kemirdiler. Ardından kafatasından beyninin içine hücum ettiler. Fazla uzun sürmedi. Kadın önce bir domuz yavrusunun vücudunda hayat buldu. Ağzı salyalı bir sırtlan onu ensesinden yakaladı. Acıyla korkuyu tadar tatmaz başka ölümlü vücutların son nefeslerine karıştı kadının ruhu. Hepsinin can çekiştiği son anlarına…

Binlerce kez öldü ve yeniden dirildi. Hastalıklı kibirlerin öfkeli taşkınlığında yeniden nefes aldı.

Kadının kana bulanmış yapışkan vücudu, bir cenininki kadar savunmasız duruyordu. Öyle acılar çekiyordu ki, her nefes alışında dev asalaklar etinden bir parça koparıyordu. Yine de o zehirli nefesi almak zorundaydı. İri bitler, beynini serbest bıraktığında dev asalaklar kadının kanını kurutmak için sıralarını bekliyorlardı.

Hiçlik Kenti'nin yüksek burçlarında bekleşen Nehir Bekçileri çoktan yerlerini almışlardı. Yedi Göller, Hiçlik Kenti'nin en acımasız sularıydı. Ve kadın iri bitlerden kurtulur kurtulmaz Bekçiler onu sırayla ait olduğu sulara bıraktılar. Önce Mızraklı Nehir bir çırpıda içine çekti kadını. Bu, bildiği sular gibi değildi. Her dalgasında bedenine ucu kızdırılmış mızraklar saplanıyordu. Ve kadına yeniden verilen ruhu, acıyı sonsuz kere çığlık çığlığa hissetmesine sebep oluyordu. Ardından Zehirli Nehir aldı onu. Zehirli karanlık suyunda defalarca boğdu. Sonra Kızgın Nehir alevli suyunda defalarca yaktı kadını. Tüm derisi kavruldu, ardından yeniden hayat buldu.

Bir sonraki Siccin Nehri ise derinliklerinde sakladığı vadilerde bin bir çeşit vahşi yaratık barındırıyordu. Ardından Hınç Nehri'nin suları dalgalandı. Kadının ruhu, aklı, zihni ve tüm yaşadığı hatıraları bir bir tazelendi. Bu sefer daha fazla acıyla, baskıyla ve utançla yüzüne vurularak.

Azap bitmeden bir önceki nehir Kara Nehir'di. Karanlık sularında kasvet vardı. Gelmiş geçmiş tüm ruhların kederleri ile doluydu. Kadın, teker teker tattı bu kederi. Ezelden beri var olan azaplı ruhların bedenlerine girip kasvetlerinde boğuldu. Karanlık su, hiç bitmeyecekmişçesine ruhunu derin bir kahırla doldurdu.

Ve kadın son nehrin suyuna girdi. Derin Nehir. Daha önceki hiçbir suya benzemiyordu. Berrak ve tatlı suyunda huzur var gibiydi. Kadın, daha da derinlere battıkça suyun taneciklerini ve o taneciklerin içindeki sevgiyi hissetti. Her bir tanecik büyüdü, kocaman baloncuklar oldu. Her baloncuğun içinde öldürdüğü bebeğinin morarmış ve şişmiş yüzünü gördü. Çıkmak için çırpındıkça daha da derinlere battı. Baloncuklar birer birer patlamaya başladı. Patladıkça dev kan dalgaları oluştu. Ölü bebeklerin kanlarında sayısız kereler boğulan kadın, dibe battıkça Derin Nehir onu Kin Kuyusu'na hapsetti.

Kadın çıldırmışçasına yüzünü, gözünü, her yerini tırmalamaya başladı. Tırmaladığı yerlerden kan yerine irin akıyordu. Kuyunun duvarlarında asılı duran ateşten çengelleri gördü. Azaplı ruhu onu bir hamlede duvara savurdu. Onlarca kızgın çengelin vücuduna saplanmasıyla haykırmaya başladı.

"Öldür beni! Öldür beni! Öldür beni!"

◊

Greenwich'in ıslak tepelerinde bir hareketlenme vardı. Rasathanenin etrafını binlerce kuzgun ve karga sürüsü sarmaya başladı. Efsaneye göre Rodmark'ın yedi parçaya ayırıp yedi ayrı yere gömdüğü Hugin yeniden vücut bulmaya çalışıyordu. Kuzgun sürüleri Greenwich semalarında müjde verircesine çığlık çığlığa dönerken, nehir üzerinde sayıları her saniye artan kargalar da nöbet halindeydiler. Londra artık onlara aitti.

Sonu gelmeyecekmiş gibi hissettiren bir gök gürültüsü duyuldu. Birkaç saat evvel sisin yuttuğu şehir ve içindekiler, göğün şiddetinden sarsılmaya başladı. İnsanın içine işleyen gürültü, büyük sonun habercisi olduğunu müjdelercesine haykırıyordu. Londra ilk kez bu kadar tekinsizdi. Birazdan her ne olacaksa tüm şehri haritadan silecek kararlılıktaydı.

Kuzgunların boğuk çığlıkları göğün tehditkar nefesiyle birleşti. Yedi tepe, yedi kez sarsıldı. Hugin'in yedi parçası da toprağı yarıp göğe yükseldi. O yükseldikçe kuzgun ve karga sürüleri onun altında kaldı. Hugin'in yedi parçası nehrin üzerinde bir çember oluşturdu. Hugin yeniden vücut bulmaya hazırdı. Londra'nın kıyametine ramak kalmıştı.

Önce başı yükseldi, ardından gövdesi ve kanatları, sonra diğer parçalar bir araya geldi. Parçalar birleşirken Londra uçsuz bucaksız bir zindanı andırıyordu. Uzaklara düşen yıldırımların ışığı haricinde her yer zifiri karanlığa gömülmüştü. Gökte ne ay ne de yıldız vardı. Parçalar birbirine kenetlendikçe, ağır zindan kapıları açılıyor, içlerinde ne kadar korku ve endişe varsa şehrin yeraltına sızıyordu. Hugin'in soğuk nefesi tamamlandığında, kulede bekleşen diğer beş kuzgun atası da göğe yükseldi. Hugin artık daha heybetliydi. Kanatlarını üç kez açıp kapadı. Tüm kuzgun ve karga sürüleri yerlerini aldı. Kimi şehrin gizli köşelerinde kimi caddelerde kimi de çatıların üzerindeydi.

"Aramıza hoş geldin Hugin," dedi Thor. Thor'la birlikte diğer Chul ataları da Hugin'i selamladılar. Tüm şehir, Hugin'in keskin gözlerindeki intikam ateşinin içinde kavruluyordu. Ve Hugin zehirli soğuk nefesini şehrin üzerine üfledi. Londra, artık bir bebeğin huzurlu uykusu kadar sakindi.

∞

Fotoğrafçının Buzdan Şehri

Big Ben on ikiyi vurduğunda, Westminster köprüsünün boyası çıkmış yeşil trabzanlarına yaslanmış nehri izliyordum. Havada kesif bir buz kokusu vardı. Yaşadığım an neydi bilmiyordum. Birkaç dakika, birkaç saat veya bir gün önce mi konuşmuştum Pie ile? Bilmiyorum, zaman kavramı artık bu şehrin üzerinde işlemiyordu. İnsanlar olağan bir günü yaşıyor gibi görünürken ben, hangi Londra'yı yaşadığımı bilmiyordum. . Pie'ın gösterdiği her şey zihnimde bir yılan gibi dolaşıyor, kıvrılıyor ve zehrini akıtacak bir yer arıyordu.

Ben bu düşünceler eşliğinde nehrin bulanık suyunu izlerken, Pie da saat kulesinin tepesinden bana bakmaktaydı.

Dedem Henry Marlow bir kuzgun bakıcısıydı. Chul atalarından geriye kalan kuzgunlara bakan bir bakıcı. Onların gizemli tarihleri hakkında çok fazla bilgiye sahipti. Yıllarca Londra Kulesi'nde kuzgun bakıcısı olarak çalışmıştı. Sonra bir gün Chullondie ırkı onu seçti. Aslına bakılırsa bu benim seçildiğimi gösteren ilk işaretti. Dedem Henry Marlow o gün o esrarengiz kitapçıdan aldığı kitabı bana okuduğunda artık Chullondie'lerin istediği her şey zihnime kazınmıştı.

Chul ataları ve insan ırkı arasında yapılan ateşkes, Chul atalarının onlara siyah paltolar dikmesiyle güven kazanmıştı. Yıllar boyu dikilen bu siyah paltolar insanoğluna şans getirmiş, kendisine palto verilenler hayatları boyunca şanslı ve mutlu yaşamışlardı. Bu gelenek yıllar boyu sürmüştü. Ta ki Londra artık iki binli yılların başına gelene dek. İki binli yılların başında imalatlar artık yavaş yavaş azaltılmaya başlanmış, palto verilen insan sayısı yıllar içinde oldukça aza indirgenmişti. Chul ataları, daha önce de yaptıkları gibi tüm anlaşmayı bozmaya kararlıydılar. Neredeyse on yıldır hiçbir insan bu şans paltosuna sahip olmamıştı. Ta ki bana gönderilene dek.

Dedem Henry Marlow, son paltoyu bana göndermişti. Parşömendeki sırlı yazıyı çözdüğünde, Londra'nın başına neler geleceğini çok iyi biliyordu. Chullondie ırkı bizi seçmişti. Beni ve dedem Henry Marlow'u.

Sırlar bir insan tarafından çözüldüğünde kaçınılmaz haber Chul atalarının kulağına fısıldandı. Bunun üzerine kendi bakıcıları olan dedemi aynı gün öldürdüler. Fakat o gün o paltoyu bana postalamasına engel olamadılar. Şimdi Hugin yeniden dirilecek, atalar bir araya gelecek ve Chul atasını parçalara ayıran insan ırkını bu şehirle beraber yeryüzünden silecekler. Ama bilmedikleri bir şey var.

177

Son dikilen *siyah palto* benim üzerimde.

Kafamı kaldırıp saat kulesinin sivri tepesinde oturmuş beni izleyen Pie'a baktım. Bir süre zihnimi toparlamam gerektiğini düşünerek beni yalnız bırakmıştı. Aklımdan neler geçtiğini çok iyi biliyordu. Onlar birer akıl okuyucuydu ne de olsa. Ayağa kalktı ve adım atar gibi anında yanımda belirdi. O sırada nehrin suları sıra sıra dalgalandı. Uzun süredir yağan ince yağmur bir anda kesildi. Önce nehrin ortasına bir yıldırım düştü. Yıldırımın şiddetiyle nehrin ortasında bir çukur açıldı. Çukurun derinliğini görmek imkansızdı. O an sadece Londra'yı değil, tüm evreni içine alabilirmiş gibi hissettim. Pie neler olduğunu anlıyordu.

"Başladı," dedi. Sesindeki tını hiç de huzurlu değildi.

Ona bir şey sormak istemedim. Biliyordum ki Hugin artık aramızdaydı.

"Hemen gitmeliyiz. Merak etme Mila seni koruyacağım."

Kararlı bir tonda söylemişti. İçim rahattı. Nehrin görüntüsünden sonra sırada ne olduğunu, beni ve şehri neyin beklediğini merak ediyordum. Korku ve endişe içinde gözbebeklerim büyümüş olmalıydı. Pie elimi tuttu. O an gökteki gri bulutlar yok oldular. Sanki hava bahara dönecekmiş gibi açıldı. Hemen akabinde iri dolular yağmaya başladı üzerimize. Adeta Londra'nın her köşesine her metrekaresine kocaman taşlar yağıyordu. İnsanların göremediği, sadece ben ve Pie'ın görebildiği tuhaf şeyler oluyordu. Üzerinde durduğum köprü sallanmaya başladı. Havadaki dondurucu soğuk gitgide artıyordu.

Ve olan oldu. Gökyüzü kayboldu.

∞

Gökyüzü buz tutmuştu. Hugin'in ilk laneti, bizi aşılamaz görünen bir buz kütlesinin altına hapsetmişti. Her daim gri ve kasvetli Londra semaları, artık bulutsuz, yağmursuz, yıldızsız bir gökten ibaretti. Gördüğüm tek şey, kalın bir buzdan gökyüzü idi.

Londra artık bildiğimiz dünya zamanına göre hareket etmiyordu. Bunu daha sonra bir süredir sabah olmamasından anlayacaktım. Dev buz kütlesinin altından görebildiğim tek şey, gecenin koyu bedenine ışık tutan milyonlarca Edwardsiella Andrillae'lar ve Tardigra'lar idi. Sumatra Toba volkanı patladığında bin yıl boyunca soğuk ve karanlık olmuş. Bir anlığına dünyanın o hali geldi gözümün önüne. Şehrin bin yıl bu halde kaldığını düşünmek istemiyordum. Şehrin üzeri buzla kaplıydı, ancak şehir henüz donmamıştı. Bu, henüz zamanımızın tükenmediğini gösteriyordu.

Üzerimde Siyah Palto ile Thames'in diplerinde bir tüneldeydim. Chullondie'ler tünelin bir bölümünü adeta bir tv ekranı gibi yukarı şehre açmışlardı. Karanlık tünelden gökyüzünü izlemek ne kadar müthiş hissettirirse o kadar harika hissediyordum. Greenwich'in yaz gecelerinde açık gökyüzüne bakıp, yıldızların kayışını izler gibi buza bakıyordum. Bu sefer görebildiğim tek şey, ters takılmış beyaz çivileri andıran milyonlarca Edwardsiella ve minyatür domuzcukları andıran ve sürekli buzun üzerinde kayarak hareket eden Tardigralar idi. Ters çiviler ve yavru domuzcuklar hareket ettikçe her an kayıp düşecekler ve başımıza bir başka felaketi getirecekler diye endişeleniyordum. Ben bunları düşünürken Pie yanıma oturdu.

"Ters Çiviler ha? Hoşuma gitti," dedi sinir bozucu ama bir o kadar da sevimli bir gülümsemeyle.

"Sen olsan ne ad verirdin?"

"Hiç düşünmedim. Ters mantar?" dedi bulduğu ismi onaylamamı ister gibi. Cevap vermedim. Gözüm uzun zamandır onların üzerindeydi. Aklımı tırmalayan başka sorular vardı. Sürekli düşünüp kurgulamaktan beynim yorgun düşmüştü. Gözlerimin kapandığını hissediyordum.

Hugin'in ilk laneti başladığı o gün, Pie beni Thames'in diplerine çekmiş, Chullondie'lerin en güvenilir yer dedikleri nehrin altındaki tünele götürmüştü. Pie'ın kollarında nehrin dibindeyken hiç ıslanmamıştım. Daha da ilginç olanı nefes almaya devam edebiliyor olmamdı. Başımı kaldırıp suyun yüzeyine baktığımda, göğün yok oluşunu ve dev buz kütlesinin iri bir kristal gibi şehrin üzerini örttüğünü görmüştüm.

Pie uyumam için ısrar etti. Ben de sorularımı daha sonraya bırakmaya karar verdim. Ben dinlenirken o da Kral Tuuz ve Toyy ile birlikte hummalı toplantılarına kaldıkları yerden devam edeceklerdi. Ona karşı koyacak gücüm yoktu. Benim için hazırladığı pelerin yatağına uzandım. Pie, onlarca pelerini benim için yatak haline getirmişti. Daha önce hiç bu kadar rahat bir yatakta uyumadığımı fark ettim. Düşünceler, beynimin hakimiyetini bırakır bırakmaz derin bir uykuya daldım.

Pie ve Toyy'u ilk bakışta birbirlerinden ayıran en belirgin özellik saçlarıydı. Pie'ın omuzlarına kadar dökülen dalgalı saçları varken, Toyy'un saçları düz ve boyun hızasında, rengi ise gri ve bal karışımıydı. İkisinde de inkar edilemez bir güzellik ve çekicilik vardı. Kuzgunların görünüşleri gözümün önüne gelince, yarı insan yarı kuzgun bir varlığın nasıl olupta böyle çekici ve karizmatik olabileceğini düşündüm. Fiziki görünüşleri, bir insanın hesaplayamayacağı güç potansiyelleri, seslerindeki o cezbedici tını; onları bir bütün yapan her şey tam anlamıyla kusursuzdu.

Mükemmel, diye mırıldandım. Kendimin bile zor işittiği sesi duymuşlardı. Neyseki hararetli toplantıları hala devam ediyordu ve aklımı okumaya zamanları yoktu. Ne kadar süredir uyuyordum bilmiyorum ama bedenimin ve zihnimin yeterince dinlendiğini hissedebiliyordum. Tünelin rutubetli havası boğazımı yakmaya başlamıştı. Bir an önce rahat bir oksijen soluyabileceğim yukarı şehre çıkmak istiyordum.

Pelerin yatağımdan doğrulurken paltoma sıkı sıkı sarıldım. Yerin altı, üstünden daha soğuktu. Pie, birkaç gündür yaptığı gibi yine gözden kayboldu. Bir yerlere gidiyor ve her gelişinde aralarında toplantılar yapıyorlardı. Toyy, Kral Tuuz'u selamlayıp yanıma geldi.

"Dinlenmiş görünüyorsun. Buna sevindim,"

"Evet iyi hissediyorum," dedim gözlerim Pie'ı ararken. Ardından "Pie nerede?" diye sordum. Sesim, boğazımın yanmasından dolayı çatallı çıkmıştı.

"Halletmesi gereken ufak bir işi var. Birazdan yanımızda olur. Acıkmış olmalısın," dedi elindeki tunalı sandviçi bana uzatırken. Bir an kendimi eski normal hayatımı yaşıyor gibi hissettim. O an sert bir kahvenin ne kadar iyi gelebileceğini düşündüm. Toyy, sevimli bir şekilde yüzünü buruşturunca kahve sevmediğini fark ettim.

"Aklımı okumayı keser misin, bu hiç nazik bir davranış değil. Biz İngilizler böyle kaba şeyler yapmayız," dedim sandviçimden bir ısırık almaya hazırlanırken. . Toyy rahat görünüyordu. Kollarını bir öğretmen edasıyla birleştirdi.

"Chull kargalarının renginden daha koyu olan o tatsız şeyleri nasıl içiyorsunuz anlamıyorum. Siz İngilizlere gelince," dedi. Sırtını tünelin rutubetli duvarına yaslayıp devam etti. O an Toyy'un mu yoksa Pie'ın mı daha çekici olduğunu düşündüm. Ve anında o düşünceyi aklımdan uzaklaştırdım.

"Unutma ki Londra topraklarınnı ve ırkın devamını bize borçlusunuz. Bu, bizim ne kadar asil olduğumuzu da kanıtlıyor tabii,"

"Elbette öyle," dedim ama onu azarlamak ister bir halim de yok değildi. Halbuki dediği doğruydu; bu toprakları ve insan ırkını kurtaran Chullondie'lerdi. Neden onunla savaşıyordum ki!

Doğup büyüdüğüm şehrimi seviyordum. Hemde çok. Londra, benim için kainattaki en asil yerdi. Burada doğmuştum ve bu topraklarda yaşlanıp ölmek istiyordum. Hyde Park'ın huzur kokan çimlerinde yürümeden, Regent's Park'ın eşsiz gül bahçelerinde dolaşıp havasını solumadan, Westminster köprüsünden nehri izlemeden ve Big Ben'in sesini duymadan mutlu bir yaşam süreceğimi sanmıyordum. Tabii bir de leziz Victoria sünger kekler var. Dünyanın hiçbir yerinde böylesi bir lezzeti bulamayacağımı biliyordum.

Toyy, yemeğimi bitirene kadar yanımda kaldı. Son lokmamı yutarken Pie göründü. Yüzündeki ifadeden karamsar mı, hüzünlü mü yoksa umutlu mu olduğunu kestiremiyordum. Onu görür görmez ilk fark ettiğim şey pelerininin yerine dizlerine kadar uzun siyah bir ceket giyiyor olmasıydı. Pie tünelde belirir belirmez ilk konuşan Toyy oldu. Kral Tuuz çok yaşlı olduğu için çoğu zamanlar yaptığı gibi dinleniyordu.

"Bir şeyler ters gitmiş.Bu sefer hangisi sorun çıkarttı?"

Havada, Pie'ın getirdiği kesif bir koku vardı. Daha çok buz gibi.

Pie düşünceli görünüyordu. Farkında olmadan elimdeki sandviç kağıdını sıkıyordum. Pie cevap vermeden önce derin ve manalı bir şekilde gözlerimin içine baktı. Daha çok, *şimdilik işler karışık ama sen iyi ki yanımdasın*, bakışı gibiydi. Belkide ben öyle anlamak istedim. Bilemiyorum. O gözlerimin içine bakarken, ben de onun siyah gözbebeklerinin içinde kaybolmuştum. Aniden Toyy'un öksürür gibi boğazını temizlemesi ile kendime geldim. İkimizden de bir cevap bekliyor gibiydi. Pie, ellerini cebine soktu ve duvara yaslandı.

181

Anlatacakları canımızı sıkacak gibiydi. Elimdeki sandviç kağıdını cebime soktum. Pie, söze girdi.

"Landseer aslanlarının yanımızda olduğunu biliyoruz. Bu konuda canımızı sıkacak bir durum yok. Marble Arch'daki at kafası için de aynısını söyleyebilirim. İnsanlara görünmeyen gövdesi bizimle birlikte hareket edecek. Diğerlerine göre daha hızlı olduğunu biliyoruz. Aynı zamanda…" Pie'ın cümlesini bölüp araya girdim. Ne de olsa en baskın huyumdu bu.

"Bir dakika, bir dakika bekle bakalım. Nasıl yani, ters at kafası mı? Hani ortada duran o heykel? Hani gövdesi olmayan ve başı ters biçimde duran? Yıllardır gördüğüm o heykel?"

Tüm sorularımı yine nefes almadan sormuştum. Görünmeyen gövdesiyle hareket etmek de neyin nesiydi. O bir heykeldi. Bildik, cansız bir heykel. Tam Toyy açıklayacakken Pie önce davrandı.

"Haklısın, sana böyle birdenbire söyleyince tuhaf geldi tabii,"

"Tuhaf mı? Söyleyebileceğin sadece bu mu yani, *tuhaf?*"

Pie, omuzlarını silkerken gülümsüyordu. Onun bu mükemmelden öte çekici gülümsemesi beni benden alıyordu. Düşüncelerime sünger çekip kendime geldim.

"Pekala, şöyle açıklayayım," dedi sırtını dikleştirirken. "Bizim olduğumuz zaman paraleli içinde bazı şeyler hiç olmadığı kadar olağan dışı görünebilir. Londra'da gördüğün her heykelin birden fazla hayat hakkı vardır. Mesela Landseer aslanlarının da şehrin koruyucuları olduğunu biliyordun,"

"Evet ama bunlar bir efsane, şehir efsanesi,"

"İşte o kadar basit değil. Bazen anlatılan tüm o efsaneler ve masallar gerçektir. İnsanlar çoğu zaman gerçeği görmek istemezler. Buna aldanış veya bir nevi korku da diyebiliriz. Her neyse, Sir Edwin Landseer'ın babası John Landseer fırtınalı bir gecede manidar bir rüya görerek uyanır. Rüyasında kendini uçurumun kenarında çaresiz bir halde görür. Islak toprak, tırnaklarının arasından kaymakta ve onu uçurumun dibine çekmektedir. Şiddetli şimşekler çakarken artık dermanı kalmayan Landseer kendini boşluğa bırakır. Saniyeler içinde korkunç bir şekilde can vereceğini sanmaktadır. Bu korku neredeyse kalbini durduracakken kendini aniden yumuşak bir şeyin üzerinde bulur. Dev bir aslan onu sırtına almış yukarı çıkartmaktadır. Landseer, kurtulduğunda aslanın gözlerinin içine bakar. Aslanın göz bebeklerinde *Londra* vardır. John Landseer, uyanır uyanmaz aslanın yüzünü bir kağıda çizer ve rüyasını da anlatan kısa bir not yazar. Kağıdı yastığının altına saklar ve tekrar derin bir uykuya dalar. Ancak John Landseer sabah olduğunda tüm hafızasını kaybetmiştir. Durumu günden güne ağırlaşır ve üç gün içinde aniden ölür. Edwin Landseer o zamanlar acemi bir ressamdır. En büyük hayali ise Londra için heykeller yapmaktır. Babasının cenaze gününde kederle yatağına uzanmış ağlarken yastığın altındaki kağıdı bulur. Babasının el yazısıyla yazdığı notu okuduğunda artık Londra için nasıl bir heykel yapacağını çok iyi biliyordur,"

"John Landseer rüyasında sadece bir tane aslan görmüş, ama Trafalgar'da dört tane var,"

"Çünkü babası, notunda bu aslanlardan dört tane yapılmalı ve her biri şehrin bir ucunu korumalı diye yazmıştı. Sir Edwin Landseer da babasının bu isteğini yerine getirdi. Tabii işin en sıkıntılı tarafı; heykelleri yapmaya başlamasıyla birlikte pek çok karanlık gücün Landseer'ı rahatsız etmesiydi. Hemen her gece kabuslar görüyor, beyninin içinde bütün gün onu bezdirecek sesler duyuyordu. Ama bunların hiçbiri aslanları bitirmesine mani olmadı. O, sadece kendine zarar veriyordu. Uyanır uyanmaz içki şişelerine sarılıyor, tüm gün elinden bırakmıyordu. Sonunda da tüm bu yaşadıkları ölümüne neden oldu. Açıkçası Chullondie'lerin gözünde o bir kahramandı. Londra'nın koruyucuları için kendini feda etti," Pie derin bir nefes alarak devam etti. "Ve işte artık Landseer aslanlarının hikayesini biliyorsun. Onlar diğer heykeller gibi değiller. Sonsuz kere dirilme hakları var,"

"Çok etkileyici. Bildiğim, yani gerçek sandığım bilgilerin çok ötesinde. Onlara bir daha eskisi gibi bakamayacağımdan eminim. Peki ya diğerleri?"

"Ters at kafası heykelinin insanlar tarafından görünmeyen gövdesi oldukça güçlü. Hızlı hareket eder ve çok esnektir. Battersea'deki iki kuğu şehre saldıran negatif enerjileri temizlerler. Crystal Palace'daki Gorilla ise oldukça güçlüdür. Sadece bir hakkı olmasına rağmen efsaneyi duyduğu ilk andan itibaren gönüllüydü. Sonra Hodge The Cat var. Herhangi bir lanet karşısında binlerce kediyle birlikte yanımızda olacak. Bunların yanında güçlerini ve yeteneklerini bizimle paylaşacak pek çok heykel var. Bull, South Bank Lion, Boy and Dolphin, Hare, The Brown Dog, Pterodactly, The Gardener, Building Worker, Quantom Cloud ve Alexander Fleming bunlardan bazıları."

Fleming'in penisilini bulduğunu biliyordum. Umarım ihtiyaç duymayız diye geçirdim içimden. Toyy, *umarım* der gibi ellerini havaya kaldırdı. Yine yakalanmıştım ve bu yine hoşuma gitmemişti. Yüzündeki muzip gülümse beni çıldırtıyordu. Koluna sıkı bir yumruk attım.

"Aklımı okumayı kesmeni söylemiştim ama!"

"Elimde olsa keserdim. Üzgünüm yeteneklerimden vazgeçemiyorum," dedi ve ardından sevimsiz gibi görünen sevimli bir kahkaha patlattı. Pie, bizi izlerken canı sıkılmıştı. Belki de ben öyle umuyordum.

"Pekala millet işte sorunumuz," dedi bizi ciddi olmaya zorlarcasına. İkimizin de kafi derecede ciddileştiğimizi anlayınca devam etti.

"Hugin artık hayatta ve şehirde bir yerlerde elini kolunu sallayarak dolaşıyor,"

"Dur bir dakika, nasıl şehirde dolaşıyor, uçuyor demek istedin sanırım?"

"Hayır, öyle değil," dedi alnına düşen bir tutam saçı geriye atarken. "Yani evet Hugin dirilirken eskisi gibi bir kuzgundu. Ancak zaman yarıldığında kendini başka bir vücuda kilitledi. Normal, sıradan biri gibi ortalarda dolaşıyor. Üstelik onu diğer insanlardan ayırt edemememiz için de nefesine sıradanlık büyüsü yapmış,"

"Yani işimiz bu noktada zorlaşıyor. Hugin'i nasıl bulacağımıza dair farklı yöntemler denememiz gerek. Üstelik fazla zamanımız kalmamışken," dedi Toyy. Tam soru sormaya hazırlanırken benden önce davranarak cevap verdi. "Buzdan gök kısa süre sonra eriyecek. Şehrin sular altında kalma ihtimali var. Ayrıca üzerindeki milyonlarca bakteri de düşer düşmez güçlü bir salgın büyüsü başlatacak. Bunlardan hangisi önce olacak işte bunu henüz bilmiyoruz. Hugin, şehri öyle kolay kolay yok etmek istemeyecektir. Lanetlerini bir kerede harcamak yerine yavaş yavaş gönderecek."

Bu kez aklımı okuduğu için kızacak gücüm yoktu. Şimdiden büyük bir hayal kırıklığı yaşıyordum. Dirseklerimi bacağımın üzerine koydum ve başımı kollarımın arasına aldım. Yakında olabilecekler tüm bedenimi etkisi altına alıyordu. Chullondie'ler ve heykellere güvenmekten başka çare yoktu. Biliyordum, aslında emindim onların bu şehri kurtaracaklarına ama Hugin eskisinden daha güçlüydü. Henüz dünya üzerinde görülmemiş büyülere ve lanetlere sahipti. Hemen şu dakikada bir kıyamet başlatabilirdi. Fakat o oyun oynamayı seçmişti. İnsanlara ve şehre yapabileceklerinde sınır yoktu. Zamanımız daralıyordu. Toyy, Hugin'in lanetlerinden bahsetmeye devam ederken, şehrin karşılaşacağı tüm felaket senaryolarını da sıralıyordu. Buzdan gök eriyebilir, ters çiviler ve yavru domuzcuklar salgın başlatabilir veya gök erimezse şehri dondurabilir, insanları dondurucu bir büyüyle ölüme terk edebilirdi. Belki de daha fazlasına…

Pie, yanıma oturdu. Kollarımın arasındaki başımı kaldırdı ve elimi tuttu.

"Korktuğunu biliyorum. Bazen ben de sizin gibi korku denen o duyguyu hissediyor gibi oluyorum. Bilmiyorum belki de hissettiğim başka bir duygudur. Seni sonsuza dek koruyacağıma söz vermiştim unuttun mu? Ben yanındayken endişe etmene gerek yok. Hugin ne kadar güçlü olursa olsun, her kötüye kullanılan gücü alt edecek iyi bir güç vardır. Dahası, hepimizin dışında var olan en büyük güç var. O, bizimle beraber, Mila. Bize bu güçleri ve yetenekleri boşuna vermedi. Hayatta lanetler, büyüler, kötülükler ve çirkinliklerden çok daha güçlü bir bağ var. Tüm o bükülemez gibi görülen güçlerini yerle bir edebilecek bir güç."

Gözlerimden yaşlar boşalırken, gözlerinin içine baktım.

O güç, sevgiydi.

∞

Yukarı şehre çıkmayalı aylar olmuş gibi hissediyordum. Benim naif Londra'mda serin bir yaz sabahı saatleriydi. Hugin, sessiz çığlıklar atarak Londra sokaklarında dolaşıyordu. Biz de onu bulmak için yukarı, normal Londra'ya çıkmıştık. Tüneldeyken Toyy onlarca felaket senaryosu sıralamıştı. Serin sabah güneşi yüzüme vurduğunda hepsi de tek tek aklımdaydı. Westminster köprüsünün üzerinden geçip Waterloo istasyonuna doğru ilerledik. Öncelikle, Hugin'i diğer sıradan insanlardan ayırt edebilmek için büyüyü bozmamız gerekiyordu. Yaptığı büyü çok sağlamdı. Chullondie'ler büyünün gücünü ilk hissettiklerinde başka dünyalardan canlıların bu büyüyü güçlendirdiğini fark etmişlerdi. Bana göre öyle kolay kolay bozulacak sıradan bir büyü değildi. Adı *sıradanlık büyüsü* olsa bile.

Sabah saatlerinde işlerine giden insan kalabalığı yine görmeye değerdi. Metronun içi tıka basa doluydu. Bazılarının elinde birer gazete, kimisinin elinde ise klasik siyah evrak çantalarından çıkarttıkları dosyalar vardı. Ya okuyorlardı ya da sabah mahmurluğunda okuduklarını sanıyorlardı. Diğer ellerinde tuttukları kocaman kahveler pek de o saatte işe yaramaz gibi görünüyordu. Takım elbiseler içinde gayet disiplinli görünen bunca insanın arasında üçümüz tam bir serseri gibi görünüyorduk. Benim saçlarım dağılmış, üzerimde siyah uzun bir palto, içimde siyah bir bluz ve yırtık bir kot giyiyordum. Kendi adıma idare eder gibi görünsem de yanımdaki iki uzun boylu, boyunlarında birer *asi gençlik* kolyesi taşıyor gibiydi. Kılık kıyafet, sonra saçlar… E tabi ben de yanlarında onlardan biriydim. Eminim şu inci küpeleriyle oynayan, bir yandan da bizi süzen kadın öyle düşünüyordu. Sorun değildi. Muhtemelen yanımdaki iki yakışıklının göz kamaştırıcı cazibesine takılmıştı. Haklıydı.

Metronun soğuk demirini tutarken Pie ile göz göze geldik. Her zamanki manidar bakışlarında bu sefer birbirine bağlanmış tilki kuyrukları vardı. Hepsini birbirine dolamıştı ve çözemiyordu. *Aklından onlarca düşünce geçtiğine eminim*, diye geçirdim içimden. Bunu söylerken gözlerine bakıyordum. Hak verircesine başını sallamakla yetindi. İneceğimiz istasyona gelmiştik; Notting Hill Gate. Yukarı çıkarken nereye gittiğimizi sormamıştım. Şimdi ise neredeyse emindim. Benim evimin birkaç sokak gerisindeki dedemin evine gidiyorduk, Chepstow Vilları'na.

Dedem öldükten sonra annem eşyaların üzerini örtmüş ve her yeri kilitledikten sonra neredeyse bir daha eve gitmemiştik. Paraya sıkıştığı dönemlerde bile satmayı ya da kiraya vermeyi hiç düşünmedi. Belki de babasının hatıralarına saygısızlık yapmak istemiyordu. Ev, yıllardır kapalıydı. Açıkçası ben de yıllar sonra ilk kez o eve gireceğim için heyecanlıydım. Yolda Pie ve Toyy birkaç kez duraklayıp havayı kontrol ettiler. Ya da kontrol ettikleri başka bir şeydi.

"Yıllardır o eve hiç kimsenin girmediğini biliyoruz. Bazı şeyleri kontrol etmemiz gerekiyor. Ölmeden önce sana o paketi hazırlarken bazı ipuçları bırakmış olabilir,"

"Bildiğim kadarıyla öyle göze batan tuhaf denecek hiçbir şey yoktu. En azından annemin bulduğu bir şey yoktu," dedim. Cümlemi bitirince yanılıp yanılmadığım konusunda hafızamı yoklamaya çalıştım.

"Herhangi bir ipucu varsa bile bunu annen ya da bir başkası bulamazdı, Mila. Gözle görülmeyen, sadece hissedilebilir şeylerden bahsediyorum. Toyy ve ben hislerimizi birleştirip Bay Marlow'un evinde geçirdiği o son ana odaklanacağız. Umarız aradığımız şeyi buluruz."

Pie cümlesini bitirdiğinde evin önüne varmıştık. Yıllardır gördüğüm ama içine girmediğim, çocukluk anılarımla dolu o eve girme zamanı gelmişti. Paslanmış bahçe kapısının sesi, sabah saatlerinde hiç olmadığı kadar yankılandı. Toyy, kapının kilidine dokundu ve kapı zorlanmadan açıldı. İçeri girdiğimde evin ne kadar havasız olduğunu düşündüm. Her şey son gördüğüm gibiydi. Sadece etrafta çok fazla toz vardı ve bu birkaç kez arka arkaya hapşırmama neden oldu. Pie ve Toyy evi benden daha iyi biliyormuş gibi hızla yukardaki yatak odasına çıktılar. Oturma odasına ve mutfağa şöyle bir göz atıp yanlarına çıktım.

"Bu odaya girmeyeli çok uzun zaman oldu. Onun bu kocaman yatağında uyumaya bayılırdım," dedim. Ayaklarım beni doğruca yatağa götürdü. Mor kılıflı yastığı kaldırıp burnuma götürdüm. Sanki dedemin kokusunu alabilecekmişim gibi. Tüm bunları kendi kendime yaptığımın, kimsenin beni dinlemediğinin farkındaydım. Toyy ve Pie yatağın tam karşısındaki şöminenin içine bakmakla meşguldüler. Onları fark ettiğimde ne yaptıklarını anlamak için pencerenin önündeki turuncu desenli koltuğa oturdum.

"Orada bir şeyler yakmış olabileceğini mi düşünüyorsunuz?" Toyy sırtını doğrultup beni yanıtlamakta gecikmedi. "Bay Marlow evindeki son gününde bu şömineyi kullanmış. Muhtemelen yanarak yok olmasını istediği bir şeyler vardı,"

"Anlamıyorum," dedim rahat koltuğumdan kalkıp şömineye doğru hareketlendiğimde. "Büyük ihitmalle hava soğuk olduğu için yakmıştır şömineyi. Eğer elinde önemli bir şey olsaydı onu da paltoyla birlikte bana göndermez miydi sizce?" Pekala yıllardır bu işleri yapıyormuşçasına ciddi bir üslupla konuşmuştum. İkisi de dönüp bana baktılar. Pie, üzerindeki ceketi çıkartıp koltuğun üzerine attı.

"Henry Marlow peşinde birilerinin olduğunu çok iyi biliyordu. O gün alelacele siyah paltoyu ve parşömenin olduğu kutuyu paketledi. Tahminimize göre, kutunun içinde iki parşömen vardı. Bay Marlow, yazılı olan parşömenin sırrını çözdü. Diğerinde yazı yoktu. İşte o parşömen sıradanlık büyüsünün nasıl bozulacağını anlatan tek kaynaktı. Büyük ihtimalle deden, yani Bay Marlow üzerinde yazı olmadığı için onu aceleyle şömineye attı. Büyük dedem Rodmark zamanında Ethel isminde bir cadının Londie'ye ve Londielilere nasıl büyüler yaptığını artık sen de biliyorsun Mila. Çoğu Londieli büyü bozma konusunda uzmanlaşmış o dönemlerde. Bay Marlow seçildiğinde ve ona sırlar aktarıldığında, Hugin'in zamanı geldiğinde sıradanlık büyüsü yapacağı ve büyünün nasıl bozulacağı da kağıttaydı. Ama o…"

Cümlesini bitiremeden, "Ama o kağıdı boş sanıp yaktı." dedim.

Pie, benim odadan çıkmamı ve aşağıda onları beklememi istedi. Soru sormadan kabul ettim. Olacakları merak eden bir yanım odada kalmak için yalvarmaya hazırdı fakat bu sefer huysuzlanmadan uslu bir kız gibi söz dinledim. Odaklanmak için yalnız kalmaya ihtiyaçları vardı. Kapıyı kapatıp yıpranmış ahşap merdivenlerden aşağıya indim. Beyaz örtülerden birini kaldırıp kanepeye oturdum. Mürdüm rengi kalın perdeler kapalı olduğu için gündüz olmasına rağmen evin içi loştu. O an için sadece gözlerimi kapalı tutarak evin sessizliğini dinlemek istiyordum.

Pie ve Toyy, o güne odaklanmaya çalıştılar. Dedemin, Henry Marlow'un öldüğü o güne… ve zihinleri zaman yarıklarından içeri süzüldü. Dünyevi ve ilahi güçler, ikisinin de enerjilerini istedikleri ana götürdüler. Keskin gözleri Henry Marlow dahil, odadaki her şeyi hızla taramaya başladı. Şömineden gelen sıcaklık gerçekmiş gibi yüzlerine vurdu. O an arka planda olan, fakat Henry Marlow'un görüp hissedemediği her şey odanın içinde farklı enerjilerde birer birer açıldılar.

"Aman tanrım, beni buldular!" Henry Marlow, aceleyle paltoyu pakete yerleştirirken yatak odasının penceresinde bazı gölgeler fark etti. Bir an evvel evden çıkıp postaneye gitmesi gerektiğini çok iyi biliyordu. Ya o paketi postalayacaktı ya da yetişemeden yolda onu öldüreceklerdi. Ahşap kutuyu paltonun cebine koymadan önce kontrol etmek için tekrar açtı. Açar açmaz daha önce de gördüğü boş parşömeni eline

aldı ve yeniden dikkatlice baktı. "Bunu ilk gördüğümde atmalıydım," dedi. Vakit kaybetmeden kağıdı şömineye attı. Parşömen kül olurken Henry Marlow çoktan evden çıkmıştı.

Pie ve Toyy olan biteni izlerken "Tam tahmin ettiğimiz gibi," dedi Pie. Hemen şöminenin içindeki yanık kırıntılarını eşelemeye başladılar. Parşömenden kalan ufacık bir kül kırıntısı bile işlerini görürdü. Birkaç saniye içinde aradıkları ipucu Toyy'un parmaklarına bulaşmıştı bile. Pie, Toyy'un parmaklarındaki kül tozuna dokundu. İkisi de aynı anda parmaklarındaki toza odaklandılar. Birleştirme, yenileme ve görme yetileri saniyeler içinde parşömeni bir araya getirdi. Boş parşömen kâğıdında ne yazdığını okuyup hafızalarına kaydettiler.

İçine girdikleri zaman yarıkları hızla kapandı. Pie dengesini kaybetmemek için şömineye tutundu. Toyy, sendeleyerek duvara çarptı. Bu odaklanma işi onları biraz yormuştu.

"Büyüden olmalı," dedi Pie. Toyy anında eski gücünü toplayıp yerden bir ok gibi fırladı. "Endişe etme, biraz uykusuzum ondandır," dedi.

Yukarda neler olduğunu öğrenmek için huzursuzlanıyordum. Sadece beş dakikadır tek başımaydım ama bu bana saatler gibi gelmişti. Tam ayaklanmıştım ki başımı kaldırdığımda ikisini de karşımda buldum.

"Evet?"

∞

Hugin'in üstündeki sıradanlık büyüsünü bozabilmek için iki sembole ihtiyacımız vardı. Dedemin boş zannedip yaktığı kâğıtta bu iki sembolün nerelerde saklı olduğunun ipuçları yazıyordu. Semboller, dünyada çok nadir bulunan iki kıymetli taşın üzerine işlenmiş; pembe yıldız elması ve Siyah Opal taşı. İkisini bir araya getirdiğimizde, işaretler bize yol gösterecekmiş. Pie yolda bana hızlı bir brifing verdi. İlk sembol için istikamet Hyde Park idi ancak Pie, yolda gördüğümüz ilk kırtasiyeye uğramamız gerektiğini söyledi. İşaretleri çizmek için kağıda ve kaleme ihtiyacımız vardı. Metro istasyonuna giderken yol üzerinde bir tane olduğunu söyledim. Adımlarımızı Notting Hill Gate istasyonuna çevirdik.

Her gün önünden geçtiğim kırtasiye dükkanında neyin nerede olduğunu çok iyi bilirdim. Okul için olmasa da kendim için kalem almayı seviyordum. Odamdaki çekmecelerimden birinin içinde çeşitlerine göre ayrılmış en az yüz elli kalem olduğunu sanıyorum. Çok sık gittiğim için kasadaki kadın beni iyi tanırdı. Ama bu kez görmezlikten geldi. Belkide tanımadı. Belkide ben artık eski Mila değildim. Gözlerimi kadına dikmişken alelade bir müşteriymişim gibi karşıladı. Tuhaf karşılasam da ona ayıracak zamanım yoktu. Pie ve Toyy, benim gösterdiğim rafa doğru geçerken ben de kalem almak için diğer tarafa yöneldim. Bir kurşun kalem işimizi görecekti ama ben ne olur ne olmaz diye üç tane almayı yeğledim. Kalemleri karıştırırken hemen arkamdaki haritaların olduğu rafta biri dikkatimi çekti. Yüzü hiç yabancı gelmiyordu. Okuldan olabilir diye düşünürken aniden gözlerini gözlerime dikti. Ve ondan sonra her şey bir anda olup bitti.

"Merhaba, şey, buralı mısın? Yani ben detaylı bir Londra haritası arıyordum da buralıysan bana önerebileceğin iyi bir harita var mı acaba?" Göz çukurlarının içine kocaman birer zümrüt yerleştirilmiş gibi duran, kumral bir çocuktu. Tuhaf aksanından nereli olabileceği pek anlaşılmıyordu. Cildi oldukça beyaz ve pürüzsüzdü. Boyu benden iki karış daha uzundu. Üzerinde kahverengi bir derimont, gri spor ayakkabılar, beyaz bir tşört ve turuncu renkte bir kot pantolon vardı. Üzerindeki her şey az evvel kuru temizlemeden alınmış gibi temiz ve ütülü duruyordu. Yüzünde, iki günlük hafif bir sakal vardı. Muhtemelen benden bir ya da iki yaş büyüktü. Büyük ihtimalle bir üniversite gezisi ile gelmişti bu şehre.

Ben tüm bunları aklımda evirip çevirirken o hala benden bir cevap bekliyordu. Sıkılgan hali gözümden kaçmamıştı. Biraz daha bekletirsem benden özür dileyip arkasına bakmadan dükkandan çıkacağına emindim.

"Ah, evet, özür dilerim. Bekle bir saniye," dedim ve haritaların olduğu rafı karıştırmaya başladım. En güvenilir olanlardan birini çıkartıp uzattım.

"İşte bu sana yardımcı olur," dedim yüzümdeki gülümsemeyi sürdürerek. Haritayı alırken iki kez teşekkür etti, dudaklarını ısırdı, bir şey daha demek istedi ama sonra vazgeçti, saçını kaşıdı, sırt çantasını düzeltti. Önemli olmadığını söyledim ve iyi şanslar diledim. Pie ve Toyy beni kasada bekliyorlardı. Aldıkları defterin ve kalemlerin parasını ödeyip dükkandan çıktık. İçimde tuhaf bir his vardı. Yıllardır tanıdığım birini görmüşüm ve onu bir yerlerde bırakmak zorunda kalmışım gibi bir his. Caddeye çıktığımızda arkamı dönüp kırtasiye dükkanına baktım. Yeşil gözlü çocuk, dükkanın kapısında durmuş bize bakıyordu.

∞

Hyde Park'a yürüyerek gidecektik. Yolda daha fazla konuşma fırsatımız olacaktı. Ayrıca ilk fırsatta hafızasındaki sembolleri deftere çizmesi gerekiyordu. Adımlarımızı Bayswater yönüne çevirdik.

"Belki zamanı değil ama aklımda bazı sorular var, Pie. Sanırım ne demek istediğimi anlıyorsun?" diye sordum. Tabiki Pie ne soracağımı çok iyi biliyordu. Ellerini cebinden çıkarttı. Bana bakmadan konuşmaya çalışır bir hali vardı. Tavırlarından, beni geçiştirmeye çalıştığını anlamıştım.

"Israr ediyorum Pie," dedim ve onu bir anda kolundan tutup durdurdum. "Hayatımın koca bir yalan olduğunu öğrendiğim o günden beri binlerce kez kendimle konuştum. Sorularımı cevaplayacak kimse yoktu karşımda. On sekiz yaşındayım Pie! Doğduğum günden beri hayatım bir dizi yalan üzerine kurulu; annem, babam, dedem. Seni sen yapan tüm o aile bireylerinin birer yabancı olduğunu öğrenmek ne demek biliyor musun? Hayatının saniyeler içinde kararması ne demek hiçbir fikrin yok. Şimdi seni bulmuşken sormadan yapamam, anlıyor musun yapamam! Belki dakikalar sonra öleceğim. Kim bilebilir he? Başıma daha neler geleceğini kim bilebilir? İşte bu yüzden tüm gerçeği bilmek istiyorum. Üstelik hakkım olan gerçeği istiyorum ben. Bana anlatmadan seni rahat bırakmayacağım. Üzgünüm."

Bu sefer tüm bu cümleleri bir solukta sarf etmemiştim. İçimdeki keder, bir heyecan fırtınasına dönüşmüştü. Bir yandan tüm gerçeği hemen şimdi öğrenmek istiyor bir yandan da karnıma giren heyecandan korkuyordum. Biliyordum ki Pie önünde sonunda ısrarlarıma dayanamayacak ve anlatacaktı. Kendimi hazır hissettiğime inanmaya ihtiyacım vardı. Ya şimdi olacaktı ya da hiçbir zaman.

Caroline House ile Aubaine arasında onu durdurdum. Beni dinlemişti. Şimdi de cevaplaması gerekiyordu.

"Acele etmemiz gerek Mila," diye mırıldandı. Bana ayıracak vakti yokmuş gibi davranıyordu. Evet acelemiz vardı hem de çok. Bencillik edecek zaman değildi. Ama bunu şimdi duymazsam bir daha şansım olmayabilirdi. Bu da bir olasılıktı. Üstelik benim durumumdaki biri için oldukça yüksek bir olasılık.

"Lütfen Pie, lütfen. Bir daha şansım olmayabilir. Lütfen…" Son lütfeni söylerken sesim hiç olmadığı kadar çaresiz çıkmıştı. Gözlerim doldu. Pie önce Toyy'a baktı, sonra etrafına. Ellerini beline koydu ve derin bir nefes aldı.

"Pekala," dedi nefesini bırakırken. "Tamam sen kazandın. Her şeyi anlatacağım. Önce parka girmemiz gerekiyor."

"Teşekkür ederim." Dedim ona minnet dolu bakışlarımla.. Az önceki kararlı adımlarımızı yeniden hızlandırarak doğruca parkın kapısından içeri girdik. Göle gidiyorduk. Siyah Opal taşı gölün diplerindeydi. Pie, ilk bulduğu ağacın altına çöktü ve sembolleri aceleyle çizmeye başladı. Çocukluğumdan beri resim yapmayı severdim. Bu konuda kabiliyetli miydim, sanmıyorum. Chullondie'ler fazlasıyla güçlü oldukları kadar her konuda da yetenekliydiler anlaşılan. Pie, taşları ve üzerlerine kazınmış sembolleri çizerken adeta bir kez daha büyülenmiştim.

İki taşımız vardı ve her birinin üzerine kazınmış ikişer sembol. Taşlardan ilki Serpentine gölünün diplerinde bir yerdeydi. İkinci taş ise Londra'nın en eski kitapçısı olan Hatchards'daydı. Pie ve Toyy, taşların yerlerini bildikten sonra çıkartması zor olmayacak demişlerdi. Açıkcası bunun için göle dalış yapacaklarını da sanmıyordum. Belli ki farklı bir yöntem deneyeceklerdi.

Pie, taşları ve sembolleri çizmeyi bitirdiğinde ortaya çıkan manzara görülmeye değerdi. El çabukluğuyla çok kısa sürede dört boyutlu bir çalışma yapmış ve çizgilerini adeta yaşıyor hale getirmişti. Taşlar, hakiki birer örnek gibi sayfaların üzerinde parlıyorlardı. Benim en çok ilgimi çeken Pembe Yıldız oldu. Diğerinden farklı bir havası vardı. Pembe Yıldız'dan yapılmış bir kolyeyi boynumda hissettim bir anlığına. Elim boynuma gittiğinde Toyy kahkahayı basacaktı.

"İş bittikten sonra taşlar elimizde kalırsa söz," dedi ve ardından kendini tutamayarak kocaman sinir bozucu bir kahkaha daha patlattı. Utandığımı belli etmek istemiyordum. Aceleyle elimi boynumdan çekip saçımı kaşır gibi yaptım.

"Sanırım yaşlanıyorsun Toyy. Bu sefer yanıldın. Oldum olası mücevherlere merakım olmamıştır. Takı takmayı bile sevmem ben. Her neyse!" Toyy sahte bir inanmışlık sergileyerek kafasını yukarı aşağı salladı. Amacı beni daha fazla sinirlendirmekti ama kendimi kontrol altına almayı başardığım için bunu yapamadı. Aslında takıya düşkün kadınlar gibi göründüğüm için çok utanmıştım. Oysa en fazla gümüş takmaktan hoşlanırdım.

O sırada Pie, benimle özel konuşmak istediğini söyleyerek elindeki çalışmaları Toyy'a teslim etti. Nihayet hayatımla ilgili gerçekleri öğrenebileceğim an gelip çatmıştı. Pie, yürümek istediğini söyledi. Etrafta ılık havaya aldanıp yürüyüşe çıkmış insanlar, spor yapanlar, turist grupları ve bisikletliler vardı. Kimse bizi görmüyordu. Koca parkta sadece o ve ben vardık.

Biraz yürüdükten sonra ilerde başka bir Japon kiraz ağacının altında durduk.

"Bak Mila," dedi beni kendine döndürürken. Ellerini kollarımda hissetmek huzur vermişti. Bir kedi kadar uysal bir o kadar da meraklıydım. Ne anlatırsa anlatsın herkesten çok ona güvenebileceğimi biliyordum. Devam etmesini isteyen gözlerle ona baktım.

"Bunun bir gün olacağını biliyordum. Yani demek istediğim, seninle ilgili gerçekleri sana anlatanın ben olacağımı biliyordum. Ve o gün geldi. Haklı olarak gerçekleri duymak istiyorsun, seni anlıyorum. Ama bazen gerçekler çok fazla acıtır Mila," dedi. Beni şimdiden sakinleştirmek ister bir hali vardı.

"Biliyorum ama buna mecburum. Bu şekilde yaşayamam, Pie. Ne olursa olsun ne kadar yaralayıcı olursa olsunlar onları duymak zorundayım. Kendime olan saygımdan, hayata olan bakışımdan dolayı bunu yapmak zorundayım. Bilinmezlik içinde yaşamımı sürdüremem. Lütfen beni umursama. Sadece bilmek istiyorum," dedim. Kararlıydım. Güçlü durmaya çalışıyordum. Halbuki saniyeler içinde kollarında hıçkırarak ağlayabilirdim. Pie, peki anlamında başını salladı. Ağacın altına oturduk. Ve Pie, tüm gerçeğimi olduğu gibi anlatmaya başladı.

"Isabelle, yirmili yaşlarının başında oldukça güzel bir genç kadındı. Üniversitede son senesiydi. Derslerinde oldukça başarılıydı. Güzelliği ve başarısı okulda oldukça ilgi görüyordu. Okulun ikinci yarısında okula yeni bir kız geldi. Adı Lisbeth idi. Koyu kızıl saçları, iri yeşil gözleri vardı.

193

Oldukça zengin bir ailenin kızıydı. Birkaç hafta içinde şaşılacak derecede samimi birer dost olmuşlardı. Lisbeth'in hem davranışları hem de fiziksel görünümü onu diğerlerinden daha olgun gösteriyordu. Arkadaşları arasında erkeklere karşı en cömerti oydu. Isabelle bazen onun hareketlerini aşırı bulsa da Lisbeth her zaman bir yolunu bulup onu da kendine benzetiyordu. Isabelle oldukça uslu bir üniversiteliydi denebilir. Lisbeth'i tanıyana kadar ailesine hiç yalan söylememişti. Fakat Lisbeth sürekli gece dışarı çıkmak için ısrar ediyor ve Isabelle'i de her seferinde ikna ediyordu. Lisbeth'in bir grup arkadaşıyla birlikte sabaha kadar içki içip klüplerde takılıyorlardı. Sabah uyandığında kendini hiç tanımadığı insanların evinde buluyor, alelacele kaçar gibi evden çıkıyordu. Kendinden hiç beklenmeyen bu hayat tarzını okulun son haftasına kadar sürdürdü.

Ve bir akşamüzeri Lisbeth, Isabelle'i aradı. Ailesinin evlilik yıldönümü olduğunu ve hediye seçimi için ona yardım etmesini istedi. Tabii Isabelle en yakın arkadaşının bu ricasını geri çevirmedi. Halbuki babası o akşam önemli bir karar açıklayacağını ve herkesin akşam yemeği için bir arada olmasını istemişti. Isabelle yemeğe yetişeceğini umarak evden çıktı. Angels'da bir antikacı dükkanından içeri girdiklerinde saat 18.00 civarıydı ve havada yoğun sis vardı.

Oliver, otuzlu yaşların sonunda, saygıdeğer bir iş adamıydı. Angels'da bir antikacı dükkanını işletiyordu. O dükkan ona babasından kalmıştı. Dedeleri dahil üç kuşaktır bu işi yapıyorlardı. İyi bir semtte oturuyor ve iyi para kazanıyordu. Londra'nın tanınmış aileleri genellikle onun dükkanından alışveriş yaparlardı."

Pie'ın kimlerden bahsettiğini anlamıştım. Oliver benim babamdı. Isabelle ise annem. Ailemin isimlerini ilk kez öğreniyordum. Aklıma doluşan soruları daha sonraya bıraktım ve hikayeyi baştan sona dinlemek için onu bölmek istemedim.

"Oliver, o gün Isabelle'i görür görmez ona aşık oldu. Isabelle de Oliver'ı oldukça etkileyici bulmuş olsa da o an için istediği tek şey akşam yemeğine yetişmekti. Lisbeth, annesinin hoşuna gideceğini düşündüğü antika bir mücevher kutusunda karar kıldı. Isabelle'ın bir an önce gitmek isteyen tavrı olmasa daha fazla kalmak istiyordu. Aslına bakılırsa Lisbeth adamdan çok hoşlanmıştı. Kutunun parasını öderken sohbet etmeye çalışmış, hangi üniversitede olduklarını söylemiş ve hatta işi flörtleşmeye kadar getirmişti. Oysa Oliver'ın gözü sadece Isabelle'nin üzerindeydi.

Isabelle o akşam eve zamanında yetişti. Babası bir arkadaşı ile ortak bir iş kuracaklarını açıkladı. Babası otoriter bir adamdı. Aldığı kararlara mutlaka saygı duyulmasını isterdi. Böylelikle birkaç ay içinde taşınmaları gerekiyordu. Fransa'ya taşınacaklardı. Her şeyi geride bırakıp artık orada hayatlarına devam edeceklerdi. Üstelik Isabelle birkaç gün içinde mezun olacaktı. Babasına göre, hiç kimsenin geride bırakacağı bir şeyi yoktu.

Isabelle o gece farklı duygular içinde uykuya daldı. Bir yanı gitmek istiyor bir yanı ise doğup büyüdüğü bu şehri terk etmek istemiyordu. Uykuya dalmadan önce zihnindeki son görüntü ise Oliver'ın sıcak bakışlarıydı.

Ertesi gün Lisbeth, Oliver'dan çok etkilendiğini ve onu elde etmek için her şeyi yapabileceğini söyledi. Yeniden dükkana gitmek istiyordu. Isabelle kabul etmedi. İçinden bir ses Oliver'ı tekrar görmek istemediğini, görürse ona kapılabileceğini söylüyordu. Üstelik en yakın arkadaşı da o adamdan hoşlanıyordu. Ve biliyordu ki Lisbeth istediğini er geç alırdı. O gün ve daha sonraki günler Lisbeth babanın dükkanına çok sık gitmeye başladı. Baban her seferinde ona soğuk davranıyor, açıkça söyleyemese bile tavırlarıyla onu istemediğini belli ediyordu. Ancak Lisbeth yapışkan kızlardandı. Öyle kolay kolay bırakmayan tiplerden.

Baban, mezuniyetten iki gün önce Isabelle'i görmek için üniversiteye gitti. O gün Lisbeth okulda değildi. Oliver, Isabelle'i görür görmez ona bir kez daha bağlandığını hissetti. Onunla konuşmaya çalıştı ancak Isabelle arkadaşını düşünerek onu her defasında geri çevirdi. Oliver, o gün Isabelle'i takip ederek nerede oturduğunu öğrendi. Ertesi gün, mezuniyetten sonraki gün ve ilerleyen birkaç gün boyunca onunla konuşmaya çalıştı. Isabelle her defasında istemeyerek de olsa reddediyordu. Sonunda bir sabah evin önünde beklerken Isabelle onu gördü ve konuşmak için yanına gitti. O gün ilk kez dakikalarca sohbet ettiler. Isabelle'in amacı Lisbeth'in ondan hoşlandığını söylemek ve kendisinden vazgeçmesini istemekti. Ama işler öyle umduğu gibi gitmedi. Oliver, ona aşık olduğunu itiraf ettiğinde Isabelle artık duygularını saklamak istemedi. Onu ona çeken çok güçlü bir bağ var gibiydi. Buna daha fazla karşı koyamadı ve aynı gün durumu Lisbeth'e açıkladı.

Lisbeth kıskançlıktan deliye dönmüştü ama bunu müthiş bir ustalıkla gizlemeyi başardı. Biliyordu ki Isabelle üç gün sonra ülkeden taşınacaktı. Böylelikle Oliver onun olacaktı. Ancak Oliver, Isabelle'in taşınacağını öğrendiğinden beri çok huzursuzdu. Yapması gereken şeyi çok iyi biliyordu. Bir gece aniden evden çıktı ve dükkana gitti. Yıllardır sakladığı nadide bir yüzük vardı. Yüzük ona dedesi tarafından emanet edilmişti. Üç kuşak önce, ilk atalarından yadigar olduğunu söylemişti. Oliver yüzüğe yıllardır gözü gibi bakıyordu. Onu yanına aldı ve Isabelle'in evinin yolunu tuttu. Baban, o gece yarısı Isabelle'in evinin önünde ona evlenmek teklfi etti. Isabelle, aşık olduğu adamın teklifini kabul etti. Her şey öyle hızlı ilerliyordu ki, bir an evvel onu ailesiyle tanıştırması gerekiyordu. Bunu ertesi güne bırakmaya karar verdiler. Isabelle, o gece saatlerce yüzüğüne bakmaktan uyuyamadı.

Ertesi sabah kahvaltıdayken durumu annesine ve babasına açıkladı. Oliver'ı çok sevdiğini, evlenme teklifini kabul ettiğini ve en kısa zamanda evleneceklerini söyledi. Annesi ılımlı görünse de babası ani bir öfkeyle reddetti. Kızının yeni bir ülkede iyi bir geleceği olacağını, burada kalıp kendinden yirmi yaş büyük bir adamla evlenmesine asla razı olmayacağını haykırdı. Isabelle hıçkırıklara boğularak odasına gitti. Tüm gün ağlayıp durdu. Lisbeth onu sahte bir tesellisiyle avutmaya çalışıyor, birkaç haftaya kalmaz Oliver'ı unutup yeni ülkesinde daha iyi birileriyle tanışacağını söylüyordu. Bir yandan gözyaşlarıyla omuzunda ağlamasına izin veriyor, diğer taraftan pencereye bakarken sinsi bir tebessümle onunla alay ediyordu.

Durum böyle olunca gizlice evlenmekten başka çareleri olmadığına karar verdiler. Ertesi gün, kimseye bir şey belli etmeden Camden'daki St. Michael's kilisesinde evlendiler. Üstelik ikisinin de henüz bilmediği bir şey vardı; Isabelle evlendiği sırada hamileydi. Onlar bunu daha sonra öğrendiler.

Ve taşınacakları gün gelip çatmıştı. Oliver ve Isabelle, ailesinin karşısına çıkıp evlendiklerini açıkladılar. Babası artık böyle bir kızı olmadığını söyleyerek onları evden kovdu. Karısının dinmek bilmeyen gözyaşları bile onun bu öfkesini durdurmadı. Isabelle annesiyle bile vedalaşamadan kocasıyla birlikte gözden kayboldu. Tabii kadın birkaç gün sonra kocasından habersiz Isabelle'ı aradı. Anne kız günlerce bu şekilde gizliden gizliye konuştular. Hatta bir keresinde Oliver, onu Fransa'ya götürdü. Kadın, iki gün boyunca yine gizli bir şekilde kızıyla görüştü.

Ve Lisbeth... Isabelle'in hamile olduğunu ve gizlice evlendiklerini öğrenmişti. Kıskançlığından ve hırsından ne yapacağını bilmez bir haldeydi. Klasik ama etkili bir plan yaptı. Babanı tuzağa düşürdü ve onunla birlikte oldu. Sabah olduğunda Oliver gece neler olduğunu hatırlamaya çalışıyordu. Lisbeth ise elinde kanıtları Isabelle'e göstermekle tehdit ediyordu. Oliver ona boyun eğmeyecekti elbette. Birkaç gün düşündükten sonra bir akşam tüm olan biteni Isabelle'e anlattı. Isabelle büyük bir hayal kırıklığı yaşıyordu ama Oliver'ın bir suçu olmadığını da biliyordu. Hesap sormak için Lisbeth'in evine gitti. Lisbeth ona resimleri gösterdi. Üstelik hamile olduğundan şüphelendiğini de söyledi. Bu son noktaydı. Isabelle ağır bir hamilelik geçiriyordu. Üst üste gelen tüm bu üzücü şeyler onu bitkin bırakmıştı. O gün Lisbeth'in evinde baygınlık geçirdi. Kanaması vardı. Lisbeth durumu fark ettiği halde ona yardım etmedi."

Anlatmaya başladığından beri hiç sözünü kesmeden Pie'ı dinliyordum. Hikaye gitgide ilginç bir hal alıyordu. Bu son duyduğum bardağı taşıran son noktaydı. Nasıl bu kadar cani ve vicdansız olabilmişti bu kadın! Ne cüretle anneme bu kadar kötülük yapabilmişti!

"İnanamıyorum," dedim ilk kez Pie'ın konuşmasını bölerek. "Nasıl yapar bunu anneme. Nasıl böyle merhametsiz olabilir bir insan!" Cümlem biter bitmez göz yaşlarıma hakim olamadım. Pie beni kendine çekerek sarıldı. Ben ağlıyordum ve o bana sıkı sıkı sarılıyordu. Hikayenin geri kalanını dinlemek için gözyaşlarıma son verdim. Kendimi geri çektim ve Pie yanaklarımdan süzülen son damlaları sildi. Daha iyi olup olmadığımı sorduğunda ona devam etmesini söyledim.

"Isabelle ayıldığında kendini çıkmaz bir sokağın sonunda yerde yatarken buldu. Bacaklarındaki kanı gördüğünde artık çok geçti. Bebeğini kaybetmişti."

İşte bu bomba yüzüme sert bir tokat gibi çarptı. Isabelle benim annem değil miydi? Ben mi yanlış duyuyordum?

"Dur, dur, bekle bir dakika. Bebeğini kaybetti de ne demek, o benim annemdi değil mi?" Sorumu bitirdiğimde gözlerim alev gibi yanıyordu. Yeni bir gözyaşı seline hazırdım. Pie, ellerimi avuçlarının arasına aldı.

"Hayır, Mila. Isabelle senin annen değil. Senin annen Lisbeth."

∞

Gerçeğin Ardından

Boğazımda kocaman bir yumruk, kalbimin üzerinde acı bir sancıyla öylece oturuyordum. Ne bir damla gözyaşı akıtabiliyordum ne de tek kelime edebiliyordum. Başından beri annem sandığım kişi annem değildi. Bunu ikinci kez yaşamıştım. En berbat tarafı da Lisbeth gibi ruhunu şeytana satmış bir kadının kızıydım ben. Lisbeth yanılmıyordu. Hamileydi. Doğumundan birkaç hafta önce Oliver'ın dükkanına gelmiş ve karnını gözüne sokarcasına bebeğin ondan olduğunu iddia etmişti. Oliver ona asla inanmak istemedi. Ama Lisbeth'in çok güçlü bir tarafı vardı; o bir *cadı* soyundan geliyordu. Büyük büyükannesi yıllar önce yaşamış çok güçlü bir cadıydı. Birkaç asır cadı soyunu devam ettirdi. Sonrasında ifşa oldu ve yakılarak yok edildi. Bunun üzerine bir daha onun soyundan olan hiç kimse cadı güçlerini kullanamadı.

Cadıların muazzam güçlerine sahip olamasalar da birkaç yeteneğe sahiptiler. Hipnoz yeteneği ve cazibe bunların en güçlüleriydi. Lisbeth de doğal olarak bu önemli iki güce sahipti. İstediği herkesi hipnoz edip kendine bağlayabilirdi. Ne yazık ki soyunda pozitif enerji taşımadığı için bu gücünü iyiye kullanmadı. Her zaman hırslıydı. İnsanlara zarar vermek için fırsat kolluyordu. Ve sonunda da Oliver'ı elde etmek için her yolu denedi. Başarılı da oldu. Ondan bir çocuk taşıyordu. Oliver inansa da inanmasa da ben onun kızıydım.

Babam o gün Lisbeth'e inanmadı. DNA testi yaptırmak istedi. Lisbeth bunu seve seve kabul etti. Birkaç hafta sonra sonuçları aldığında, babam artık ne yapacağını bilmez haldeydi. Isabelle ise hala travmanın etkisindeydi. Lisbeth birkaç gün önce doğum yapmıştı. Lisbeth'in babası boşanması için Oliver'a sürekli baskı yapıyor, dükkanını elinden almakla tehdit ediyordu. Oliver, bir sabah ani bir karar alarak Lisbeth'in evine gitti. Bu arada, beni yani kızını o gün ilk kez görecekti. Eve gittiğinde Lisbeth'in babası onu alaycı bir tavırla karşıladı. Teklifini kabul edeceğini sanıyordu. Ancak babam, dükkanı istediği zaman alabileceğini söylemeye gitmişti oraya. Lisbeth ve babası bunu duyunca deliye döndüler. Oysaki babam, dedelerinden yadigar olan antikacı dükkanını gözden çıkartmıştı. Başka çaresi yoktu. Karısından boşanmayacaktı. Onu da alıp çok uzaklara gidecek ve huzurlu bir hayat süreceklerdi.

Kararını açıkladığı sırada, bakıcı kucağında bebekle içeri girdi. Lisbeth babamı hemen oracıkta hipnoz etti. Artık bu işi uzatmaya gerek olmadığını düşünüyordu. Oyun oynamaktan sıkılmıştı. Her şey bir an evvel olup bitmeliydi. Babam beni kucağına aldı ve bu ona hayatı boyunca yaşadığı en huzurlu anmış gibi geldi. Belki bunu gerçekten de hissetmişti, bilemiyorum. Ama hipnozun etkisinde olduğu da bir gerçekti. O dakikadan sonra bir daha eve gitmedi. Isabelle onu günlerce bekledi. Ne polise gitti ne de dükkana. Sadece bekledi.

Babam o günden sonra Isabelle'e ne olduğunu hiç merak etmedi. Sanki hayatına hiç girmemiş, onu hiç tanımıyormuş gibiydi. Birkaç gün içinde kuzey Yorkshire taraflarındaki büyük çiftlik evlerine taşındılar. Hipnozun etkisi ilk günkü gibi devam ediyordu. Babam, Lisbeth'e delicesine aşık olduğunu sanıyordu. Lisbeth ise onu elde ettiği için çok mutluydu. Yakışıklı oyuncağıyla uzun bir hayat planlıyordu.

Ancak işler Lisbeth'in istediği gibi gitmedi. Isabelle, babamın ona verdiği evlilik yüzüğü sayesinde iyileşti. Asırlar önce üçüncü kuşaktan dedelerimizin yadigar bıraktığı o yüzüğün bir sırrı vardı. Yüzüğün on dilek enerjisi vardı. Bu sır rüyasında ona fısıldandı. Isabelle sabah olduğunda artık ne yapacağını biliyordu. Önce iyileşmeyi diledi. Bu dileği anında gerçek oldu. Ardından babamı bulmayı diledi. Babamın ve Lisbeth'in yaşadığı adres zihnine çoktan kazınmıştı. Geriye kalan sekiz dilek için acele etmemeye karar verdi. Babamı bulmak için hemen evden çıktı.

Yüzük, on dilek gücünün haricinde, cadı büyüleri bozmaya da yarıyordu. Cadı soyundan gelen kişileri tespit etmek ve yok etmek gibi bir gücü de vardı. Isabelle bunların hepsini öğrenmişti. Bu mucize karşısında artık hayata daha sıkı tutunuyordu. Yaklaşık dört saat boyunca araba kullandı. Yoldayken geri kalan sekiz dilek için düşünecek çok zamanı olmuştu. Ayrıca çiftliğe vardığında ne yapması gerektiğini de biliyordu.

Öğle saatlerinde Isabelle çiftlik evinin kapısındaydı. Arabasını stop etti ve parmağındaki yüzükle birlikte arabadan indi. Lisbeth pencereden onu görmüştü. Bir anlığına endişe duysa da Oliver'ın hipnoz altında olduğunu ve Isabelle'ı kovmaktan beter edeceğini düşünüyordu. Isabelle parmağını zile götürdüğünde aniden kapı açıldı. Lisbeth tüm alaycı bakışlarıyla karşısında duruyordu.

"Bakıyorum da terk edilmiş onca kadın gibi sen de onurunu ayaklar altına alarak kapıma geldin demek. Oliver beni seçti. Seni terk etti Isabelle. Aylardır kızımızla birlikte mutlu bir hayat sürüyoruz. Senin hayatımızda yerin yok artık. Arazimi terk et. Hemen şimdi!"

Lisbeth, hırsından deliye dönmek üzereydi. Isabelle'i görmeye bile katlanamıyordu. Bir an önce hayatlarından çıkmasını hatta gerekirse ölmesini istiyordu. Ona karşı gelecek olursa, onu da hipnoz ederek başından defedecekti. Ve sonra Isabelle en rahat haliyle cevap verdi.

"Senin kim olduğunu biliyorum Lisbeth. Annenin, büyükannenin, hatta tüm akrabalarının da kim olduğunu biliyorum," dedi. Gözlerinde tek bir korku ifadesi yoktu. Lisbeth böyle bir şey duymayı beklemiyordu. Blöf yaptığını düşündü. Onu omuzlarından iterek yere düşürdü.

"Beni sadece kızdırmaya çalışıyorsun. Ne demek istediğini anlamıyorum. Açık konuş seni adi sürtük!"

Isabelle sırtının acısıyla yerden doğruldu. Yüzündeki rahat ifadeyi bozmak istemiyordu.

"Sen Lisbeth Ursula Watson! Sen ve annen birer ucubesiniz. Sen, Londra'nın başına felaketler getirmiş Cadı Ethel'in soyundan gelen bir şeytansın!"

Ve Isabelle parmağındaki yüzüğü Lisbeth'in yüzüne doğrulttu. Lisbeth bu yüzüğü tanıyordu. Annesi ona daha çocukken anlatmıştı. On dilek yüzüğü dedikleri bu kutsal yüzük onları yok etmenin tek yoluydu. Ölümsüz hayatlarını birer ölümlüye çevirebilecek tek şeydi.

Yüzüğün enerjisi dalga dalga yayılmaya başladı. Saniyeler içinde çiftliği ve civar araziyi etkisi altına aldı. Lisbeth içinden çıkamadığı bir ağa takılmış gibi çıpınıyordu. Yüzükten yayılan enerji dalgaları tek tek yüzüne çarpıyor, tüm bedenini yakıp kavuruyordu. Lisbeth dayanmaya çalışsa da az sonra yok olacağını anlamıştı. Ondan geriye kül bile kalmayacaktı. Enerji ağının içinde çırpınırken çığlıklarını duyan sadece Isabelle idi. Ve Isabelle, Lisbeth'in sonsuza dek yok olmasını diledi. Yüzük, son bir kez, en şiddetli şekilde içine aldı Lisbeth'i. Lisbeth yok olurken, atası Ethel gibi çeşitli insan kılıklarına bürünerek yok edildi. Artık ne bilinen dünyadaydı ne de başka yerlerde. Bir daha hiç var olmayacaktı.

Yüzükten yayılan güçlü enerjiler birer birer kayboldular. O sırada Oliver kucağındaki bebekle kapıda göründü. İkisi de neler olduğunu biliyordu. Isabelle, beni Oliver'ın kucağından aldı. Öptü ve üşümemem için kollarının arasına aldı. İşte tam da o sıada her şeyin bittiğini sanarlarken üzerlerine doğru gelen iri bir kuzgun beni kaptığı gibi uzaklaştı. Beni götürdüğü kişi ise Lisbeth'in annesi, yani dedem Henry Marlow'un arkadaşı olan Bayan Rosary'dir.

Cadı Rosary, kızının yok edildiği haberini alınca hemen bir kuzgun görevlendirerek beni ona getirmesini istemiş. Ancak kuzgun yoldayken Isabelle sıradaki dileğini dileyerek beni geri istemiş. Rosary'nin hipnozladığı kuzgun o an hipnozun etkisinden kurtulamamış. Zihninde bir zaman kırılması yaşıyormuş. Tam Rosary'nin terasına konmak üzereyken karar değiştirip yönünü az ilerdeki dedem Henry Marlow'un çatısına çevirmiş. Dedem o sırada uyuyormuş. Çatıdan gelen tıkırtıları duyunca uyanmış. Sonra benim ağladığımı duymuş. Neler olup bittiğini anlamak için çatıya çıkmış. Sonrası malum, beni almış ve kızına vermiş. Yani ben, bana anlatılan gibi doğduğum gün değil, üç aylıkken anneme verilmişim.

Babam ve Isabelle'e gelince... Beni kuzguna kaptırdıktan sonra aylarca aramışlar. En sonunda umutlarını yitirip ülkeyi terk etme kararı almışlar. Hani şu dünyanın bir ucu dediğimiz yerler var ya, işte oralarda bir yerde yeni bir hayat kurmuşlar. Üç yıl sonra ikiz çocukları olmuş. Hayatlarının geri kalanında rahat yaşamaları için Chullondie'ler onlara siyah palto göndermişler. Sonra da izlemeyi bırakmışlar.

İşte benim gerçek hikayem.

Artık biliyordum. Ben, cadı Ethel'in soyundan gelen bir kadının kızıydım. Ama babam Oliver bir insandı. İyi bir insan. Benim onlar gibi yeteneklerim yoktu. Ben de tıpkı babam gibi sıradan bir insandım. Doğru şeyler hisseden iyi bir kalbe sahiptim. En azından ben öyle olduğumu düşünüyorum. Beni büyüten annem ve dedem de çok iyi insanlardı. Beni kaçıran kuzgunun neden beni dedemin çatısına bıraktığını şimdi daha iyi anlıyorum. Dedem bir kuzgun bakıcısıydı. Zaman kırılması yaşanıyordu ve kuzgun hipnozluydu. Zihninde canlandırdığı tek isim Henry Marlow idi. Atalarının bakıcılığını yapan kişi.

∞

Aniden sona eren hayatlar ve bu sisli dünyaya merhaba diyebilmeye çalışan yeni sıcak ruhlar...

Doğumlar ve ölümler...

Ama önce ölürler.

Londra'nın Gözü'nde bir kapsüldeyim. Gözlerim kapalı ama şehri kuşbakışı izleyebiliyorum. Kapsülün camlarına basınç yapan her ne ise az sonra büyük bir gürültüyle hepsini patlatacak. O zaman özgür kalacağım. Şimdiden bu hissi sevmeye başladım. Sanki havada sürüklenir gibiyim. Vücudumun her hücresini hissedebiliyorum. Müthiş bir duygu. Ruh bedene veda ederken tahminimden daha kibar. . Ölüm bile nazik, seven ve samimi. Bir insanoğlu beceremedi bu samimiyeti, hoşgörüyü ve nazik olmayı. Dış görünümü insan olan kirletilmiş varlıklar... Onlar bizimle birlikte, bizim şehirlerimizde nefes alıyor, bizimle aynı metroya binip aynı kahve kuyruğuna giriyorlar. Bu olumsuzluklar, kara ruhlar, yıpratıcı değişimler ve insanlara söylenen yalanlar, hayal kırıklığı yaratırcasına her geçen gün yer kabuğunu çatlatıyor. Belki yakında onun güneşini de gücendirir. Sadece insanlar intikam almaz. Kim bilir.

Azur demiş ki "Ben suyun ve göğün rengiyim, tüm yaratılmışlar huzuru bende bulacak." Barut homurdanmış "Sözüm sözdür; senin verdiğin huzuru ben alacağım."

Ve insanoğlu yeryüzüne düşmüş.

İnsanlar... Kaba ve mantıksızlar. Vurdumduymaz ve riyakarlar. Yalancılar. İsyankarlar. Korkak ama kavgacılar.

Hain bir itirafın hayatını değiştirdiği o günden sonra, geçmişinin izlerini sürerken hala kalbindeki küflerle nefes alarak, zehirlerini bulaştırmaktan zevk alan insanlarla aynı dünyada yaşayabilecek kadar cesur olan o kızım ben.

Ben Mila Elford.

Keder yok. Yalan yok.

Kapsülün artık son raddeye geldiğini hissedebiliyorum. Yakında her şey bitecek. Ya bizim ya da onların istediği şekilde.

∞

Tüm hayal ve hayat kırıklıklarımla onu ilk gördüğüm yerde, gölün karşısındaki o bankta oturuyordum. Ailem hakkındaki ezici gerçekleri öğrendikten sonra tüm bu olan biteni sindirmek için fazla vaktim yoktu. Bir an evvel göldeki taşın çıkartılması gerekiyordu. Pie ve Toyy, kendilerini görünmezlik çemberine alıp harekete geçtiler. Ne yaptıklarını bilmiyorum, onları göremiyordum. Sadece bankta oturmuş, ara sıra ters çivilere kaçamak bakışlar atarak, göldeki ördekleri izliyordum. Derin bir nefes aldığım o an gölün yüzeyinde silik bir kıpırdanma oldu. Göldeki canlılar huzursuzlaştı. Her biri güçlü çığlıklar atmaya başladılar. Parmaklarımla kulaklarıma bastırdım. Nafileydi. Sanki beynimi esir almışlardı.

Etrafıma bakındım; benden başka rahatsız olan yok gibiydi. Biliyordum ki sadece sesleri ben duyuyordum. Bu yüzden olayı fazla dramatik hale getirmeden yerimden kalktım. Temkinli adımlarla göle doğru yürümeye başladım. Yeşil başlı ördeklerden biri bana doğru atıldı. O an bana saldıracağını düşündüm. Ayaklarımın önünde durdu ve manidar bakışlarla çığlık atmaya devam etti. Anlamıştım, beni gölden uzak tutmaya çalışıyordu. Onu dinleyip adımlarımı yeniden banka çevirdim.

Sesler bir süre sonra kesildi. Derin bir nefes aldım. Pie ve Toyy için endişeleniyor, aynı zamanda deli gibi merak ediyordum. Ben gözlerimi gölden ayırmadan nefesimi tutmuş beklerken omzuma bir el dokundu.

"Sana ne kadar kolay olacağını söylemiştik değil mi?" dedi Toyy bir anda karşıma geçip sırıtarak. Ardından Pie göründü. Ceketinin içinde bir şey vardı.

"Bu kadar çabuk olacağını ummuyordum doğrusu," dedim nefesimi düzenli almaya başlayarak. Gözlerim taşı aradı. Pie'ın bu merakımı gidereceğini düşündüğüm an, karnımdan mideme doğru yayılan iki saniyelik bir girdap hissiyle gözlerimi uykudan uyanıyormuşçasına yavaşça araladım.

Ahşabın ve kitapların kokusunu alabiliyordum. Gözlerimi tam olarak açtığımda sendeleyerek ahşap trabzanlara tutundum. Hemen önümde siyah uzun ahşap bir masa vardı. Üzerinde yeni çıkanlar listesinden onlarca kitap sıralanmıştı. Onun hemen sağında ve çaprazında kitaplarla dolu başka masalar gördüm. Tutunduğum merdiven trabzanları üst kata da çıkıyordu. Nerede olduğumu birkaç saniye içinde anlamıştım; en sevdiğim kitapçılardan biri olan Hatchards'taydım.

Az evvel gölün kenarında bir açıklama beklerken aniden kendimi burada bulmuş olmam pek de şaşırtıcı gelmemişti. Pie ve Toyy göldeki taşı almışlardı, sıra kitapçıdaki taşı çıkartmaktaydı. Durup bana nasıl olduğunu anlatacak vakitleri yoktu.

∞

Sırt çantalı genç adam kitapçıdan içeri girdiğinde boğazında bir gıcıklanma ve yanma hissetti. Kitapçının ne kadar eski olduğunu ve duvarlarındaki tozun her bir zerresinin ne kadar güçlü olduğunun farkındaydı. Girişte, kapının hemen sağ tarafındaki kasada duran sarışın genç adam onu güleryüzle karşıladı. Hugin, yüzündeki insanımsı gülümsemeyi belirginleştirdi. Kiremit rengi kanvas pantolonunun içindeki güçlü bacakları adeta hapsolduğu vücuttan bir an evvel kurtulmak istercesine kasılıyordu.

Hugin, taşı almak için gelmişti kitapçıya. İlk taşı alacak ardından da göldeki taşı çıkartacaktı. Böylelikle arkasından iş çeviren üç Chullondie bozuntusundan da kurtulmuş olacaktı. Chollondie döneminin çoktan kapandığını düşünüyor, ilk zamanlardaki güçlerinin zayıfladığını ve geriye birkaç küçük gösteri hareketlerinin kaldığını sanıyordu. Londra'nın avuçlarının arasında olduğunu bilmek onu adeta kibirden delirtiyordu. Taşı aldıktan hemen sonra şehir için harika bir sürprizi vardı.

Kurumuş dudaklarını yaladı ve çantasını dikleştirdi. Adımlarını alt kata çevirdi; çocuk masallarının olduğu raflara.

∞

Bu saatte kitapçıda kimsenin olmaması garipti. Pie ve Toyy'un hangi katta olduğunu bilmiyordum. Biraz oturmaya ihtiyacım vardı. Tam basamaklara oturmuştum ki ensemde boğucu bir sıcaklık hissettim. Arkama döndüğümde o tam karşımdaydı.

Kırtasiyede gördüğüm yeşil gözlü turist çocuk.

Beni görünce olduğu yerde kaldı. Yüzünde tuhaf bir donukluk vardı.

"Selam," dedim beni hatırladığını düşünerek. Birkaç kez gözlerini kırptı ve o an hatırlıyormuş gibi davranarak yüzüne kocaman bir şaşkınlık ifadesi takındı.

"Selam. Aynı gün içinde ikinci kez karşılaşmak," dedi sırıtarak.

"Ya evet ne derler bilirsin. Üçüncüsü olursa..." bitiremeden sözümü kesti.

"Evet evet biliyorum. Nasılsın, yani şey, sanırım kitap almaya geldin?" diye sordu. Acelesi varmışçasına ilgisizdi. Bir an evvel cevabımı duyup gitmek istiyor gibiydi.

"Şey evet şöyle bir göz atıyorum sadece," dedim. Tam da beklediğim gibiydi. Cümlem biter bitmez yenisine girişmeden acelesi olduğunu söyleyip özür diledi ve basamakları üçer üçer inip hızla kayboldu. İçimden bir ses onun tuhaf olduğunu söylüyordu. Tuhaftı ve bir o kadar da yabancıydı. Sanırım dikkatimi çeken ikincisiydi.

Çaktırmadan basamakları indim ve adımlarımı onun gittiği yöne çevirdim. Alt katta bizden başka kimse yoktu. Pie ve Toyy'un üst katlarda bir yerlerde olabileceklerini düşündüm. Tuhaf yabancı, onu izlediğimi fark etmiş olmalıydı. Yürüyüşünü yavaşlattı ve rastgele bir rafa yöneldi. Elime bir kitap alıp inceliyormuş gibi yapmaya başladım. Eminim onu izlediğimi biliyordu. Hareketleri tuhaflaşmıştı. Sırt çantasını düşürür gibi yere attı. Elindeki kitabı alelacele rafın ucuna koydu ve kitap yere düştü, ama o eğilip almadı. Göz ucumla onu takip ediyordum. Kalp atışlarım gitgide basınç yapmaya başlamıştı. Bir şeyler olacaktı. O sıradan biri değildi. Artık anlamıştım.

Anladığım an yüzünü bana çevirdi. Az önceki insan yüzünden eser yoktu. Hugin'in korkunç yüzü insan vücudunda bana bakmaktaydı. Tiz bir çığlık attı ve nefes almama fırsat bile vermeden aniden üzerime atıldı.

∞

Kitapçının Duvarı

Hugin'in elleri arasında, Hatchards'ın duvarlarından birinin içindeydim. Tepeleri olmayan bir çölde kum fırtınasına yakalanmışçasına yüzdüğümü hissediyordum. Yüzüme gözüme çarparak bitmek bilmeyen bir taş ve kum kasırgasının tam ortasındaydım. Her yer griydi. Hugin beni aniden boşluğa fırlattı. Bir süre kum ve taş fırtınası içinde sürüklendim. Bir an evvel bir şey beni durdurmalıydı. İçimden geçirirken sırtımı sert bir yere çarparak durdum. Kollarımı yavaşça yüzümden indirdim. Kitapçının raflarından biri olmalıydı. Cılız bir ışık duvarla ahşap raf arasından sızmaktaydı.

Hugin ortalarda yoktu. Nefes nefese kalmıştım. Sırtımın acısı nefes almamı engelliyordu. Gücümü toplayıp Pie'ın beni duyması için bağırmalıydım. Kaburgalarım canımı fena yakıyordu. Buna dayanmalıydım. Nefesimi topladım ve avazım çıktığı kadar bağırmaya çalıştım.

"Yardım edin! Pie! Toyy! Beni duyan var mı!"

"Duvarın içinde sıkıştım, yardım edin!

Son gücümü de tüketmiştim. Birkaç saniye sessizlik oldu. Yeniden bağırmak için hamle yapmıştım ki duvarın içindeki grilikte bir esneme oldu. Çok uzaklarda bir hortum savrularak daha da uzağa gidiyordu. Kum ve taş fırtınasının benden yüzlerce metre uzakta devam ettiğini görebiliyordum. Grilik biraz daha esnedi. Esnerken gıcırdadı, hışırdadı, çatırdadı ve kırıldı. Hugin, gövdesi hala insan olan kuzgun yüzüyle karşımdaydı.

"Biliyor musun Mila, bak ne diyeceğim," dedi boynunu kaşırken.

"Benden uzak dur Hugin!" dedim. Sesimin tehditkar çıkmasını istemiştim ama ses tellerim durumu sadece dramatik hale getiriyordu. Hugin insan eline benzeyen pençesini gözlerime çevirdi.

"Senin cadı Ethel'in soyundan olduğunu biliyorum küçük Mila. Ama bu seni benim gözümde bir yandaş yapmıyor ne yazık ki!" Ses tonunda oyuncağıyla oynayan alaycı bir avcı tavrı vardı. Metalik tondan attığı sevimsiz kahkaha duvarın içinde yankılandı.

"Chullondie denilen zavallı ırkın gölgesinde yaşayan bir asalak olmayı tercih ettiğinden beri bu böyle. Sana anlattıkları o efsane dedikleri ıvır zıvır şeylerin hepsi birer ucube masalı, Mila. Chullondie'ler artık bu şehrin koruyucuları değiller. Onlar güçlerini ve itibarlarını yitireli yıllar oldu. Geriye, kendini şehrin bekçisi sanan üç ahmak sihirbaz kaldı. Biri, hafızasını çoktan yitirmiş, adım atmaya bile mecali olmayan sevimsiz bir bunak, diğer ikisi ise ırklarının fiziki çekiciliğini kullanarak şehrin sokaklarında boy gösteren iki asi gençlik özentisi. İşte sana Chullondie gerçeği!"

"Ah küçük Mila," dedi kendi etrafında kibirli bir tur attıktan sonra. "Görünüşleri ve ellerinde kalan aciz iki sihir numarasıyla seni kandırmalarına izin verme. Büyük büyük annen Ethel bir kahramandı. Buna ne şüphe! Chul atalarının emrinde çalışan çok yetenekli bir cadıydı. Atalarına sırt çevirmen hiç hoş olmayacaktır, Mila. Şimdi hemen burada bir karar vermen gerekiyor. Hem kendi iyiliğin hem de sevgili şehrinin iyiliği için küçük hanım. Ya benimle aynı safta yer alacaksın ya da hemen şimdi bir daha dönüşü olmayan bir yola gireceğiz seninle. İyi düşün Mila. Şehir ve içindekilerin hayatı artık sana bağlı!"

Yüzündeki alaycı ifade sinirlerimi bozmuştu. Cümlesini bitirir bitirmez benden hemen cevap bekliyor gibi o çirkin iri siyah gözlerini gözlerime dikti. Söylediği tek bir cümleye dahi inanmamıştım. Chullondie'lerin güçlerini yitirmediğini çok iyi biliyordum. Hugin üzerimdeki paltoyu almak için yalan söylüyordu. Birazdan ya ölecektim ya da ona boyun eğecektim. O, böyle düşündüğümü sanıyordu. Ona boyun eğmek gibi bir niyetim yoktu. Neden bilmiyorum ama zaman kazanmak istiyordum. Pie ve Toyy birazdan bir yerlerden çıkacak ve beni kurtaracaklardı. Böyle hissediyordum.

O an hata yaptığımı anladığımda artık çok geçti.

Ah hayır olamaz! dedim başımı iki yana sallayarak. Nasıl unutmuştum, kahrolası kuş kafamın içindeki her şeyi okuyabiliyordu!

"Boşuna ümide kapılma, sirk hokkabazı arkadaşların bizi asla bulamazlar Mila," dedi adımlarını yaklaştırırken.

Şimdi sivri gagasını neredeyse yüzüme dayamıştı. Nefes bile almak istemiyordum. Onun sıcak nemli nefesini yüzümde hissettiğimde kusacak gibi oldum. Hugin, birkaç adım geri çekildi. Hırladı ve dişlerini gıcırdattı. O an insan vücudu değişime girmeye hazırdı. Sanki bir puzzle parçalarıymış gibi her bir hücresi gözlerimin önünde yer değiştiriyordu. Derisi değişip kendi siyah tırtıklı eski haline gelirken, geride kalan parçalar dikine, aşağıya, çaprazlama ve her yönde hızla hareket ediyorlardı. Onlar hareket ettikçe duvarın içine ağır, koyu sisler dolmaya başladı.

İniltili bir hırlama çıkardı. Alev topunu andıran şeytani bakışlarını, kıvrılmış ayak tırnaklarına dikmişti. Siyah uzun gagası vaktin geldiğini haber veriyordu. Yaşlı bir ağaç kütüğü gibi sert, kabuklu ve tırtıklı pençesinin her iki yanından kıvrılarak bir dal misali bükülmüş tırnaklarını birbirine değdirdi. Dibinde durduğu duvarla onu birbirinden ayırmak neredeyse imkânsızdı. Ancak hareket ettikçe karanlıktan daha koyu olan gövdesi gri duvarda bir gölge gibi süzülüyordu.

Boynumda bir gerginlik, omuzlarımda ise taşıyamayacağım kadar ağırlık hissediyordum. Hugin beni öldürecekti. Chullondie'lerin zamanı kalmamıştı. Beni asla burada bulamayacaklardı.

Mila...

Hugin'nin hırıltıları arasında duyduğum bu ses ansızın kafamın içinde dolaşmaya başladı.

Mila, sakin ol... sakın korkma.

Bu Pie'dan başkası değildi. Bana ulaşmaya çalışıyordu. Artık onu daha net duyuyordum. Bir yandan da Hugin'nin bunu anlamasından korkuyordum. Hugin, dev kanatlarını kaldırmak için, içinde olduğumuz duvarı biraz daha esnetti. Çok büyüktü. Efsanelerde okuduğum, rüyalarımda gördüğüm Greenwich Kuzgunu'ndan daha iriydi. Daha vahşi ve acımasız bakıyordu.

Alev topunu andıran gözlerinin içinde ise Londra vardı.

Tek bir hamleyle pençesini savurdu ve üzerimdeki paltoyu benden aldı. Paltom, onun dev pençeleriyle uyumlu kıvrılmış tırnaklarından birinde asılı duruyordu.

"İşte benim son şans paltom!" "Sırada sadece iki küçük taş var. Ondan sonra bu topraklar için düşündüğüm harika planlarımı hayata geçirme vakti sevgili Mila!"

"Bu topraklara asla zarar veremeyeceksin Hugin. Seni zavallı karga!" Cümlemi bitirdiğimde bu cesareti nereden aldığımı ben de merak ediyordum. Ölümüme saniyeler kalmışken bunu hızlandırmak da neyin nesiydi. Olan olmuştu. Ondan korkmuyordum. Pie, belki yetişeyemeyecekti ama en azından beni aradığını biliyordum. Bana verdiği sözü tutmak için elinden geleni yapıyor olmalıydı.

Hugin, ona zavallı karga dediğim için sinirden kudurmak üzereydi. Bu, her halinden anlaşılıyordu. Madem sonum gelmişti, o zaman ona içimdeki her şeyi kusmalıydım.

"Noldu sefil karga egon mu sarsıldı? Yoksa yüzyıllar boyu altında hapsedildiğin topraklardaki solucanlar beynini mi kemirdi? Ah ne kadar yazık, senin için çok üzgünüm ezik karga ! Ama ne yazık ki o aradığın iki taş artık iki sirk hokkabazının elinde. Çok yaşlandın Hugin, geç kaldın. Hem de birkaç yüzyıl!"

Hugin deliye dönmüştü. Kanatlarını üzerime doğru kapatmaya hazırlanırken gözlerimi sıkı sıkıya kapadım. Kulaklarımı sağır eden tiz bir çığlık duvarın içinde deli gibi yankılanmaya başladı. Duvar sarsıldı. Derken sarsıntı yeniden başladı. Bu kez daha şiddetliydi. Kmlerce uzaklarda görünen hortum ve kum fırtınası dünyayı yerle bir edecek bir hışırtıyla yaklaşmaktaydı. O an içinde olduğumuz duvar sonsuzluğa giden bir boşluk misali esnedi ve açıldı. İşte tam o an Pie elinde tuttuğu iki taşı Hugin'e yöneltti. Hugin dev kanatlarını bastırıp, şeytani gözlerini Pie ve Toyy'un önünde durdukları çocuk masalları rafına çevirmişti. Paltom hala tırnağında takılıydı.

Pie'ın ellerindeki siyah opal ve pembe elmas taşları ışıldamaya başladı. Neredeyse tüm gezegeni aydınlatacak bir enerjiye sahiptiler. Üzerlerine kazınmış semboller yerlerinden çıktı. Birbirlerine dolanarak kitapçının içinde sağa sola savrulmaya başladı. Taşlar, kendilerinden ayrılan sembolleri desteklercesine daha fazla ışık saçmaya başladılar. Saniyeler içinde pembe elmas ve siyah opal taşının içinden yüzlerce farklı rekte ışık saçıldı. Her bir renk ayrı bir dünya gibi kitapçının içinde dönmeye başladılar. Her ışık kendi içinde defalarca patladı. Her patlama, ardından daha muhteşem renklerle bir kez daha ışık saçmaya devam etti.

Hugin hareket halindeki taşları yakalamak için dev gagasını açarak üzerlerine atıldı. O sırada paltomun olduğu pençesi bana doğru döndü. Cesur bir hamleyle onu tırnağından çekip aldım. Hugin bunu fark etmedi bile. O an tek amacı taşları yakalamaktı.

"Boşuna uğraşma Hugin, taşlar artık Chullondie'lerin emrine geçtiler. Sana asla boyun eğmezler!" dedi Pie. Güçlü sesi her yerde yankılanıyordu. İçerde yaşanan arbede sırasında paltoyu üzerime giydim ve duvarın içinden çıkıp kendimi merdivenlere doğru attım. Kum fırtınası tüm hızıyla yaklaşmaktaydı.

Hugin gagasıyla ve kanatlarıyla sembolleri yakalamaya çalışsa da her defasında semboller kıvrak hamlelerle kitapçının başka köşelerine savruluyordu. Hugin pençeleri ve kanatlarıyla gördüğü her şeyi parçalamaya başladı; kitapçının rafları, duvarları, tavanı yerle bir oldu.

"Bunu siz istediniz! Londra'nın sonu geldi. Şimdi kıyamet zamanı!" dedi. Ardından dev cüssesiyle kitapçının tavanından dışarı süzüldü. Pie ve Toyy da onunla birlikte göğe yükseldiler. Koşarak dışarı çıktım. Hugin'in baktığı her yere alev topları isabet ediyordu. Kitapçının yanındaki cafe, karşısındaki sandviç zincirlerinin olduğu restoranlardan biri, az ilerdeki kilise ve yolun Piccadilly meydanına çıkan geniş caddesi alevler altındaydı. İnsanlar sağa sola koşuyor, saklanacak yerler arıyorlardı.

Artık gerçek Londra'daydık; insanların her şeyi fark ettiği ve bu kabusa uyandıkları zamanda.

Hugin, dev kanatlarını çırptı. Londra'nın göğünde bekleşen ne kadar karga ve kuzgun sürüleri varsa tüm buzdan göğü kapladılar. Az sonra ne olacağını bilmekten nefret etsem de buna hazırlıklıydım.

Hugin buzdan göğü eritecekti. İşte o zaman her şey bitecekti.

∞

Londra Zamanı

Yerkabuğu ayaklarımın altından kayıyordu. Duvarın içinden gelen kum ve taş fırtınası tüm şehre dağılmaya başlamıştı. Fırtınanın savurduğu taşlar binaların camlarını kırıyor, kırılan camların sesi sonsuza dek sürecekmişçesine ruhuma işliyordu. Kum fırtınasından dolayı gözlerimi açıp göğe bakamıyordum. O sırada fırtına otobüslerden birini devirdi. Son anda fark ederek kaçmasaydım otobüs beni de ezerek kitapçıya girecekti. Paltomun yakasını kaldırarak yüzümü kum ve taşlardan korumaya çalışarak ilerledim. Geriye dönüp baktığımda 94 nolu otobüsün yarısı kitapçının içindeydi.

Göz gözü görmüyordu. Az evvel çığlık çığlığa kaçışan insanları artık göremiyordum. Kum fırtınası yüzünden mi yoksa Hugin'den dolayı mı bilmiyorum. Kilisenin bahçesindeki demir parmaklıklara tutunarak kendimi korumaya çalıştım.. Ruhumun derinliklerinde bir sızı hissettim. Bu kocaman yaralı şehirde tek başımaydım sanki. Kıyametini yaşayan bir şehrin ortasında yapayalnızdım. Kırılan camların ve yıkılan binaların ürkütücü seslerinden başka ses yoktu.

Bir elimle demir parmaklığı tutuyor, diğer elimle paltomun yakasını sıkı sıkıya kaldırmış yüzümü koruyordum. Ellerimi bıraktım, yere çöktüm ve paltoma sarıldım. O sırada aynı anda sağ ve sol cebimde bir ağırlık hissettim. Ellerimi ceplerime soktuğumda birinde pembe elmas diğerinde siyah opal duruyordu. Taşları elime aldım. Semboller yelerindeydi. Avucumun sıcaklığında yeniden ışıldadıklarını görebiliyordum. Taşların ışıltısına odaklanmışken uzaklardan koşarak gelen bir at nalı sesi işittim. Yeniden bir felakete tanıklık etmeye hazır değildim. Palto ve taşlar bendeydi ancak henüz Hugin'in laneti ortadan kalkmamıştı. Daha ne yapılması gerektiğini düşünürken işittiğim sesin bir ata ait olduğuna o an emin oldum.

Marble Arch'daki gövdesiz at kafası heykeli tam karşımdaydı.

Sizi almaya geldim efendim

Hani o sürekli parktan geçerken gördüğüm, orada, tam ortada duran o heykel dedi bunu. Afallamaya zaman yoktu. Onunla gidecektim ama nasıl? Üzerine binmem için bir gövdesi olması gerekiyordu.

Kimse göremese de benim bir gövdem var. Siz binin ve sıkı tutunun, dedi. Bu ne bir insan sesi gibiydi ne de at kişnemesi. Duyuyordum ama duyan kulaklarım mıydı yoksa beynim mi emin değildim.

Dediğini yaptım. Bir gövdesi varmış gibi üzerine bindim. Boşlukta oturur gibiydim. Yelesinden sıkıca tuttum. At, kum fırtınasını yararak hızla Piccadilly meydanına doğru koşmaya başladı. Atın üzerindeyken birden fazla şiddetli sarsılma oldu. Az sonra bu seslerin de kimlere ait olduğunu anlayacaktım.

∞

"Haydi Aslanlar'ım o gün bugündür!"

Trafalgar'daki dört Landseer Aslanı aynı anda yerlerinden bir ok gibi fırladılar. Güçlüydüler. Asil ve tutkulu. Bu şehir uğruna tüm canlarını verecek kadar gerçektiler. Ete kemiğe bürünmelerine gerek olmayacak kadar ruhları Londra aşkıyla dolup taşıyordu. Minnet beklemeden yapılan en asil işi yapmaya and içmişlerdi.

Tıpkı Edwin Landseer gibi!

Buzdan gök erirken bütün Edwardsiella Andrillae'lar ve Tardigra'lar süzülerek tüm şehri birer bitki örtüsü gibi kaplamaya başladılar. Atın üzerinde giderken fırtınanın etkisiyle birer mermi gibi savrulan bakteriler tüm bedenime çarparak son hızla etrafa yayılıyorlardı. Onlarla birlikte sağanak halinde şehrin üzerine eriyen buzdan gök sanki yarılmış gibiydi. Kafamı kaldırıp uzun zamandır göremediğim gökyüzünü, gerçek göğü görmek için yukarı baktım. Sırılsıklam olmuştum, üstelik bakteriler her yerime yapışmıştı. Yine de görmek istedim. Bu şehirle bütünleşen o gri ve sisli göğü yeniden görebilmek her şeye değecekti. Sağanak o kadar hızlanmıştı ki buna asla izin vermiyordu. Buz gibi soğuk su içime işlemişti. At kafası heykelinin görünmeyen gövdesinde giderken tıpkı bir bilim kurgu sahnesinin baş kahramanı gibi hissediyordum. Her şey ağır çekimde ilerliyordu sanki. Bakteriler ve sağanak birbirleriyle uyumlu bir şekilde şehrin üzerine yağarken aynı anda devam eden kum fırtınası şehri iyice grileştirmiş ve öksüz bırakmıştı.

Tek başımaydım. Herkesin bildiği o At Kafası heykelinin üzerinde bilinmezliğe doğru yol alıyordum. Şehrimin kıyameti koparken yapayalnızdım. Chullondie'lerden hiç ses yoktu. Artık görünürde yaşadıklarına dair bir ipucu hissedebileceğim insanlar da yoktu.

Ben vardım. Mila Elford. Ve harabeye dönmüş bir hayalet şehir.

Sonra aniden aslanların kükremelerini duydum. Her biri şehrin bir ucuna koşuyordu. Atın yelesine biraz daha sıkı sarıldım. Umutsuzluğa yer yoktu, kıyamet kopmayacaktı. Londra yeniden ayağa kalkacak yeniden sonsuzluk şehri olacaktı. Umut ve sevgi her şeyin üstesinden gelecekti.

Aslanların yankılanan kükreyişleri eşliğinde At Kafası heykeli beni Westminster köprüsüne getirdi. Saat kulesi hasar görmüştü. Yarısının nehrin üzerinde yüzdüğünü gördüm. Londra köprüsünün kuleleri yıkılmış, köprünün bir ayağı sulara gömülmüştü. Tam karşımızdan bize doğru gelen çok güçlü bir hortum fark ettim. Sanki az sonra olacakların tadını çıkarmak istermişçesine ağır ağır köprünün üzerinden bize yaklaşıyordu. At Kafası heykeli şahlandı. Daha sıkı tutundum. Köprüyü parçalayarak üzerimize gelen hortum neredeyse ulaşmak üzereydi.

At bir kez daha şahlandı. Kapsüllere gidiyorduk.

At Kafası heykelinin görünmez gövdesinde sıkı sıkı tutunmuş nehrin üzerinde uçuyordum. At beni London Eye'ye götürüyordu. Üzerinden geçmekte olduğumuz nehir alev alev yanmaya başladı. Köprüye dair kalan ne varsa darmadağın olup nehrin sularına gömüldü. Sağanak daha da hızlandı ve nehrin sularını taşırmaya başladı. Londra bilinmez bir okyanusun diplerinde kaybolmak üzereydi.

Fırtına ve sağanağa rağmen At Kafası heykeli beni kapsüle ulaştırmıştı. İçeri girmemle kapı kendiliğinden kapandı. Beni hortumdan ve selden korumuştu. Onu en son gördüğümde fırtınanın içinde sürüklenerek gözden kayboluyordu. Nefes nefeseydim. Her gün binlerce turistin binmek için can attığı kapsüller beni dışarda kopan kıyametten korumuştu.

Bir elimle kapsülün camına tutunurken diğer elimle göğsüme bastırdım. Doğup büyüdüğüm şehir yerle bir oluyordu. Bu kıyameti kuşbakışı izlemek, olan biten her şeye tanık olmak canımı çok fazla yakıyordu. Gözlerimin içine dolan kum taneleri akan yaşlara engel olamadı. Kapsülün ortasındaki banka düşer gibi oturdum. Bakmak istemiyordum. Hugin'in zafer çığlıklarını duymak istemiyordum. Aslanların yenildiklerini görmek istemiyordum. Ölmek istiyordum. Nefesimin kesilmesini ve yok olmayı.

Ve paltoma sarıldım.

∞

Yüzyıllardır uykuyadaymışım gibi gözlerimi ağır ağır araladım. Biraz güneş ışığı, biraz gürültü... Kim olduğumu, nerede olduğumu bildiğim halde benliğim çok uzaklarda bir bilinmezlik denkleminde hapsolmuş gibi bana çok yabancıydı. Başım döndü. Gözlerimi yeniden kapadım. Kapıdan süzülüp burnuma gelen Hint yemeğinin kokusunu alabiliyordum; bolca köri, biraz tarçın ve kızarmış tavuk. Leziz kokuyu duymaya devam ederken beynim beni ayakta tutmaya çalışıyordu.

Uyan Mila...

Gözlerimi yeniden açmayı denedim. Açar açmaz karşımda dikilen iri cüsseli yaratık irkilmeme neden oldu. Gözlerimin kısıklığı geçince o yaratığı nereden tanıdığımı hemen hatırladım.

"Hey Mila, hasılat işi tamam. Gümüşlere bakacaksan henüz tezgahı toplamadan gelsen iyi edersin. Hadi ama bu ne uykusu böyle, neredeyse

213

akşam oldu. Gece beşik mi salladın sen?" Bu Max idi. Pazarda gümüş tezgahı olan, yıllardır tanıdığım Max. Koca bir kahkaha patlattı ve acele etmemi söyleyerek uzaklaştı.

Dükkandaydım. Bizim dükkanda. Güneş batmak üzereydi. Kendimi bu halde bıraktığımda henüz sabah saatleriydi. Dükkanı yeni açmış ve bir paket teslim almıştım. Sonra…

Ağırlaşan başımı zorlayarak masadan kaldırdım. Sanki bambaşka bir yüz görecekmişim gibi aynaya bakmaktan çekiniyordum. Üzerimde siyah palto vardı. Londra'nın kıyametine şahitlik eden o meşhur siyah palto. Aklım yerine oturur oturmaz ilk düşündüğüm Pie oldu. Sonra Toyy ve Kral Tuuz.

Biz başka bir Londra'yı yaşarken bedenim bu dükkanda olan bitenden habersiz beni mi bekliyordu? Apar topar kendimi dükkandan dışarı attım. Hava kararmak üzere olmasına rağmen dışardaki hava gözlerimi kamaştırıyordu. Pazardaki kalabalığa tahammül edemeden ara sokaklardan birine daldım. Onca yaşanan şeyden sonra hiçbir şey gözüme eskisi gibi görünmüyordu. Bir yanım hala o Londra'da kalmıştı. Şehir sanki benden bir tercih yapmamı bekler gibiydi.

Ya o Londra ya da şimdiki.

Sırtımı, beyaz boyalı binanın duvarına yasladım. Nefes nefeseydim. Aklımda fikrimde sadece o vardı. Tüm kalbimle ona gitmek istiyordum. Eski Mila'dan geriye sadece kalp atışlarım kalmıştı. Bu şehre duyduğum sonsuz ve karşılıksız aşk kadar, şimdi ona da koşmak istiyordum. Gözlerimden akan yaşları alelacele silip koşar adım sokağın çıkışına ilerledim.

Hyde Park'a gidiyordum. Pie'ı bulmaya.

∞

Queensway istasyonunda inip, şehrin akşam ışıkları dalga dalga yüzüme vururken hızlı adımlarla caddenin karşısına geçip parktan içeri girdim. O an aklıma saatler önce diğer Londra'da yaşanan olaylar geldi. Şehir yerle bir olmuş, buzdan gök yarılmış ve şehri sulara gömmüştü. İnsanoğluna dair hiçbir şey kalmamış, Landseer Aslanları bile yenik düşmüşlerdi. Peki ya şimdi ben neredeydim, hangi Londra'da nefes alıyordum. Pie neredeydi, neden hiçbir şey olmamış gibi her şey normal görünüyordu neden?

Kendimden emin olarak son hatırladığım şey; kapsülün içinde kıyameti izliyor olmamdı. Hepsi bu.

Gölün tam karşısındaki bank görünür görünmez bir anlığına duraksadım. Bir anda içimi saran vesvese keyfimi kaçırmıştı. *Her şey bir rüyadan ibaretti Mila, yaşadığın her şey...* diyordu içimdeki ruhsuz ses. Tekrar derin bir nefes aldım ve emin adımlarla banka ilerledim. Etrafta kimseler yoktu. Bankın soğuk tahtasına oturduğumda içimdeki ses alay edercesine kıkırdıyordu. Kollarımı birleştirdim. Dizlerimi kendime çektim. Bir yanda gölün ışıldayan huzurlu suyu bir yandan parkın o her zamanki büyülü atmosferi diğer yanda gölün çevresine müthiş bir hava veren o lambalar. Her şey o an için dizayn edilmiş gibiydi. Artık yaşadığım bu şehrin her sokağına her parkına her santimetrekaresine farklı bir gözle bakacaktım.

Aklımdaki düşünceler hızla kayıp giderken biraz ilerde bana doğru yürüyen genç bir adam fark ettim. Dizlerine kadar siyah bir ceket giymişti. Ellerinde siyah eldivenler vardı. Omuzlarına dökülen siyah dalgalı saçları yüzünü görmemi engelliyordu. Birkaç adım daha yaklaştığında kalp atışlarımın iki katına çıktığını hissettim. Bir rüyadan fırlamış gibi tam önümde duruyordu. Zamanın içinde ikimizden başkası yokmuşçasına... Yavaşça başını kaldırırken, naif bir rüzgar hafifçe ikimizin de yüzüne vurdu. Bana bakarken gözlerinin için gülüyordu.

∞

Hugin, insan kılığından çıkıp dev Greenwich Kuzgunu'na dönüşür dönüşmez buzdan göğü eritti. Yağmurla birlikte şehre düşen bakteriler, insanları saklandıkları yerlerde kuşattılar. Kiminin beynine kiminin kulaklarına hücum ettiler. İnsanların çoğu kör oldu. Bazıları sağır ve dilsiz olarak kaldılar. Kimi beyin ölümü yaşadı. Kimileri de bir daha hiç yürüyemedi. İnsanların yarıdan fazlası ölümcül hastalıklara yakalandılar. Hastalıklar anında etkisini göstermese de yıllar içinde ruhlarında ve bedenlerinde bazı tahribatlara yol açacaktı.

Londra tıpkı bir çöl gibi kurumuş, okyanusların diplerindeki şeytanların bile bir daha üzerine ayak basmak istemeyeceği türden bir yer olmuştu. Hugin, şehrin kıyametini kopartmış, onu yeryüzünden ve kendi zamandan silmişti. Landseer Aslanları, At Kafası Heykeli ve onlarca yardıma koşan diğerleri kırılıp paramparça olmuşlardı. Bazısı nehrin bulanık suyunda boğulmuş, kimisi de hortumun içinde uzayın derinliklerine terk edilmişti. Şehrin bütün güçleri yenik düşmüştü. Hugin hepsini haklamıştı.

Sadece biri kalmıştı, bakterilerin zarar veremediği, hortumun içine alamadığı… Siyah paltoyu giyen tek bir insanoğlu; Mila, kurtulan tek sağlıklı insandı. Hugin, kendi bildiği zamanda Londra'nın kıyametini koparmıştı ama unuttuğu bir şey vardı, Mila asıl olan zamanda yaşamaya devam ediyordu. Palto hala ondaydı. Hugin kendi zamanını yaşarken Mila iki paralel zamanda da var olabilmişti. Londra bilinmeyen bir zamanda kıyameti yaşadı. Mila'nın zamanına göre Londra hala hayattaydı.

Elbette Hugin de kıyametle birlikte güçlerini son damlasına kadar kullandı ve artık normal, sıradan siyah bir kuzgundan başkası değil. Ona ne mi oldu? Kim bilir belki şehirde gezinen yüzlerce kuzgundan biridir. Belki defalarca yanımızdan geçip gitmiştir. Belki de hala bir umudu vardır.

Mila, o gün parkta kendisine gelenin Pie olduğunu anladığında Londra'nın kurtulduğunu da anlamıştı. Artık tüm gerçeği biliyordu. Sonsuzluğu yaşayan bir şehirdeydi. Bu şehrin sonsuz canı vardı.

Tıpkı Landseer'lar gibi…

Ben kim miyim? Tüm bunları nereden mi biliyorum?
İşte bunu zaman gösterecek.

∞